KB268799

장편소설

축제는 끝나지 않았다

장순 지음

어문학사

차례

아! 오늘도 변함없는 아줌마들의 저 악착같이 출렁이는 동작들.

살들아, 살들아, 내 살들아! 조금만 기다리렴. 너희들을 모두 불태워 기필코 다이어트에 성공할 터이니.

아줌마들의 각오는 오늘도 수영장을 뜨겁게 달구어 놓는다. 가뜩이나 만원인 수영장에 아쿠아로빅까지 추가로 개설되어 발 디딜 틈조차 없다. 그 어느 때보다도 활력이 넘친다.

오늘도 그 앞에는 그녀가 있다. 살들과의 전쟁을 진두지휘하며 비장함 가득한 얼굴로 수영장을 종횡무진 누비는 그녀의 동작은 아름답다 못해 심지어 내 눈에 불을 지른다. 가슴 벅차는 저 동작들, 그녀의 심장에 큐피드의 화살을 꽂고 싶다. 아, 깨물어 주고 싶다! 이 불타는 가슴을 어떻게 진정시켜야 하나. 보고만 있기에는 너무도 아름다운 그녀. 그녀를 알게 되면 행복할 것 같다. 가슴이 왜 이리 걷잡을 수 없이 뛰는 걸까? 나도 어쩔 수 없는 남자인 모양이다. 군더더기 하나 없는 저 몸짓들이 결국에는 나를 무너뜨리고야 말 것 같다.

남자들의 시선은 모두 그녀에게 향한다. 시간은 왜 이렇게 빨리 가는 건지. 조금만 더, 조금만 더 그녀를 볼 수만 있다면.

수영은 건성건성. 젯밥에만 관심이 가는 나를 탓해 보지만 끌리는 걸 어떡하나. 난 음흉한 늑대다. 부정해도 어쩔 수 없다. 몸과 마음이 따로따로인 것을. 그래, 어쩌면 나는 따로국밥이다. 참! 따로국밥은 따로 나오지 않지. 왜 이렇게 입에 침이 고이지. 배고파서 그런 모양이다. 오늘은 기필코 그녀와 점심식사를 같이 하리라.

샤워를 끝내고 안내데스크 앞에서 혹시 그녀와 마주치지 않을까 서성인다. 두리번거리다가 계단을 오른다. 스포츠센터를 나서려는데 누군가가 나의 발걸음을 잡아 세운다.

"저, 잠시만……."

무심코 뒤돌아봤는데 그녀가 서 있다. 설마 꿈은 아니겠지? 그녀가 내게로 오고 있다.

"핸드폰 좀 빌릴 수 있나요?"

핸드폰? 얼마든지. 핸드폰에 전화번호를 찍어주려는 모양이다. 지금 작업 걸구 있구나. 저 축축하게 젖은 머릿결. 정말 감찍한 걸(girl).

다 알아. 내숭떨지 말고 내가 마음에 든다고 어서 말을 해. 난 벌써부터 이 순간을 기대하고 있었어. 불타오르고 있는 내 넓은 가슴을 갖고 싶지 않니? 하지만 조심해야 될 걸. 당신이 내 불타는 가슴을 감당할 수 있을지 모르겠어. 원한다면 당장이라도 활활 불태워 줄 수 있는데. 너무 뜨거워 녹아버려도 나는 책임지지 않을 거니까 조심해. 각오는 됐겠지? 나, 꽤 정렬적인 남자야. 뼈가 으스러질 때까지 꼭 안아줄 거야! 당신이 바라던 남자가 바로 나라고 어서 말을 해!

불타오르는 나의 깊은 동공 속으로 그녀가 서서히 빨려들어 오기 시작한다. 이렇게 황홀할 수가. 바로 그때.

"자기야, 왜 이렇게 늦었어."

어딘가로 전화를 걸던 그녀, 센터 안으로 들어오는 남자를 향해 기다렸다는 듯이 코맹맹이 소리를 내며 달려간다. 나의 설레던 가슴은 그만 무참히 짓밟히고 만다. 내 복에 무슨.

"어, 형!"

그녀의 남자, 이건 또 무슨 우연이란 말인가?

"여긴 어쩐 일이세요? 참, 인사 드려. 선배님이야. 여긴 제 와이프입니다."

게다가 후배의 마누라라니. 그럼 그렇지. 늑대들이 가만 내버려둘 여자가 아니지. 조금 전까지만 하더라도 그렇게 예뻐 보이던 그녀가 지금은 왜 그저 그렇게 보이는 걸까? 허기가 한순간에 사라지고 만다.

"형, 그런데 이 시간에 스포츠센터에는 어쩐 일이세요? 고등학교 미술선생님으로 근무하신다고 들었는데."

"어……어. 그랬었지. 지금은 그만두고 도자기 공방을 하고 있어."

나는 되도록 짧게 대답했다. 몇 년 만에 만나는 대학 동아리 후배였다. 그동안의 일들을 낱낱이 까발릴 만큼 내겐 여유가 없다.

"최……뭐였더라 이름이? 맞아, 지은이. 지은이하고는 잘 지내고 있는 거죠? 아직 결혼 소식은 들리지 않던데. 그나저나 형, 같이 식사나 하시죠?"

야야, 됐다. 너 점심값 떠넘기려는 속셈 내가 모를 줄 아냐. 하마터면 아까운 식사비 날릴 뻔 했네. 차갑게 식어버린 내 가슴은 이제 돌이킬 수 없다.

「오늘 어머니가 돌아가셨어. ○○병원장례식장.」

스포츠센터를 나오며 뒤늦게 친구의 문자메시지를 확인한다. 한겨울의 매서운 바람이 옷깃을 스치고 지나간다. 오늘 돌아가셨으니 하필이면 발인이 크리스마스이브다.

「나 결혼해. 12월 24일 저녁 7시. 축하해 줄 수 있지?」

또 다른 문자메시지.

나쁜 년! 나 없이는 단 하루도 살 수 없다더니 모두가 거짓말이었다. 도대체 그 녀석은 어떻게 생겨 먹은 녀석일까? 그녀와 8년 동안의 만남을 허물어버린 대단한 녀석. 자만에 빠져 있던 골키퍼가 보기 좋게 실점한 셈이다. 어쩌면 자살골이었는지도 모르겠다. 무뎌질 대로 무뎌진 관계. 언제였더라? 그녀와의 첫 만남.

"시를 쓰고 싶어요."

8년 전 문학회 동아리사무실에 신입생으로 보이는 여학생이 들어와 다짜고짜 그런 말을 했다.

"그 잘난 문학소녀가 또 한 명 나타나셨군."

막걸리 사발을 내려놓으며 나는 여학생의 위아래를 훑어보았다. 내 말에 기분이 언짢았던지 여학생이 쏘아보고 있었다. 하지만 나는 아랑곳 않고 막걸리를 따랐다.

"전 그 잘난 문학소녀가 되고 싶은 마음은 추호도 없어요. 단지 시를 쓰고 싶을 뿐이라구요."

"그게 그거 아닌가?"

"그럼 댁은 그 잘난 문학소년이네요."

여학생이 당돌하게 쏘아붙였다. 그러자 나는 다시금 여학생의 얼굴을 뜯어보았다. 잘난 구석도, 그렇다고 못난 구석도 없어 보이는 평범한 여학생.

"이름이 뭐냐?"

"최지은입니다."

"이리와 앉아. 한잔하자."

"그래요, 한 잔 주세요."

그녀는 기다렸다는 듯 대뜸 내 앞으로 다가와 앉았다. 나는 막걸리를 단숨에 비우고 그녀에게 사발을 내밀었다. 그녀도 거침없이 받아 들었다. 그녀에게 건넨 사발은 얼마 가지 않아 내게 되돌아왔다. 그렇게 사발을 몇 차례 주고받았다.

"사랑이 뭐라고 생각하니?"

"사랑은 기다림 아닌가요. 낭만적이고 한없이 들뜨는 것 아닌가요. 또 때론 억울할 수도 있겠죠. 생각하기 나름인 것 같은데.”

“그럴까?”

“그럼 선배는 어떻게 생각하세요?”

“글쎄, 시로 써 봐.”

그 말이 전부였다. 그 이후로 나는 단 한마디도 하지 않았다. 나는 사다 놓은 막걸리 두 병을 비우고서 자리에서 일어섰다. 솔직히 동아리에 가입만 되어 있을 뿐 활동이 많은 편은 아니었다. 가끔 사무실에 들러 막걸리나 소주로 소일하는 것이 전부였다.

“너 왜 따라오니?”

“잘나 빠진 문학소년이 궁금해서요.”

“난 여자한테는 관심 없으니까 다른 데 가서 알아 봐.”

“저도 남자한테는 관심 없어요.”

“그럼 왜 따라오는 거야?”

“글쎄요. 시로 써 보든지.”

취기에 발그스름하게 달아오른 그녀는 나를 쉽사리 놓아주지 않았다. 어쩌면 호기 때문이었는지도 모른다.

“너 꽤 당돌하구나. 마음에 든다. 가자!”

나는 대뜸 그녀의 손을 잡아끌었다. 그녀를 데리고 간 곳은 고작해야 술집이었다. 그것을 시작으로 나는 근처의 술집을 다섯 군데나 돌며 취하도록 술을 퍼부었다. 밑 빠진 독에 물을 퍼부으면서 콩쥐가 된 착각을 하고 있었는지도 모르겠다.

“웬 술을 그렇게 많이 마셔요?”

“안 갔냐?”

“그러다가 큰일 나겠어요.”

“가자!”

“어딜? 또 술 마시러 가자구요?”

“아니. 집에 가야지.”

술집에서 나온 나는 정류장에 버스가 정차하자 곧바로 올라탔다. 방향이 달랐던 그녀는 그런 나를 멀뚱히 바라보고 있었다.

그 이후로 나는 두문불출했다. 동아리 방에도 통 가지를 않았다. 그러던 중 문학회 MT를 가게 되었다. 내가 다시 그녀를 만난 것은 MT에서였다. 반가웠지만 나는 아는 체조차 하지 않았다.

서해의 낙조는 참으로 아름다웠다. 썰물에 드러난 갯벌 위로 붉은 물결과 잿빛 물결이 스며든 낙조는 한 폭의 그림 같았다. 나는 낙조를 바라보며 생각에 잠겨 있었다.

“뭐 하세요?”

“…….”

“많이 찾았어요.”

“왜?”

“시를 쓰려구요.”

“시?”

나는 그녀가 하는 말이 무엇을 의미하는지 알지 못했다.

“분위기가 있어야겠죠.”

그녀가 꺼내 놓은 것은 포도주였다. 그녀가 종이컵에 포도주를

따라 내게 건네주었다. 붉은 포도주는 낙조의 아름다움을 한층 더
해 주고 있었다.

"선배의 가슴에 시를 쓸 생각이에요. 선배가 뭐래도 어쩔 수 없
어요. 선배가 쓰라고 했으니까. 내 책임은 아니죠. 각오는 됐겠죠?"

그것이 그녀와의 시작이었다. 그리고 8년이라는 시간이 흐르는
동안 그녀는 내 가슴에 결국 이별이라는 쓰디쓴 시를 쓰고 만 것이
다. 그것도 의미심장한 한 마디 문구로.

너무 허무하다. 인생이란 게 다 그런 거 아닌가? 그래, 누가 알겠
어. 삶이 내 마음대로 되는 것은 아니잖아. 인생의 흐름은 그 누구
도 막을 수 없어.

제우스가 원망스럽다. 나 참! 하필이면 가둘 데가 없어서 이런
곳에다가 가두냔 말이다. 내가 그렇게도 큰 죄를 지은 걸까? 빌어
먹을 놈.

내가 언제 이곳에 갇혔는지 하도 오래돼서 기억나지도 않는다.
아마도 몇 천 년쯤. 어림잡아도 그것보다는 더 오래된 것 같다. 그
런데 이상한 건 이곳에 오기 전까지만 해도 난 지구라는 행성의 감
옥에는 흉악한 범죄자들만 우글거리는 곳이라고 생각했었다. 그
런데 알고 보니 꼭 그런 것만도 아닌 것 같다. 살다 보니 이곳도 그
다지 나쁜 곳은 아니다. 단지 시간이 너무 느리게 흐른다는 것만
빼고는.

이 행성에서는 죽었다가 다시 태어나기를 반복한다. 나 역시 예

외는 아니다. 몇 번 죽었다가 다시 태어났는지 헤아릴 수도 없을
지경이다. 이곳에서는 형벌을 그렇게 받는다고 알고 있다. 많은 사
람들이 죽고 다시 태어나기를 반복하면서 점점 바보가 되어간다.
그건 반복되는 삶 속에서 자신을 상실해 가고 있기 때문이다. 아
니, 조금씩 첨단화·지능화되어가고 있다는 말이 맞을지도 모른
다. 그렇지 않으면 이 현대문명에서 살아남을 수 없을 테니까. 온
갖 기억들로 일상이 뒤죽박죽되어 버릴 테니까.

아무튼 사람들은 자신이 어디에서 왔는지 기억하지 못하는 것
만은 확실하다. 이곳이 감옥이라는 것조차 그들은 잊고 살아간다.
어쩌면 그게 속이 편할지도 모른다. 기억하지 못하기 때문에 미련
같은 건 없을 테니까. 나는 왜 그게 안 되는지 모르겠다. 그렇게만
된다면 머릿속이 이렇게까지 복잡하지는 않을 텐데. 어쨌든 지구
라는 행성은 골치 아픈 곳이다. 혼자 살아가기에는 너무나 지긋지
긋한 곳이다.

최지은. 그녀가 보고 싶다. 내게 너무나도 절실했던 그녀, 내 모
든 것이었던 그녀, 한때는 내 삶의 의미였던 그녀. 하지만 무뎌질
대로 무뎌진 그녀.

내게 문자메시지를 보낸 저의가 뭘까? 그녀와 내가 만나기에는
그녀가 있는 곳이 너무나 멀게 느껴진다. 이 순간 나는 운명을 탓
할 기운조차 없다. 나쁜 계집애.

아름다운 별 지구. 감옥이라 말하기에는 너무도 아름답고 눈이
부신 곳이다. 그녀와 함께 드넓은 초원 위로 떠오르는 태양을 볼

수 있었으면 했는데. 내 작고 소박한 꿈은 무너지고 말았다. 나는 영원히 그녀를 만나지 못할 것이다. 이젠 그녀의 얼굴마저도 기억 속에서 지워야 한다.

언제였더라.

난 너무도 어처구니없이 이 지구에 떨어지고 말았다. 그것도 한 여자의 배신으로. 그때도 여자를 믿었던 게 문제였다. 그녀가 양다리를 걸치고 있었다는 걸 미처 눈치채지 못한 나의 잘못이다.

그 상대가 하필이면 내 절친한 친구 제우스였다. 빌어먹을. 제우스와 싸우면 솔직히 꼬리를 내리는 쪽은 나다. 제우스 녀석의 성격이 불같아서 한 번 화가 나면 물불을 가리지 않는 편이기 때문이다.

어렸을 때 서로 다투다가 쌍코피가 터진 채로 쪽팔린 것도 모르고 엉엉 울어버렸던 것이 후회된다. 그래도 악착같이 덤벼들어 싸웠더라면 제우스도 나를 우습게 보지는 않았을 텐데. 그 후로 나는 늘 제우스의 그늘에 가려 살아야 했다.

내 여자친구 헤라가 제우스와 양다리만 걸치지 않았어도 이처럼 보잘것없는 신세가 되지는 않았을 것이다. 결국 헤라는 제우스를 선택했고, 나는 헤라를 꼬드겼다는 제우스의 오해로 모든 능력을 제우스에게 빼앗긴 채 지구라는 행성에 감금된 것이다.

그때나 지금이나 여자는 믿어서는 안 되는 존재다. 하지만, 그렇다고 모든 여자에게 해당하는 말은 아니다. 여자를 장미에 비유하곤 한다. 여자는 장미꽃처럼 아름답지만 가시를 숨기고 있어서 간혹 상처를 남기기도 한다. 상처는 오랜 시간 남자를 힘들게 만든다. 그러면서도 남자는 여자를 찾아 헤매기를 반복한다. 운이 좋은 사람은 그 상대를 단번에 알아차리기도 하지만 그렇지 않은 사람들은 시간을 허비하며 살아간다.

이 지구는 혼자 살아가기에는 너무도 외롭고 척박한 곳이다. 제우스 녀석은 그래서 이 행성을 만들어 놓은 것인지도 모른다. 나는 알고 있다. 바람둥이 제우스가 가끔 이 지구에 놀러 와 여자들을 후리고 다닌다는 걸. 양심 없는 놈.

신이라고 불리는 그. 절대로 그를 용서할 수 없다. 그렇지만 나는 결코 복수를 꿈꿀 수 없다. 왜냐하면 이 행성에서 영원히 벗어날 수 없을 것이기 때문이다. 그 말은 결국 내가 증오하는 그를 만날 수 없다는 말이기도 하다.

내게 남은 희망은 없다. 태어나고 죽는 것을 반복하면서 그 고통을 감내하고 살아가는 것이 내가 할 수 있는 전부다. 난 신 앞에 너무도 나약하다. 고향으로 돌아가고 싶다.

이곳에 갇히기 전 내가 갖고 있던 능력을 되찾는다면 충분히 가능한 일이겠지만. 보잘것없이 느껴졌던 능력이 이렇게 간절해질 줄이야. 모두가 신이라고 불리는 그의 독선이 만들어 놓은 것이다. 아, 난 왜 눈물이 흐르면 콧물도 같이 흐르는 걸까? 제기랄! 휴지가 어디 있더라.

이 행성을 벗어날 수 없어도 좋다. 발버둥쳐 봐야 소용없다는 것을 알기 때문이다. 귀찮다. 살다 보면 미련도 잊히겠지.

어쨌든 이 행성에서는 만나고 헤어지고 잊히는 것이 생리인 모양이다.

집으로 돌아온 나는 가방에서 수영복과 스포츠타월을 꺼내 툭툭 털어 빨래건조대에 널었다.

나는 다시 문자메시지를 확인했다. 장례식장으로 달려가야 할지, 아니면 그녀에게로 달려가야 할지 망설였다. 그녀에게 달려가는 것은 이제 부질없는 일이다. 갈 테면 가라지. 나는 가는 사람 붙잡지 않고 오는 사람 마다하지 않는다. 그래, 너는 너다.

그녀는 죽었다. 아니, 이제 내 가슴에서 그녀를 죽여야 한다. 다시는 되살아 날 수 없도록 철저하게 밟아 죽여야 한다. 그것이 바로 내가 다시 존재할 길이다. 죽음과 맞바꿀 수 있는 것이 있을까? 미식가들은 복어를 죽음과도 맞바꿀 수 있는 맛으로 비유한다. 그렇다면 그녀의 죽음과 무엇을 맞바꿀 수 있을까?

필요 없다. 이 세상에서 내가 소유할 수 있는 것은 없다. 소유하고 싶은 것 또한 없다. 모두가 욕심에서 비롯된 가식일 테니까. 욕심은 더 큰 욕심으로 자신을 황폐하게 할 테니까.

우두커니 앉아 있던 나는 옷장에서 양복을 찾기 시작했다. 사실 정장 입는 것이 싫다. 특히 넥타이 매는 것을 싫어한다. 목에 올가미를 씌워 놓은 것 같아서 싫다. 누군가 그 올가미를 잡아당길지도 모른다는 강박관념 때문에 숨이 막힐 것만 같다. 그래서 정장보다는 가벼운 티셔츠에 청바지 차림을 더 선호하는 편이다. 그렇다고 조문을 가면서 대충 옷을 입고 갈 수도 없는 노릇이다.

나는 무작정 걷는 것을 좋아한다. 걷다 보면 이런저런 생각을 할 수 있어서 좋다. 하지만 오늘은 걷는 것이 부담스럽기만 하다. 옷 깃을 파고드는 날 선 바람과 함께 죽음을 생각한다.

접시에 물을 받아 코를 박고 죽을 수 있을까? 어림도 없는 소리 다. 내 경험으로 봤을 때 죽음은 결코 만만한 것이 아니다. 죽음 앞 에선 지푸라기라도 있으면 잡게 되는 것이다. 그러고 보면 자살을 실행에 옮긴 사람들은 정말 독한 사람들이다. 자살한다 해도 이 행 성은 결코 벗어날 수 없음을 알기에 나는 그것을 포기한 지 오래다.

장례식장은 한산한 편이다. 조문하기 전에 준비해간 검은색 넥 타이를 목에 걸었다.

엄숙한 얼굴로 조문을 마치고 친구를 위로한 후 올가미를 풀어 주머니에 넣었다. 친구는 담담한 얼굴로 나를 맞이했지만 얼굴에 가득한 슬픔을 숨기지는 못했다.

슬픔은 일 년 전부터 친구를 괴롭혔다. 슬픔은 암적인 존재다. 종양이 어머니의 몸속에 자리를 틀고 앉아 무럭무럭 자라나기 시 작한 순간부터 오늘 일은 이미 예견되었다. 친구 역시 오늘이 올 거라고 생각했을 테지만 그래도 희망은 친구의 곁을 떠나지 않았 었다. 오늘에야 친구는 그 희망의 끈을 놓아버렸다.

실컷 두들겨 패주고 싶은 녀석이 생겼다. 내 여자를 훔쳐간 녀 석, 머리카락에 달라붙은 껌만큼이나 어머니의 몸속에서 지독하 게도 자리를 틀고 앉아 괴롭혔던 녀석.

어떻게 해줄까? 두 녀석은 모두 똑같은 녀석들이다. 물론 녀석들에게 사형선고를 내려야 하겠지. 하지만 내게는 자격이 없다. 껌이라면 질겅질겅 씹어서 뱉어버리면 그만이다. 생각 같아서는 녀석들을 쓰레기봉투에 담아 쓰레기 매립장으로 보내버리고 싶다.

암이라는 녀석은 하루살이에 불과하다. 나 같으면 서로 상부상조하면서 공생관계로 친하게 지냈을 텐데. 녀석은 끝끝내 어머니의 몸을 차지하고 스스로 죽음을 택했다. 빌어먹을 녀석. 그것이 자살과 무엇이 다르단 말인가? 녀석이 그렇게도 자살을 갈망한 이유는 도대체 무엇일까?

이제는 그것을 따진들 아무 소용이 없다. 이별의 축제는 벌써 시작되었지 않은가. 이 축제가 끝나고 나면 이 행성에서는 예정된 시간표대로 만남을 준비할 테고, 또다시 이별을 준비할 테고, 그 짓을 계속해서 거듭할 것이다. 영혼이 존재하는 한 계속해서.

문상객 접대실의 구석 자리에 축제를 마주하고 앉는다. 축제를 위해 마련된 음식들. 비록 만찬은 아니더라도 축제에 필요한 것들이 골고루 갖추어져 있었다.

축배를 들기 위해 술을 따른다. 맥주보다는 소주가 낫겠지. 이별의 축제에는 도수 높은 소주가 제격이다. 알싸하게 목젖을 적시며 식도를 지나 위에 이르러 뜨겁게 자지러드는 이별의 저울질.

축배를 들자. 더는 고통스러워 하지 않아도 될 어머니와 나에게서 죽임을 당한 그녀를 위해. 이제 남은 것은 시간이 모두 해결해줄 것이다. 그것이 이 행성의 소임이고, 이 행성의 감옥에 살고 있는 우리들의 소임이다.

얼마를 앉아 있었는지 모른다. 그래도 나는 축제의 자리를 떠나고 싶지 않았다. 오래도록 축제를 만끽하고 싶었다. 그 사이 친구들 몇몇이 다녀갔고 나는 친구들이 다녀가는 수만큼 축배와 약을 삼켰다.

나는 축배와 공황 사이에서 왔다갔다하기를 반복하면서도 재미없이 그 자리에 앉아 있기를 고집했다. 울고 싶었다. 하지만 울 수는 없었다. 이 축제에서 울 수 있는 권한은 오직 친구와 그의 가족들뿐이다. 애써 담담하게 참아내고 있는 그들을 위해 나는 눈물을 아낀다.

크리스마스 이브는 올해도 변함없이 찾아왔다. 슬픈 날, 슬픈 시간들, 이별의 마지막 클라이맥스.

집들이 많다. 많아도 어쩜 저렇게 많을까? 도심에 빽빽하게 들어앉은 아파트들만큼이나 볼품없는 집들. 결국 우리는 죽음 앞에서 또 다른 집을 장만하는 셈이다. 어쨌든 어머니도 저 많은 집들 사이에 또 한 채의 집을 지을 것이다. 인부들은 이미 집의 기초공사를 끝내 놓은 상태였다.

애절한 만가와 순백의 축제. 하관이 이어졌고 마지막 가시는 길에 친구는 울음을 삼켰다. 아무리 삼켜도 끝이 없을 것만 같은 울음은 가시는 걸음마다 꽃이 되어 피어났다. 이제는 축제도 끝이 났다.

어디로 갈까? 마땅히 갈 곳이 없다. 축제의 허탈함을 채우기에 이 행성은 내게 너무도 작다. 발걸음은 저절로 그녀에게 향하고 있었다.

「나 결혼해. 12월 24일 저녁 7시. 축하해 줄 수 있지?」

그녀의 문자메시지를 다시 확인한다. 하지만 난 그녀를 축하해 줄 자신이 없다. 그들의 축제를 축하하고 싶은 마음은 추호도 없다.

우리가 사랑했던, 아니 사랑이라고 믿었던 그 많은 날들 위에 휘발유를 뿌리고 성냥을 긋고 싶다. 그리하여 불이 활활 타오를 때 그녀의 하얀 웨딩드레스를 찢고 손에 들려져 있을 부케를 빼앗아 짓밟고 싶다. "나쁜 년! 넌 거짓말쟁이야!"라고 말하며 미친 듯이 웃고 싶다.

그러나 생각과 달리 내 발걸음은 그녀가 순백의 웨딩드레스를 입고 서 있을 그곳과 점점 멀어지고 있었다.

진심으로 축하해 주기를 바랐다면 그녀는 이별을 고작 문자메시지로 고하지는 않았을 것이다. 내가 예식장에 하객으로 나타났을 때 그녀는 당황하여 내 눈을 똑바로 바라보지 못할 것이다. 물론 나 또한 그런 식으로 그녀의 앞에 서 있고 싶은 생각은 없다.

혼자라는 것. 나는 그녀로 인해 외로움을 비로소 느끼게 되었다. 검은색 정장과 검은 올가미, 나를 최대한 지탱하고 있는 나의 불쌍한 구두. 크리스마스 이브의 나는 행복하지 않다.

행복을 찾기 위해 그녀와 함께 걸었던 길을 걷지만, 그것은 미련에 불과할 따름이다. 내게 남은 것은 또다시 시작된 공황뿐이다. 공황 속에 갇혀버린 느낌이다. 세상은 온통 어둠뿐이며, 세상은 온통 공허뿐이다.

목표를 상실한 나약한 존재. 나는 멍청이다. 시간이 멈추기를 바라지만 시간은 절대 멈추는 법이 없다. 되돌릴 수도 없다. 이 행성에서의 시간은 할당받은 만큼만 존재한다. 그 언저리에 내가 서 있을 뿐이다.

왜 이리 서글픈지 모르겠다. 단 1초도 나를 배려해 주지 않는 악몽 같은 크리스마스 이브, 너를 냉동실에 넣고 꽁꽁 얼려 아작아작 씹어 삼키고 싶다. 소유할 수 없다면 빨리 소비해 버리는 것이 나을 테지만 나는 그마저도 할 수가 없다.

작년 크리스마스 이브는 어땠는가? 작년에도 나는 혼자였다. 청계천 모전교에서 만나자고 했던 약속을 깬 것은 지은이였다. 단지 회사에 급한 일이 생겨 나갈 수 없다는 핑계를 남긴 채. 나는 모전교 아래에 홀로 앉아 캔맥주를 마시고 있었다. 그러다가 그녀를 만났다. 루체비스타의 그 여자.

왜 나는 그녀를 까맣게 잊고 있었던 걸까? 이름도 알 수 없고 연락처 또한 알지 못하는 미지의 그녀. 나는 그녀와 술을 마셨고 그녀와 함께 밤을 보냈다.

미친 밤이었다. 광란의 밤이었다. 그녀와 함께 들어간 모텔에서의 기억들. 우리는 망설임 없이 서로 뒤엉켜 밤을 불태웠다. 그리고 그녀는 한 장의 폴라로이드 사진과 침대의 하얀 시트 위에 순결한 흔적을 남겼다.

그녀와 함께 찍은 폴라로이드 사진에는 「내년 오늘 그 자리에서 만나」라는 글자가 적혀 있었다. 그런데 난 지금에야 그 일방적인 약속 아닌 약속을 기억해 낸 것이다. 그녀, 루체비스타는 오늘 그 자리에서 나를 기다리고 있을까? 어쩌면 그녀 역시 나처럼 그 약속을 까맣게 잊어버리고 있을지도 모른다. 하지만 가보면 알 것이다.

너도나도 할 것 없이 크리스마스 이브를 아이스크림 먹듯 입에서 살살 녹여 먹고 있다. 나는 인파의 어둠 속으로 스며들어간다. 빛의 축제가 벌어지고 있는 청계천을 걷는다.

달라진 것이 있다면 혼자라는 것뿐이다. 그런데도 난 세상의 모든 것을 잃어버린 얼굴로 또 다른 축제의 축배를 들기 위해 걷고 있다. 내 손에는 편의점에서 산 캔맥주가 전부다.

걷다 보니 걸을 만하다. 나에 의해 죽임을 당한 그녀를 위해 축배를 들어야 한다. 그것이 내가 그녀에게 해줄 수 있는 전부다.

오후 8시. 그녀가 정말로 그 녀석의 여자가 되었을 시간이다. 그래, 잘 먹고 잘 살라지. 나도 너 없이 잘 먹고 잘 살 테니까. 그러나 빛의 축제가 한창인 거리와 나는 어울리지 않는다. 활기가 넘치는 거리에 나는 검은 그림자에 불과하다.

　—애인을 구합니다. 오늘부로 나는 당신의 노예가 되겠습니다. 제 영혼을 소유하십시오. 제 모든 것을 다 드리겠습니다. 순간의 선택이 평생을 좌우합니다.

정말 웃기지. 피켓을 들고 서 있는 저 녀석. 그래도 젊음이 있기에 녀석은 축제의 거리에 잘 어울리는 편이다.

녀석은 애인을 구할 수 있을까? 그것은 녀석의 노력 여하에 달렸다. 감미로운 말발로 크리스마스 이브를 녹일 수 있다면 가능한 일이다.

수놈이 암놈을 찾는 행위는 지극히 자연스러운 일이다. 조류는 암놈보다 수놈이 더 화려하다. 화려함으로 자신을 치장해 암놈을 유혹한다. 그에 비해 맹수와 같은 동물들은 힘을 과시해 서열을 정하고 암놈을 차지한다. 동물들은 종족 번식에 연연하지만 사람들은 단 하룻밤의 즐김만으로도 만족한다.

섹스는 곧 또 다른 축제이며 향락이다. 누가 녀석을 탓하겠는가? 호기심 많은 암놈은 장난삼아서라도 페로몬을 분비할 것이다. 목청껏 떠들어대는 녀석의 소음이 오늘 밤 불장난을 일으킬지도 모른다. 소방차가 도착하기도 전에 불은 꺼지고 말겠지만.

모전교 앞에 이르렀을 때 나는 걷는 것에 흥미를 잃었다. 목이 마르다. 적당한 자리에 앉아서 취하지 않을 만큼 술을 마시자. 그것이 내가 할 수 있는 일이다. 루체비스타의 그녀가 올 거라는 기대는 잠시 접어두었다.

초라하게 앉아 캔맥주를 마신다. 둘이었다면 이렇게 초라하고 궁상맞아 보이지는 않았을 것이다. 그래도 나는 사람들의 시선을 의식하지 않는다. 축제가 끝나지 않았기 때문이다. 이제야 비로소 축제가 시작된 것이다.

오늘 이곳이 아니더라도 축제는 계속되며 사람들은 축제에 흥분할 것이다. 삶은 축제다. 비록 지구라는 행성의 감옥에 갇혀 있기는 해도 우리는 늘 축제를 즐긴다. 이 행성에 존재하는 한 우리는 축제를 끝낼 수 없다. 그것 또한 우리에게 주어진 형벌이다.

가장 불행하다고 여길 때 행복을 진실로 느끼게 된다고 누가 그랬던가? 난 행복을 느끼고 싶다. 맥주 한 모금의 쌉싸래한 뒷맛을 느낄 수 있는 것도 어쩌면 행복인지 모른다.

너도 한잔하렴, 루체비스타. 아니, 정정해야 하나? 서울의 겨울빛 축제라고. 세계적인 경기 불황으로 어느 해보다 추운 겨울을 맞는 시민에게 희망을 주기 위한 빛의 축제. 전력소비량이 루체비스타의 5% 수준에 불과한 발광다이오드(LED)를 사용해 동양적인 분위기를 연출하고 있는 빛의 거리. 비록 루체비스타만큼은 못하더라도 대신 너의 그 화려한 빛의 조각에 열광하는 사람들을 보면 뿌듯할 터. 어때? 사양한다면 어쩔 수 없지. 주최 측은 바로 너니까, 네 마음대로.

작은 눈꽃송이와 동심원이 하늘에서 내려오는 것 같은 환상적인 분위기. 춤을 춘다. 사람들의 눈과 마음을 사로잡으며 환상을 불태운다. 그리고 그리움을 동반한다. 그리움은 늘 외로운 법이다. 외롭다는 것은 슬픈 것이기도 하다. 나는 그 어딘가를 배회하고 있다. 누가 뭐라 해도 너는 언제나 나에겐 루체비스타다.

언제부터 그녀가 옆에 앉아 있었는지 모른다. 한 치의 흐트러짐도 없이 여자는 빛의 조각들을 세고 있었다. 그 모습이 애처롭고 안쓰러워서 그녀에게 맥주를 내민 것은 아니다. 무심결에 캔맥주를 따서 그녀에게 내밀었다. 흑심을 품어서도 아니다.

여자는 사양하지 않았다. 그렇다고 나를 쳐다본 것도 아니다. 여자 역시 내가 무의미하게 맥주를 건넸던 것처럼 무의미하게 받아 든 것뿐이다.

맥주를 건네면서 나는 미세하게나마 여자의 체온을 느꼈다. 체온만큼 살짝 여자의 영혼을 느낄 수 있었다. 마음만 먹는다면 여자의 영혼을 더 읽어낼 수 있겠지만. 그녀의 프라이버시를 침해하고 싶지 않다. 정말 이럴 때에는 사람의 영혼을 읽을 수 있다는 것이 부담스럽다.

제우스 녀석, 그래도 양심은 있는 모양이다. 사람들의 영혼을 읽을 수 있는 능력은 내게서 빼앗아 가지 않았으니. 아니, 어쩌면 내가 가지고 있던 능력 중에 이 능력만 미처 지우지 못한 것인지도 모른다. 내가 아는 제우스는 적어도 나에게만은 관용을 베풀 녀석이 아니다. 만약 제우스가 이 능력만 남겨 놓은 것이라면 너무도 잔인한 일이다. 그것이 맞는다면 녀석은 내게 두 배의 고통을 안겨 준 셈이다. 빌어먹을 자식.

내게 사이코메트리 능력이 있다는 걸 처음으로 안 것은 초등학교 때였다. 우연이라고 생각했던 일들이 현실로 일어나면서 나는 놀랄 수밖에 없었고, 그런 일들이 반복되자 이 능력이 두려워졌다. 그래서 되도록 그런 능력을 사용하지 않으려고 노력했다. 나 자신이 평범하지 않다는 것이 싫었고 또 불안했다. 만약 이 능력이 알려진다면 실험용 쥐처럼 어느 실험실에선가 실험 대상으로 전락하게 될지도 모른다는 생각을 하곤 했다. 나는 부모님에게도 또 친구들에게도 나의 이런 능력을 숨겼다. 나는 단지 평범한 아이이고 싶었다. 절대 실험실 같은 곳으로 끌려가 외계인처럼 해부 당하고 싶지 않았다.

"그 남자가 결혼을 했어. 오늘, 바로 조금 전에."

뜬금없이 중얼거리는 그녀의 목소리는 아주 고왔다. 그리고 외로움. 우린 동행이다.

"그녀가 결혼했어. 오늘, 조금 전에."

다시 만난 루체비스타의 그녀. 그녀를 유심히 바라보지 않더라도 나는 그녀라는 것을 알 수 있었다.

"내 사랑. 혼자만의 사랑이었지. 난 완전범죄를 이룬 셈이야. 그런데 가슴이 왜 이렇게 먹먹한지 모르겠어."

그녀는 작년에도 이 자리에서 완전범죄를 꿈꾸고 있었다. 자의든 타의든 결국 완전범죄를 오늘에야 이룬 셈이다. 그러나 그 어디에도 완전범죄란 있을 수 없다. 범죄의 흔적은 존재한다. 그녀가 걸어온 시간 속에는 범죄의 미세한 조각들이 남아 있을 것이다. 그것이 사랑이라면 더더욱 완전범죄는 있을 수 없다. 하지만 그녀는 스스로 완전범죄라고 자위하고 있다. 사랑의 완전범죄, 빛의 조각을 서글프게 만드는.

"그녀가 죽었어. 아니, 내가 죽였어. 그래도 그녀는 잘 살아갈 거야. 아마 행복하겠지. 내게서는 죽었어도 녀석에게서는 아직도 살아 있으니까. 사실 사람을 죽일 만큼 독한 사람은 드물지. 아니, 많을까? 그래, 살인을 생각해 보지 않았다면 거짓말이겠지. 누구나 한 번쯤은 살인을 꿈꾼다고 들었어. 그것이 비록 가상 살인일지라도. 가상 살인, 죽였다가 살려내기를 반복할 수 있으니까 그것보다 재미있는 게 어디 있겠어. 나도 그녀를 죽이며 완전범죄를 꿈꿨어.”

“사랑한다고 한마디 해줄 걸 그랬나?”

“그랬다면 그건 또 다른 완전범죄가 될 수도 있었겠지. 어쨌든 축하해. 그런데 왜 그렇게 불안해하는 거지?”

“완전범죄를 다시 꿈꾸고 있으니까.”

우린 여전히 서로의 얼굴을 단 한 번도 쳐다보지 않았다. 우리의 관계는 무의미에 가까웠다. 굳이 관계라고 이야기할 것도 없는 사이였다. 작년에 이어 올해 두 번째로 만나 약속을 가장한 우연을 내세우고 있기 때문이다. 오늘이 마지막일지도 모른다. 그녀가 완전범죄를 이루었기 때문에 내년은 이제 기약이 없다.

“그럼 성공하기를 바라.”

나는 자리를 털고 일어섰다. 만남처럼 헤어짐도 무덤덤할 뿐이다. 그 이상의 관계를 지속한다면 나는 루체비스타의 그녀를 사랑하게 될지도 모른다.

빈 캔맥주를 쓰레기통에 버렸다. 내가 죽인 그녀를 빈 캔에 꾸겨넣었고 빛의 조각들을 밟아 담았다. 그리고 마지막으로 루체비스타의 그녀를 꼬깃꼬깃 접어 넣을까 하다가 돌아섰다. 그때 루체비스타의 그녀도 쓰레기통에 완전범죄가 담긴 캔을 미련 없이 던져버렸다.

그녀가 나를 향해 빙긋 웃어주었다. 빛의 축제보다도 더 아름다운 그녀의 고운 미소, 아름다운 누군가의 루체비스타. 남자라면 누구든 사랑하고 싶은 루체비스타.

외투 주머니에 손을 찔러 넣고 걷기 시작했다. 그녀도 따라 걸었다. 그리고는 슬그머니 내 외투 주머니에 손을 찔러 넣었다.

그녀의 손은 따뜻했다. 순간 얼어 있던 내 몸이 순식간에 녹아내리는 것 같았다. 이 순간 그녀는 나의 루체비스타다. 나는 그녀의 손을 꼬옥 움켜쥐었다.

우리는 말없이 걸었다. 작년에도 그랬듯 빛의 거리는 나를 그녀에게 의지하도록 만든다.

그녀를 안고 싶다. 그녀를 안으면 불면의 밤도 잊을 수 있을 것이다. 그러나 우리에겐 사랑이 없다. 지난해의 그 미친 밤을, 광란의 저울질을 되풀이하고 싶은 생각은 추호도 없다. 아마 침대 시트 위의 순결한 얼룩이 마음에 걸렸기 때문인지도 모른다.

"폴라로이드."

그녀가 먼저 자세를 취했다. 여느 연인들처럼 우린 빛의 거리에서 연인 행세를 했다. 뻔뻔하고 당돌하게 빛의 거리를 속이고 있었다. 변한 것은 없다.

우린 폴라로이드 사진을 한 장씩 챙겨 들고 여느 연인들처럼 빛의 거리를 걸었다. 될 수만 있다면 그 거리의 주인공이 되고 싶었다. 그래도 단역보다는 조연이 낫고 또 조연보다 이왕이면 주연이 더 낫지 않을까? 하지만 우린 고작해야 그 거리의 엑스트라에 불과하다.

수많은 엑스트라 사이를 걷는 것도 지쳐갈 즈음 약속이라도 한 것처럼 우리는 작년에 들렀던 술집 안으로 들어갔다.

불판 위에선 지글지글 소리를 내며 고기가 익어가고 있다. 한 생명체의 죽음이 식욕을 자극한다. 너는 죽어서도 봉사를 하는구나. 다음 생에는 너 대신 내가, 아니 나의 몸뚱이가 불판 위에 올려질 지도 모른다. 그래도 너는 이 순간 술안주고, 난 너라도 씹어 삼켜야겠다.

씹을 때마다 배어 나오는 육즙이 소주라는 친구를 만난다. 그래, 너는 마지막을 함께 할 수 있는 친구라도 있어서 행복하겠지. 하지만 오해는 하지 마라. 엄연히 나는 포식자고 가증스러운 미소로 너를 음미하는 것뿐이니까.

"우린 왜 여기에 앉아 있는 거지?"

그녀와 난 친구도 애인도 아니다. 마주하고 앉아 술을 마실 이유는 더더욱 없다. 그런데도 그녀와 나는 각자의 잔에 술을 따른다.

"나는 완전범죄를 이뤘고 당신은 그녀를 죽였잖아. 이런 날은 술을 마시는 거야."

"그런가?"

그것이 우리가 마주하고 앉은 이유가 될 수는 없다.

"왜 아무것도 묻지 않는 거지?"

"뭘? 이름, 나이, 전화번호 같은 거? 말해주지도 않을 거면서. 솔직히 내가 그런 걸 물었다면 자기가 오늘 나왔겠어?"

나는 모전교에서 캔맥주를 건네면서 미세하게나마 그녀의 체온을 느꼈다. 그리고 동시에 잠시나마 그녀의 영혼을 읽었다.

그녀는 부담스러운 것을 싫어하는 타입이다. 아마도 그때 내가 그녀의 얼굴을 똑바로 바라보았다거나, 기다리던 내색을 보였다면 그녀와의 만남은 싱겁게 끝나고 말았을 것이다. 지금 이 자리까지 그녀는 오지 않았을 것이다. 모전교의 어디에선가 그녀가 한동안 나를 지켜보고 있었다는 것을 나는 짐짓 읽을 수 있었다. 그제야 망설임 없이 내 옆으로 다가와 앉았다는 것도.

"그러는 자기는 오늘 왜 나온 거야?"

"너 때문은 아니야. 루체비스타."

"루체비스타를 구경하러 나온 거야?"

"아니. 루체비스타는 너의 이름이야. 내 나름대로 그렇게 부르기로 했어."

"싱겁긴."

"귀찮아. 너도 그렇잖아. 그래서 나에 대해 묻지 않는 거잖아. 자, 술이나 마시자. 축하해, 완전범죄를."

"나도 당신의 살인을 축하해 주어야 하나?"

이를테면 우리는 나름의 축배를 들고 있는 것이다. 말도 안 되는 축배를.

우리에게 공통점이 있다면 그것은 사랑을 잃었다는 것이다. 이제 더는 잃을 것이 없기 때문일까? 이런 이유로 축배를 들어야 한다니 웃기는 일이다.

작년에도 우린 서로에 대해 아무것도 묻지 않았다. 오늘처럼 루체비스타에게 캔맥주를 내밀었고, 루체비스타는 사양하지 않았다. 그것이 불씨가 되어 우린 함께 밤을 보냈을 뿐이다. 우린 오늘도 서로에 대해 그 이상을 강요하지는 않을 것이다. 너무 무책임하다고 말해도 어쩔 수 없다. 우리의 만남은 처음부터 그랬으니까.

"너를 안고 싶어."

취기가 오르기를 기다리고 있었는지도 모른다.

소심한 놈. 꼭 술에 의존해야 했을까? 그건 예의가 아니다. 나의 루체비스타는 아무 말도 하지 않았다. 그녀에게서 취한 모습은 전혀 찾아볼 수 없었다. 술에 취한 것은 오직 나뿐이다.

나는 루체비스타를 갖고 싶었다. 그렇지만 루체비스타에게 사랑을 갈구하고 싶지는 않았다. 루체비스타는 대답하지 않을 것이다. 소방차가 필요한 것은 빛의 거리에서 애인을 구한다는 피켓을 들고 설치던 녀석이 아니다. 바로 나 자신이었다.

나는 쉽게 취하는 편은 아니다. 하지만 폭주가 시작되면 술을 마시는 것은 내가 아닌 또 다른 나다. 그때도 그랬다. 루체비스타가 취하기 전에 내가 취했고, 나는 루체비스타에게 내 모든 것을 맡겼다.

차라리 까맣게 오늘을 잊고 싶었다. 할 수 있다면 내 모든 기억을 지우고 싶었다. 나는 루체비스타에게 내 모든 것을 송두리째 맡겼다. 그녀가 일어서서 나를 버리고 도망치더라도 나는 그녀를 원망할 자격이 없지만.

"루체비스타. 빛을 뜻하는 이탈리아어 luce와 풍경을 뜻하는 vista가 합쳐져 사랑과 나눔, 빛의 축제를 상징하는 루미나리에의

새로운 이름이라지. 아름다워. 나의 루체비스타. 올해는 비록 하이 서울 페스티벌일 뿐이지만. 언제나 넌 나에게 루체비스타야.”

우린 못난 곳도 잘난 것도 없는 평범한 사람들일 뿐이다.

“나를 가져. 당신에게 주고 싶어.”

“바보. 이럴 땐 그렇게 말하는 게 아니야. 내 귀싸대기라도 한 대 후려치고 깔깔깔 웃기라도 해야지. 아니면 내 얼굴에 침을 뱉고 미친놈이라고 말하던가.”

“바보. 사실 당신을 갖고 싶은 건 나야.”

“오늘 밤만?”

“그래.”

“나 취했어. 하지만 정신은 말짱해. 네가 나를 가진다고 해도 나는 거부할 수 없을 거야.”

루체비스타가 웃는다. 나는 오늘 처음으로 루체비스타의 티 없이 맑은 얼굴을 볼 수 있었다. 너무나도 아름다운 그녀. 나는 무너진 채로 루체비스타에게 의지하고 싶었다.

“내 영혼을 가져. 오늘 밤만, 나를 너에게 양보할게. 그렇지만 완전범죄를 생각하지는 말아줘.”

“그건 내 맘이야. 당신은 내게 강요할 권리가 없어. 그렇지만 걱정은 하지 마. 난 당신을 버려두고 갈 만큼 독한 여자는 아니니까. 오늘 밤, 당신을 가질 거야. 또 알아? 진정한 완전범죄를 당신에게서 찾고 싶어 하는지도 모르지. 난 언제나 완전범죄를 꿈꾸면서 살아가니까.”

"루체비스타."

처음도 아니다. 망설일 이유도 없다.

루체비스타는 취하는 법이 없다. 내 정신은 혼미함으로 점점 무뎌져 가고 있었다. 나 스스로 나이기를 포기하고 있었다. 차라리 술에 의해 쓰러지는 것보다는 스스로 쓰러지는 것이 나을지도 모른다. 하지만 스스로 쓰러진다면 다시는 일어나지 못할 것만 같았다. 술에 의해 쓰러지는 편이 훨씬 나을지도 모른다. 취기는 한순간에 나를 무너뜨렸다. 술은 역시 대단한 녀석이다. 나를 언제든 무너뜨릴 준비가 되어 있으니. 오늘만큼은 너를 경계하고 싶지 않다.

화장실에 가기 위해 잠시 일어섰을 때 나는 중심을 잃고 쓰러질 뻔했다. 다행히 루체비스타가 그런 나를 부축했다. 나의 그녀가 있어서 나는 안심했다.

"왜 울어?"

"우는 거 아냐. 하품한 거야."

"눈물 흘리는 것 맞잖아."

"아니야. 눈에 먼지가 들어가서 그래. 아파서 흘리는 거야. 남자는 그렇게 쉽게 눈물을 흘리지 않는다고."

딱 잡아뗐다. 하지만 잡아뗀들 소용없다. 루체비스타에게 눈물로 보였다면 그건 분명 눈물이다.

사실 나는 잘 운다. TV 드라마를 보다가도, 영화를 보다가도, 뉴스를 듣다가도, 책을 읽다가도 나는 눈물을 흘린다. 시도 때도 없이 흘러내리는 눈물 탓에 난감할 때도 더러 있었다. 남자라고 눈물

흘리지 말라는 법이 어디 있는가? 슬프면 흘리고 보는 것이 눈물이다. 애써 참다가는 답답함 때문에 병이 되고 만다. 하지만 하필이면 이럴 때 눈물이라니.

왜 눈물이 흘러내리는지 나도 모르겠다. 아무리 생각해도 내가 울어야 하는 이유는 없다. 그까짓 실연 때문에 눈물을 흘린다면 초라하게 달고 있는 고추는 떼어버려야 할 것이다. 어쨌든 나는 슬픈 건 참지 못한다. 남자도 때론 엉엉 울어버리고 싶을 때가 있는 법이다.

이제 더는 술도 마시기 싫다. 고기 타는 냄새가 역겨워 토악질이 나올 즈음 술집에서 나왔다. 한결 기분이 좋아졌다. 울렁이는 빛의 거리를 다시 걸었다. 축제의 거리는 쉽게 끝이 날 것 같지 않았다. 축제의 거리가 이제는 지겨웠다. 사람들 사이에 섞여 있는 내가 싫었다.

"그리로 갈까?"

"방이 있을지 모르겠어."

"왜 취한 척하는데?"

"나 정말로 취했다."

"아니. 취하지 않았어. 혼자서도 잘 걷잖아. 취한 사람이 어떻게 그렇게 똑바로 걸어."

"취한 사람은 똑바로 걸으면 안 되는 거야? 깜빡 잊었거나, 벌써 술에서 깬 거겠지. 꿈을 꾸고 있는 것 같아. 겨울밤의 길고 긴 꿈 말이야. 악몽과 길몽 사이에서 오도 가도 못하고 있는 그런 꿈. 하지만 꿈이라면 깨고 싶지는 않아. 오늘 밤의 꿈을 간직하고 싶어. 잊고 싶지 않아. 우린 연인처럼 이렇게 함께 걷고 있잖아."

"그래. 우린 꿈속의 연인이야."

꿈속의 연인. 길고 긴 겨울밤이 지나고 나면 없어지고 마는 미지의 여인. 꿈에서 깨어나더라도 나는 루체비스타와 함께이고 싶다. 나는 루체비스타를 뚫어지게 바라보았다. 루체비스타를 사랑할 수 있을까. 어쩌면 나는 루체비스타를 사랑하고 있는지도 모른다.

"그러고 보니 정말 예쁘다, 루체비스타."

빛의 거리도 막바지를 향해 달려가고 있는 시간. 이제 우리도 우리만의 쉴 공간을 찾아 들어가야 할 시간이다. 우린 머물 곳이 필요했다.

우리는 작년에 묵었던 바로 그 모텔 앞에서 발길을 멈추었다. 다행히 방이 있었다. 작년에 묵었던 바로 그 방이다.

"정말 꿈은 아니겠지, 루체비스타?"

"꿈일지도 몰라."

"아닐 거야."

방으로 들어서는데 취기가 확 올라왔다. 가까스로 정신을 가다듬고 물을 찾아 마셨다. 방 안은 조용했다.

"루체비스타?"

그녀가 보이지 않았다. 역시 꿈인가? 생각하고 있을 때 화장실에서 변기 물 내리는 소리가 들렸다. 그제야 나는 마음을 놓을 수 있었다. 혼자서는 그 밤을 온전하게 감당할 수 없을 것 같았기 때문이다. 만약 그렇다면 이 밤은 지옥으로 향하는 길목이 될 것 같았다.

루체비스타는 무의미한 존재가 아니었다. 서서히 나를 장악해오고 있는 무엇인가를 그녀에게서 느꼈다. 그녀를 점점 알고 싶어졌다.

사랑인가? 물론 모른다. 나는 취했다. 취했다는 이유로 그녀와의 만남을 나는 거부하고 싶었는지도 모른다. 과연 그럴까? 아니, 난 모른다. 취기 때문이었을까? 아님 내 나름의 허구와 망상인지도 모르지.

나는 루체비스타 없이는 이 밤을 절대 보낼 수 없다. 내가 죽인 그녀 때문만은 아니다. 그녀는 이미 나에게서 죽었고 나는 어쩌면 루체비스타에게 이끌려가고 있는지도 모른다. 그녀는 충분히 사랑을 준비하고 또 가질 수 있는 여자니까. 어쩌면 나는 그녀로 인해 존재하는지도 모른다. 이 순간, 나는 루체비스타의 완전범죄를 위해 존재하는지도 모른다. 그래도 좋다.

나는 약을 먹는다. 공황과 또 현실 사이의 길. 그 길 위에 내가 서 있는 것은 분명한데. 나는 자꾸만 나약해진다. 왜? 난 잘난 것도 없고, 못난 것도 없고 또 나는 죄수이기 때문이다. 아무렴 어때, 나는 지금 이 순간 한 여자를 소유하고 싶다. 루체비스타 그녀를 소유하고 싶은 생각뿐, 다른 생각은 없다.

"넌 누구지?"

"난 나야!"

"그랬구나. 넌 너였어. 루체비스타 너를 존경해. 그리고 오늘 너를 가질 수 있어서 행복해."

"바보, 멍청이."

"왜?"

"……."

"내가 싫어?"

"넌 내가 누군지도 모르잖아."

"그게 무슨 상관이야. 넌 지금 나랑 같이 있잖아. 내가 싫었다면 넌 오늘도, 아니 작년 오늘도 내 옆에 있지 않았을 테니까. 내게 넌 늘 존재하고 있었어."

"웃겨."

"나를 비난하는 거야? 아니면 나를 가지고 노는 거니? 아니면, 또 다른 완전범죄?"

"아니. 난 이미 너야. 이 순간 완전범죄란 있을 수 없어. 존재의 의미란 내겐 없으니까. 이 순간 역시."

"그게 무슨 말이니?"

"그래도 몰라?"

"아! 알 것 같아. 우린 오늘도 원나잇 스탠드구나. 작년에도 그랬잖아. 그래서 우린 올해도 상대를 찾지 못해 이 자리에 있는 거야. 그렇다면 원하는 대로 해주지. 나를 가지고 싶다고 그랬지. 그렇다면 작년처럼 오늘도 역시 나를 가져. 나는 이미 네 거야."

"물론, 그럴 거야."

"그럼 나를 철저하게 무너뜨려. 나는 이미 너이기를 바라고 있으니까. 아니, 네가 나를 가질 수 있을지, 내가 너를 가질 수 있을지는 아직 모르는 일이야. 물론 알고 있어. 우리 사이에 완전범죄란 없다는 것을. 어떻게 할래?"

"그건 내 맘이야. 우린 서로 실패한 사람이고 또 축배를 든 사람이니까."

"문제는?"

"우린 즐기면 되는 거야."

"나쁜 여자!"

"나는 당신을 가질 거야."

"상관없어, 난 배설을 하면 그만이니까."

"배설?"

"그래. 어쨌든 좋아. 루체비스타 당신은 이미 나니까!"

"어쨌든."

나는 술에 취했다. 나는 이미 루체비스타다. 나는 나를 내세우고 싶지 않다. 이미 나는 나이기를 포기하고 있었으니까. 아무려면 어때. 이 행성을 살아가는 또 다른 방법인지도 모르지.

취기와 공황은 명백하게 다르다. 하지만 취기 속에서 공황을 읽어내기란 결코 쉬운 일이 아니다. 나는 루체비스타에게서 공황장애를 씻어내고 싶어 하는 욕심쟁이다. 루체비스타 또한 나에게 무엇인가를 의지하고 싶어 하는 그런 밤 인지도 모른다.

우린 머쓱하게 침대 위에 걸터앉아 있었다. 한동안 쥐 죽은 듯이 조용한 적막이 흘렀다. 숨이 막혀 오는 것만 같고 속이 메슥거리기 시작했다.

"씻어야겠어. 먼저 씻을래?"

"기다릴게."

나는 자리에서 일어나자마자 옷을 훌훌 벗어 던졌다. 술기운 때문에 그녀가 보고 있다는 생각은 하지 못했다. 외투가, 슈트가, 바지가 차례대로 욕실을 향해 스스럼없이 각질을 벗겨 내듯 벗겨 져 나갔다.

욕실에 들어선 나는 남은 각질을 벗겨 옷걸이에 걸었다. 피곤이 한꺼번에 밀려왔다. 하지만 그녀와 있을 한바탕의 축제를 포기하고 싶지는 않았다.

침대 위에 걸터앉아 나를 기다리고 있을 그녀의 생각에 내 아랫도리가 묵직해졌다. 하지만 샤워기를 틀자 나는 몸을 가누지 못하고 그 자리에 주저앉고 말았다. 아니, 그 자리에 곤두박질치듯 쓰러지고 말았다는 표현이 맞을 것이다. 밖에서 그녀의 목소리가 들려 왔다.

"괜찮아?"

나는 대답할 수 없었다. 한순간 나를 장악해 버린 알코올은 내 영혼을 뒤죽박죽 흔들고 있었다.

욕실 문이 열리고 그녀가 안으로 들어왔다. 술에 취한 발가숭이, 보이지 말았어야 할 추태였다. 차라리 변기통에 머리를 처박고 죽고 싶은 심정이었다. 그렇지만 그럴 여력이 내게는 남아 있지 않았다. 그녀가 나를 일으켜 세웠다. 순간, 나는 그녀와 교감하고 싶었다. 그녀의 붉은 입술에 입을 맞추었다.

"미안해."

"다친 곳 없어?"

"몰라. 같이 샤워할래?"

"어린애 같아. 내가 씻겨 주어야 할 것 같은데."

그녀가 나를 욕조로 밀어 넣었다. 그리곤 샤워기를 틀어 내 몸 곳곳에 군더더기처럼 남아 있는 취기를 벗겨 내기 시작했다. 그녀의 손길이 닿을 때마다 나는 새롭게 태어나고 있었다. 구정물에서 내 젊음을 찾아주기 위해 그녀는 정성껏 비누거품을 만들었다.

잠깐, 아주 잠깐 잠이 들었던 것 같다. 눈을 떴을 때 나는 어둠 속 침대 위에 누워 있었다.

"루체비스타?"

대답이 없었다. 가 버린 것일까? 그때 욕실 문을 열고 촉촉하게 젖은 그녀가 나왔다.

"왜 가지 않았어?"

"눈 감아."

굳이 눈을 감을 필요까지는 없었다. 어둠뿐이었으니까. 하지만 그녀가 시키는 대로 나는 눈을 감았다. 그녀가 침대 위로 올라왔다. 그녀의 순결한 살갗이 나의 살갗으로 다가왔다.

순결한 나의 루체비스타. 그녀가 순결하지 않았다면 나는 루체비스타를 다시 만났을까? 처음 만남에서 성병이라도 걸렸다면 루체비스타를 다시는 만날 생각은 하지 않았을 것이다.

나도 별 수 없는 남자다. 왜 남자들은 여자에게 순결을 강요하는 것일까? 스스로 순결하지 않으면서 일방적으로 순결을 강요하는 것은 잘못된 일이다. 순결은 강요한다고 지켜지는 것이 아니다. 설령 순결하지 않다고 하더라도 서로의 사랑이 진실하고, 서로에게 믿음이 있다면 그것 역시 순결한 것이다. 하지만 우리는 순결을 운운할 사이가 아니다.

순결은 강요되어야 하는 것이 아니다. 사회적 통념상 여자에게 순결을 강요한 것이 여자들을 더더욱 순결하지 못하게 만드는 요인이 되었다. 나도 결코 순결하지는 않다. 하지만 오늘밤 루체비스타에게만은 순결하고 싶다.

"난 바람이야."

"바람?"

"바람은 머물지 않잖아. 오늘이 가더라도 나를 기다리지는 말아 줘. 언젠가는 또 바람이 되어 스쳐 지나갈 테니까. 나는 그렇게 흘러갈 거야."

그녀가 먼저 내게로 들어왔다. 촉촉한 입술 사이로 그녀의 뜨거운 혀가 느껴졌다.

"우린 사랑하지도 않잖아."

"축제라고 생각해."

"축제."

다시 시작된 축제. 몸을 가눌 수도 없었던 나를 일으켜 세우는 그녀의 몸짓은 간절했다. 축축함과 부드러움, 때로는 강하면서도 약하게, 간지럽게 우리의 축제는 불타오르기 시작했다.

그녀의 가슴은 풍만했다. 그녀의 가슴은 높은 산이었다. 산에 오르면 오를수록 갈증은 점점 심해져 갔다. 정상에 올랐을 때에야 비로소 나는 조금이나마 갈증을 해소할 수 있었다.

비릿하면서도 달콤한 맛, 나도 모르게 그녀의 가슴에서 나는 무엇인가를 찾고 있었다. 아마도 모정이었을 것이다. 그녀의 가슴에는 물기가 흥건했다. 그녀가 내 머리를 쓰다듬었다. 나는 그녀의 아기다. 그녀의 소유물이다.

그녀를 만난다. 충분히 기다렸던 그녀는 스스럼없이 마중 나왔다. 그녀의 보금자리로, 태초의 보금자리로 나는 되돌아가고 있었다.

그녀의 입에서 짧게 신음이 쏟아져 나왔다. 나는 더 깊게, 더 가까이 그녀의 영혼을 찾아 나선다. 그 무엇으로도 표현할 수 없는 축제의 황홀함.

나는 루체비스타를 사랑한다. 하지만 바람이고 싶다는 그녀를 잡을 만한 묘책이 내게는 없다. 우린 하나를 이루었지만, 우리는 하나로 존재했지만, 그녀와 나의 생각은 결코 하나를 이루지 못했다.

"많이 기다렸어?"

"글쎄."

"이젠 기다리지 마."

"기다리겠다면?"

"그건……."

루체비스타는 말끝을 흐렸다. 나 역시 더는 루체비스타를 귀찮게 하고 싶지 않았다. 축배를 든 후에 우린 말없이 서로를 끌어안고 떨어지지 않았다.

"이 밤이 지나면 떠나겠지?"

"바람이니까."

"바람은 왜 머물지 않는 걸까?"

"바람이 머물면 시간도 멈출 거야."

"루체비스타, 당신을 사랑하고 싶어. 난 욕심이 많아. 당신을 보내주지 않을지도 몰라."

"바람은 누구도 소유할 수 없는 거야. 바보야."

이 밤이 지나지 않기를, 아침에 눈을 떴을 때 루체비스타가 옆에 누워 있기를, 욕심을 조금 더 부려 이 시간이 멈추었으면 하는 바람으로 나는 눈을 멀뚱거렸다.

잠들기 싫은 밤이었다. 내게는 축제가 아직도 계속되고 있었기 때문이었다. 루체비스타가 있는 한 축제는 계속될 거라고 나는 생각했다. 하지만 시간은 멈추지 않았고 밤이 깊어 갈수록 나는 시간의 노예가 되어 갔다.

부스스 눈을 뜬 늦은 아침. 루체비스타는 흔적도 없이 사라지고 말았다. 나는 힘겹게 침대에서 일어나 서둘러 폴라로이드 사진을 찾았다.

옷장에 가지런히 걸려 있던 외투 주머니에서 사진을 찾을 수 있었다. 하지만 처음 만남과는 달리 폴라로이드 사진에 루체비스타의 흔적은 없었다. 환하게 웃고 있는 루체비스타뿐, 만남의 기약은 그 어디에서도 찾을 수 없었다.

그녀는 또 바람이 되어 내 곁을 떠나고 만 것이다. 그녀의 빈자리로 공황이 찾아 들어왔다. 나는 입에 약을 털어 넣고 다시 침대 위에 누웠다. 숙취 때문에 공황이 더 심해진 것이다. 축제 끝에는 쑥대밭이 되어버린 공허만 남을 뿐이다. 난 축제의 끝이 싫다. 그래서 항상 축제가 계속되어야 한다고 생각하는 사람 중의 한 명이다.

이제 내게는 아무도 없다.

언제부터 눈이 내리고 있었는지 모른다. 그리고 보니 화이트 크리스마스다. 손꼽아 기다리던 바로 그 크리스마스. 하지만 축제는 이미 끝나버린 후다. 다시 시작될 축제를 손꼽아 기다리며 나는 공황 속을 걸었다. 혼자 걸었다. 지난밤 루체비스타의 영혼을 읽었던 것처럼 내년에도 루체비스타를 다시 만날 수 있기를 기다리는 수밖에 내가 할 수 있는 일은 없다.

연락처도, 이름도, 사는 곳도 나는 모른다. 그녀는 흔적을 남기지 않는다. 나 또한 그녀에게 나에 대한 일말의 흔적도 남기지 않았다. 우리가 다시 만난다면 그건 순전히 우연이던가, 아니면 필연일 것이다.

모전교 그 자리에서의 만남도 이제는 기약이 없다. 아쉬움만 가득할 뿐이다. 사랑한다고, 가지 말라고, 너 없이는 단 하루도 살아갈 수 없을지도 모른다고 떼를 써서라도 잡을걸. 후회해도 소용없는 일. 기차는 이미 떠나고 말았다. 아니, 바람은 이미 내 곁을 스쳐 지나가고 말았다. 내겐 바람의 흔적만이 남아 있을 뿐이다. 나에게서 루체비스타를 찾는다. 그녀는 그리움이 되었다.

뽀드득뽀드득, 쌓인 눈이 말한다. 너는 루체비스타 없이 다시는 사랑을 꿈꿀 수 없을 거야. 나도 녀석의 말에 공감한다. 이제는 집으로 돌아가야 할 시간. 축제는 끝났다. 아니, 또 다른 축제의 시작이 기다리고 있겠지. 축제는 아직 끝나지 않았다.

"안녕, 루체비스타!"

그 남자

당신은 매사에 적극적인 편이 아니다. 노처녀라는 딱지를 달고, 대리라는 명찰을 달고 늘 앉던 자리에 앉아, 있는 듯 없는 듯 일에 매진하는 편이다. 하지만 적극적이진 않아도 결정을 내리면 밀어붙이는 편이다. 당신은 나이에 걸맞지 않게 왕언니라는 타이틀을 달고서 하루하루를 무의미하게 지내는 날이 많았다. 당신은 그런 자신이 싫었다. 젊은 여사원들과 섞이지 못하는 것이 그랬고, 매일 혼자서 먹는 점심이 그랬다. 이제 고작 서른을 넘긴 나이임에도 신경만 곤두세웠다 하면 노처녀 히스테리라고 몰아치는 통에 동료가 원망스러울 때도 있었다. 동기들이 나이가 들면서 하나둘씩 회사를 떠나기 시작했고 당신도 언젠가는 회사를 떠나야 한다는 것을 알고 있었다.

남자에게 관심이 없었던 것도 아니고 독신을 고집한 것도 아니었다. 그저 아직 마음에 드는 남자를 만나지 못했기 때문이었다.

그렇다고 당신의 눈이 높은 편은 아니었다. 회사에 입사해서는 추파를 던져오는 남자들도 꽤 있었지만 당신은 일을 핑계로 남자들과의 만남을 멀리했었다. 그리고 무엇보다도 사내 커플이라는 것이 마음에 걸렸다. 미루고 미루던 것이 결국에는 서른을 넘기고 만 것이다. 요즘 서른은 노처녀 축에도 들지 않는다. 다만 꾸미지 않는 탓에 노처녀라는 별명이 붙게 된 것이다. 당신은 노처녀라는 말을 그저 흘러가는 얘기로 들어 넘겼다. 동료들 입방아에 오르지 않기 위함이기도 했다. 사람들의 이목 따위는 안중에도 없었다. 단지 꽃다운 나이에 연애 한 번 해보지 못한 것이 아쉬움으로 남을 뿐이었다. 단 한 번도 연애를 해보지 않았다는 것은 아니다. 대학 때 몇몇의 남학생을 만나기는 했지만, 먼저 선을 그은 쪽은 당신이었다. 당신은 학비를 벌어야 했기 때문에 시간을 낼 수 없었다. 남들처럼 든든한 부모가 있어 뒤에서 버팀목이 되어준 것도 아니었다. 부모가 없다는 것이 늘 마음에 걸렸다. 그렇게 해서 자연스럽게 남학생들은 떨어져 나갔다. 당신은 그것이 당연하다고 생각했다.

그 남자와 만난 것은 단조로운 일상에서였다. 당신이 속해 있는 총무과 회식이 있던 날이었다. 그날도 핑계를 대고 회식에서 빠질 생각이었다. 당신이 퇴근하려는데 그가 당신을 잡고 늘어졌다.

"연아 선배, 오늘도 빠질 거예요? 같이 갈 거죠? 선배가 빠지면 무슨 낙으로 회식을해요. 오늘은 같이 가요. 선배가 그러니까 여직원들도 모두 핑계를 대고 도망가려고 하잖아요. 이럴 때 선배가 사기를 잡아야죠."

그 남자가 그렇게 살갑게 굴기는 처음이었다. 그때 당신은 처음으로 남자에 대한 정이 그리웠다. 그 남자 직원은 당신보다 한 살이 적었지만, 그런대로 말쑥하고 성격도 활발하며 나름 능력도 있어서 여직원들에게 인기가 많았다.

“오늘은 정말 바빠서 그래요, 김주영 씨.”

남자는 좀처럼 당신을 놓아주지 않았다. 당신이 어쩔 수 없다는 것을 느꼈을 때에는 이미 남자의 손에 이끌려 걸어가고 있었다. 당신도 자신의 선택에 놀라고 있었다. 당신은 회식에 잠시 들렀다가 가기로 이미 마음을 먹고 있었다. 집에 일찍 가봐야 막상 할 일도 없었다. TV를 보거나 빨래를 하거나 이것도 저것도 아니면 집 안 청소를 하는 소일이 전부였다.

얼마 만에 참석하는 회식인지 가물가물했다. 하지만 회식이란 분위기가 그렇듯 별다를 것은 없었다. 별다르다면 그것은 그가 당신의 앞에 마주하고 앉은 것이다. 그가 당신의 접시에 고기를 구워 익는 족족 올려주었다. 부담스러웠지만 그다지 싫지만은 않았다. 남자의 자상함이 당신을 꿈틀거리게 하고 있었다. 당신은 서서히 깨어나고 있었다. 망울졌던 꽃이 만개하듯 당신의 입가에는 어느새 웃음이 깃들어 있었다.

“선배, 제가 입사하고 회식에 참석하는 것은 이번이 처음이죠?”

“그런가? 한 대리가 빠져서 그런지 그동안 왠지 허전했어. 이제는 빠지기 없기야?”

부장이 거들었다. 당신은 애써 대답하지 않았다.

술잔이 돌아가면서 당신의 얼굴이 발그레해졌다. 양 볼에 붉게 오른 선홍빛 자태가 고왔다. 더 이상의 술을 삼갔지만 남자는 당신의 잔에 술을 몇 차례 더 따라주었다. 회식의 뒤풀이는 으레 2차로 이어지기 마련이다. 그날은 노래방 대신 술 한잔 더 마시자는 남자 직원들의 소원을 들어주기로 했다. 술자리는 자연스럽게 회사 근처 호프집으로 이어졌다. 당신은 빠져나갈 구멍을 찾았지만, 그럴 때마다 남자가 당신을 잡아 세웠다.

"두 사람 사귀는 것 같지 않아요?"

"그러게 말이야. 머지않아 국수를 먹을 수도 있겠는걸?"

"왜들 그러세요."

떡 줄 사람 생각도 없다는 듯이 당신은 말을 잘랐다. 하지만 그 말이 왠지 싫지 않았다. 당신은 그 남자와의 꿈같은 데이트를 생각했고, 주책없다며 자신을 나무라기도 했다. 그러면서 후배 여직원들의 눈치를 살폈다.

회식이 끝나고 집으로 돌아갈 시간이었다. 남자는 부장과 과장을 택시에 태워 보내고 난 후, 조금의 틈도 주지 않고 당신에게 집까지 데려다 주겠다며 택시에 올라탔다. 남자는 술에 취해 있었지만 애써 흐트러진 모습을 보이지 않으려 했다. 당신은 남자의 그런 모습이 좋았다. 하지만 내색을 하지는 않았다.

"주말에 뭐해요?"

"친구랑 쇼핑하기로 했어요."

"그래요, 선배. 되도록 밝은 옷을 사 입도록 해요. 선배는 어두운 옷이 어울리지 않아요.”

어두운 옷? 그랬던가? 그래, 언제부턴가 항상 어두운 옷이었어. 당신은 대답 대신 살며시 웃어 주었다. 사실 약속은 없었다. 연락되는 친구들도 없었다. 휴일이면 집에서 퍼져 누워 있는 것이 전부였다. 몸매도 가꾸어야 예뻐진다는데 그러지 못한 것이 아쉬웠다. 그랬다면 지금쯤 멋진 커리어우먼이 되어 있을지도 모르는데. 어쩌면 근사한 남자의 아내가 되어 신혼의 단꿈에 빠져 있을지도 모를 일이었다. 그동안 너무 게으름을 피웠다며 자책했다. 당신은 그가 자신을 유심히 보고 있었다는 것을 그제야 알아차릴 수 있었다. 누군가가 호감을 느끼게 할 수 있다는 것, 그러고 보면 아직 노처녀 소리를 들을 나이는 아닌 것이 분명했다. 단지 나이가 들면서 자신감이 결여된 것뿐이라고 생각했다. 당신은 그 남자에게 호감을 느꼈다.

당신은 좀처럼 상대에게 자신의 속마음을 털어놓는 일이 없었다. 그것은 언젠가 그 상대 역시 부모님처럼 훌쩍 떠나버릴지도 모른다는 불안감 때문이었을 것이다.

김주영? 어쩌면 그와는 가까워질 수도 있을지 모르겠다고 당신은 막연하게 생각했다. 그가 집까지 가자고 했지만 당신은 망설였다. 집에 도착하지도 않았는데 당신은 그즈음에서 집에 다 왔다며 택시를 세웠다. 되돌아가는 그의 어깨가 듬직하게 느껴졌다. 살다 보니 별일이었다. 아무렇지도 않게 여겨지던 후배 직원이, 그것도 남자 직원이 집 근처까지 바래다주었던 적은 처음 있는 일이었다.

난생처음 있는 남자의 에스코트였다.

집에 돌아온 당신은 문득 외롭다는 생각을 했다. 늘 외로웠지만 오늘처럼 허전한 적은 없었다. 남자가 그리운 걸 보면 당신도 별수 없는 여자인 것이다. 당신은 처음으로 남자에게 의지하고 싶다는 생각을 했다. 더 이상은 혼자이고 싶지 않았다. 아마도 누군가가 반드시 곁에 있어야 할 것 같다고 당신은 생각했다. 여자로 태어난 것이 행복하다는 걸 느끼고 싶었다. 한 남자의 여자로 다시금 태어나고 싶었다. 순간 간절함이 밀려들어 왔다.

쥐 죽은 듯 적막하기만 한 원룸에 무릎을 괴고 앉아 당신은 서러움의 눈물을 흘리기 시작했다. 왜 부모님은 그렇게 일찍 떠나간 것일까? 갑작스런 부모님의 교통사고. 불가항력인 일들이 원망스러웠다. 생각해 보면 여태까지 행복을 느꼈던 적은 없었다. 외로움과 바쁜 일상에서 당신은 홀로 버텨내야 했다. 가정을 꾸린다는 생각은 추호도 해본 적이 없었다. 언젠가 홀로 병을 앓다가 이름도 없이 사그라질지도 모른다는 두려움 때문에 당신은 강해져야만 했다. 지칠 시간이 없었다. 한눈팔고 삶의 휴식을 만끽할 만한 시간 또한 없었다. 혼자였기 때문에 아플 시간조차 없었다. 그런데 한 남자가 다가왔다. 그것도 몇 년씩 봐 왔음에도 관심조차 없었던 남자가 다가온 것이다. 그리 감격할 일이 아니었음에도 당신은 잠을 이룰 수가 없었다. 여자이기 때문에 행복할 시간은 많이 남아 있었다. 그 행복을 내일부터라도 만끽해 볼 참이었다. 스스로를 아끼고 다듬지 않는다면 그 어떤 남자도 당신에게 다가오지 않을 거라는 것을 당신은 뒤늦게 깨달았다.

여자이고 싶었다. 왜 그동안 자신이 여자라는 것을 몰랐던 것일까? 당신은 이제 여자가 되는 길을 선택했다. 사랑을 하고 싶었고 여자로서 잉태의 꿈을 실현하고 싶었다.

당신은 자신의 옷장에서 가장 화사한 옷을 찾기 시작했다. 그러나 그런 옷이 없었다. 당장에라도 예쁜 옷을 사 입고 싶었다. 또 요가학원이나 수영장 회원권을 끊어 열심히 몸매를 가꾸기로 마음 먹었다.

다음날 김주영이 먼저 당신의 자리로 찾아왔다. 그리곤 피로회복제를 건네주었다. 사소한 것이지만 당신은 들뜨기 시작했다. 그날 점심시간에도 어떻게 알고 찾아왔는지 당신이 자주 이용하는 분식집에 나타났다. 김주영은 대뜸 당신의 자리로 다가와 앉았다.

"저도 분식 좋아해요. 술 마신 다음 날은 분식으로 속을 풀곤 하거든요. 이 집 단골인데 왜 그동안 선배를 보지 못한 걸까요? 벌써 4년이나 됐는데."

4년이나 됐다고? 그런데도 단 한 번도 부딪치지 않았다니 믿기 어려운 일이었다. 하긴, 매일 분식을 먹을 수는 없는 노릇이니까. 당신이 그 자리에 없을 때 김주영이 혼자 분식을 먹고 있는 모습을 생각했다.

"불편하세요? 그래도 어쩔 수 없어요. 이 집 칼국수가 유명해서 쉽게 자리가 나질 않거든요. 그래서 모르는 사람과 합석하는 건 예삿일이라는 것쯤은 선배도 알고 있죠?"

사실 틀린 말이 아니었다. 칼국수가 유명해서 점심시간이면 북새통을 이루는 것쯤은 당신도 알고 있었다. 그리고 돈을 내고 식사를 시켜야 한다는 것도 당신은 익히 알고 있었다. 당신은 김주영이 그곳을 찾은 것이 우연이라고 생각했다. 우연 아닌 필연이라고 해도 아무 상관 없었다. 같은 회사 동료끼리 마주 앉아 식사하는 것이 잘못된 것도 아니었다. 모르는 사람과도 마주 앉아 식사를 하는데 그것이 무슨 대수로운 일이란 말인가.

"사귀는 여자 있어요?"

그 질문을 던져 놓고 당신은 잠시 당황했다. 그 낯빛이 김주영에게 들킬까 봐 또 당황했다.

"아니, 없어요. 그러는 선배는요?"

당신은 대답하지 않았다. 당신이 애인이 없다는 것은 회사 동료라면 누구라도 알고 있는 일이었다. 김주영이 모를 리 없었다. 당신은 조용히 칼국수를 먹기 시작했다. 혹시라도 후루룩 하는 소리가 들릴까 봐 입을 오물거렸다. 김주영은 후루룩 소리를 내며 칼국수를 먹기 시작했다. 그 모습이 남자다워 보였다. 왜 그리 사소한 것에까지 이끌리는지 당신은 몰랐다.

점심을 먹고 함께 커피를 마시다니 상상도 할 수 없는 일이었다. 그것도 여자 동료가 아닌 남자 동료와 함께.

불현듯 아기를 갖고 싶다는 생각이 들었다. 그 아이가 사랑하는 남자의 아이가 아니라도, 아니 김주영의 아이면 좋겠다는 생각을 왜 했는지 모르겠다. 하지만 당신의 못된 상상은 그치지 않았다.

당신의 사랑은 그렇게 시작되었다. 알아주지도 않는 사랑의 상상 속에서 헤매며 당신은 당신이 아닌 그 이기를 원하고 있었는지도 모르겠다.

그날 당신은 쇼핑을 했다. 김주영의 말대로 밝은 옷과 구두를 사신었고 집으로 돌아오는 길에 휘트니스센터 회원권도 끊었다. 당신은 그렇게 달라지고 있었다.

당신은 김주영과의 만남이 즐거워졌다. 회사를 출근할 때도 또 김주영 없이 퇴근해 집에 들어올 때도 당신은 사랑을 꿈꾸었고, 나름대로 사랑을 키워나갔다. 김주영이 자신의 곁에 있다는 것만으로도 당신은 즐거웠다. 이제 당신에게 김주영이 없는 일상은 무의미할 뿐이었다. 당신은 그렇게 당신의 속에서 남자의 사랑을 키워가고 있었다. 그게 헛된 망상일지라도 당신의 의지와는 이미 상관없는 일이었다. 김주영에게 잘 보이기 위해 옷을 입었고 또 운동을 시작했다. 당신은 갈수록 매력이 끓어 넘치기 시작했다. 뜸하던 남자들의 추파도 가끔 받아가면서 콧방귀를 끼곤 했다. 당신은 이제 아름다운 여자였다. 김주영이 없더라도 당신은 여성으로서 부족할 것이 없었다.

싫증을 느낀 걸까? 아니면 애써 모른 체하는 것일까? 당신은 김주영의 관심을 끌기 위해 노력했지만 이제 무덤덤한 쪽은 김주영이었다. 당신으로서는 알 길이 없었다. 하지만 언젠가는 김주영이 다가오지 않더라도, 당신 스스로 김주영을 당신에게 다가오게 만들 자신이 있었다. 그러지 않고 김주영에게 고백하는 방법도 있었다. 김주영도 그 고백을 흔쾌히 받아들여 줄 것이라 생각해 자신만 만했다. 김주영은 누가 뭐래도 자신의 남자라고 당신은 생각했다.

당신의 외사랑은 시간이 갈수록 깊어져만 갔다. 김주영이 알아차릴까 봐 전전긍긍하면서도 당신은 김주영에게서 시선을 떼지 않았다. 사랑을 잃고 싶지 않다는 생각이 앞섰다. 김주영에게 부담스러운 존재 역시 되고 싶지 않았다. 그래서 당신은 섣불리 나설 수 없었다. 언젠가는 김주영이 먼저 프러포즈해 올 것이기에 그날을 손꼽아 기다렸다. 당신은 그렇게 착각 속에서 하루하루를 보냈다. 하지만 그것이 싫지만은 않았다. 누가 뭐래도 당신에게 남자는 오직 김주영뿐이었다.

"김주영 씨 사귀는 여자 봤어?"

사귀는 여자라니? 당신은 벌써 사내에 자신의 소문이 돌고 있는 것은 아닐까 하고 생각했다. 김주영의 옆에는 당신이 있다고 믿었으니까 그런 오해를 할만도 했다.

그즈음이었다.

"선배, 나 여자를 만났어."

당신은 아무 말도 할 수가 없었다.

"아주 착한 여자야. 우린 처음 만나자마자부터 눈이 맞았어. 이런 경험 처음이야."

"결혼할 거야?"

"모르겠어. 지금 같아서는 그럴 수도 있을 것 같아. 조금 더 만나봐야 알 것 같지만."

점심시간, 그 분식집에서였다. 단지 지금뿐이다. 김주영의 마음이 언제 바뀔지는 모르는 일이었다. 하지만 당신은 자신을 포기하지 않았다.

"실은 나도……."

말을 잇지 못했다. 당신은 당장 고백을 하지 않으면 김주영이 영영 자신의 곁을 떠날지도 모른다는 것을 알고 있었다. 하지만 당신은 차마 김주영에게 고백하지 못했다. 아직은 모를 일이었다. 언제든 김주영이 되돌아온다면 받아 줄 용의도 있었다. 하지만 둔탁한 무엇엔가 한방 얻어맞은 것은 분명했다. 사랑은 간직하는 것이라고 생각했다. 사랑은 무엇보다도 서로 이해하는 것이라고 생각했다. 그러나 한발 늦은 것은 분명했다. 언제까지나 곁에 있을 거라 믿었던 김주영이 그렇게 빨리 상대를 찾아내리라고는 생각해 본 적이 없었다. 어쨌든 당신은 그 외사랑을 끝까지 간직할 요량이었다.

그 여자, 당신의 사랑을 몽땅 독차지하려는 여자, 그 여자가 부러웠다. 쫓아가서 때려죽일 만큼 그 여자가 부러웠다. 하지만 한 가닥 희망은 남아 있었다. 당신은 남겨두기로 했다. 김주영이 다시 자신에게 되돌아올지도 모른다는 그 무모한 생각을.

사랑은 사소한 것에서부터 시작되었지만 당신은 마음을 다시 먹었다. 언젠가는 그도 당신의 마음을 알리라. 그날 당신은 한숨도 잘 수 없었다. 그 여자의 머리끄덩이를 잡고 난리법석을 피울까도 생각했지만 그럴 수는 없는 노릇이었다. 김주영이 당신을 사랑한다고 말했던 것도 아닌데 그럴 수는 없는 일이었다. 당신은 생각했다. 사랑을 믿을 뿐이라고. 문제는 당신 자신에게 있었다. 진작 사랑한다고 고백하지 못했던 일. 알고 보면 그 모든 것이 당신 탓이었다. 당신이 사랑을 고백했더라면 김주영은 그렇게 떠나가지 않았을 거라고, 아니 사랑의 고백보다도 스스로 용기를 내지 못했다는 것에 대해 당신은 후회하고 있었다.

결국에는 남의 사람이 되어버린 사람, 왜 진즉에 나의 것으로 만들지 못했던 것일까? 바보 같은 외사랑. 당신은 자신을 책망했다. 자신을 원망하고 자신을 버러지만도 못한 인간이라고 치부해 버렸다. 당신이 할 수 있는 일은 아무것도 없었다. 외사랑의 충격이 너무 컸던 탓일까? 당신은 그날 밤 한숨도 잘 수가 없었다. 빈약한 사람, 바보 같다 못해 천치 같은 자신을 당신은 용납할 수 없었다. 외사랑의 결말이 그러할 거라는 것을 왜 몰랐던 것일까? 차라리 상처와 치유를 많이 겪었더라면 그런 일은 없었을 것이었다.

그날 이후로 김주영은 당신에게 아무런 관심도 의욕도 없었다. 당신은 그에게 버려졌다고 생각했다. 김주영과 저녁을 함께 하자고 해도 그 녀석은 약속이 있다며 당신의 제의를 거절했다. 그것뿐만이 아니었다. 회식에도 불참하는 날이 많았고, 또 당신을 피하는 날도 많아졌다. 당신은 개밥에 도토리처럼 이 길 저 길을 배회하는 날이 많아졌다. 당신 곁에 김주영이 없다는 건 악몽이었다. 그 악몽을 벗어나고 싶었지만 마땅한 도리가 없었다.

당신은 언제나 혼자였고, 돌이켜보면 또 혼자였다. 당신은 여자지만 적극적이지 못해 남자를 잃었다. 잃은 것은 그것만이 아니었

다. 당신의 자존심이며, 당신의 사랑까지도 모두 잃어버리고 말았
다. 당신은 다시 혼자다. 당신은 혼자일 수밖에 없는 것이다. 그것
은 당신이 더 잘 알고 있었다. 그래서 당신은 스스로를 포기하는
입장에 이르렀다. 그깟 외사랑이 무엇이기에.

혼자서 할 수 있는 것은 아무것도 없었다. 단지 우는 것밖에는.
그런데 왜 울어야 하는지 당신 자신도 몰랐다. 김주영을 사랑했지
만 그것은 외사랑 때문이었는데.

다음 날 김주영에게 자신의 사랑을 고백하고 싶었지만 당신은
그럴 수가 없었다. 당신은 미련을 버리지 못한 채 좀 더 기다려 보
기로 했다. 그 여자와 김주영이 헤어지기를. 그러나 당신의 생각과
는 다르게 그들의 연애 소식은 동료 사이에 소문을 타고 넘어가기
를 반복했다. 당신이 설 자리는 이제 그 어디에도 없었다. 그렇지
만 당신은 기다림을 접지 않았다.

정말 그 둘은 서로를 사랑하는 것일까? 의문이 생겼다. 그 의문
을 풀어야만 직성이 풀릴 것 같았다. 빼앗긴 남자, 아니 고삐를 풀
어놓은 남자였는지도 모르겠다. 어쩌면 그를 설득할 수 있을지도
모를 일이었다. 그래서 남자의 뒤를 밟았다.

그해 겨울이었다. 한 남자와 한 여자, 무지 잘 어울리는 모습이었
다. 당신이 그 둘 사이에 설 수 있는 공간은 없었다. 그 모습을 보는
순간 다리에 힘이 풀렸다. 주저앉고 싶었지만 그럴 수는 없었다.

사랑하던 이여, 안녕. 당신의 마음속은 휑해졌다. 그 누가 그 속을
채워 줄 수 있을는지. 당신은 무작정 걸었다. 택시를 타기도 했고 무

작정 내려 버스를 타기도 했다. 당신이 내린 곳은 청계천이었다.

김주영을 생각했지만 그는 다시는 되돌아올 것 같지 않았다. 그를 생각하면서 걷다가 앉은 곳이 바로 모전교였다. 실연을, 당신이 생각하는 실연을 당신은 떠올리고 싶지 않았다. 어차피 외사랑에 불과했으니까. 김주영이 누구를 사귀든 누구와 결혼을 하든 당신은 그의 곁을 맴도는 잠자리에 불과했으니까. 당신은 차라리 단념하고 말았다. 그 텅 빈 가슴을 누구에게든 위로받고 싶었지만 그럴 사람은 그 어디에도 없었다. 외사랑의 결말은 그런 것이려니 생각하는데 누군가 캔맥주를 건넸다. 당신은 스스럼없이 캔맥주를 받아 들었다.

낯선 남자, 남자는 아무것도 묻지 않았다. 그저 술만 마실 뿐이었다. 어쩌면 그것이 당신은 편했는지도 모르겠다. 남자는 혼잣말을 중얼거렸다. 당신 역시 혼잣말로 중얼거렸다. 그것이 인연이었을까, 당신은 캔맥주를 마신 뒤에 쓰레기통에 빈 캔을 버리는 남자를 따라 캔을 버렸다. 그리곤 남자와 함께 걸었다. 그러다가 본의 아니게 폴라로이드 사진을 찍었고 그와 동행이 되었다.

술을 마셨다. 그러나 취하지 않았다. 하지만 남자는 취해 있었다. 그 남자를 홀로 내버려 둘 수가 없어서 모텔까지 동행했다. 그때 그 남자가 외로워 보였다. 그 외로움을 달래 주고 싶었다.

남자는 늑대가 되었고 당신은 여우가 되었다. 단 하룻밤의 만남이었다. 당신은 그 남자를 통해 김주영의 기억을 잊고 싶었다. 그래서 더 몸부림쳤다. 남자는 관계를 마친 후 곯아떨어졌다. 당신은 남자가 자는 모습을 지켜보다가 당신의 여성스러움을 발견했고 침대 위에 지키지도 못할 약속을 남긴 채 모텔을 나왔다.

당신은 회사를 그만두었다. 더 이상의 미련을 남기고 싶지 않았다. 당신의 외사랑은 그렇게 끝나고 말았다.

이젠 그 어디에도 얽매이지 않는 바람이 되고 싶었다. 당신은 새로운 시작을 원했다. 당신이 갖지 못했던 세상의 삶을 영위하고 싶었다. 김주영은 외사랑일 뿐이지만 언젠가는 다른 누군가와 진실한 사랑을 만들 수 있을 거라 생각했다.

그날은 흔하지 않게 눈이 내렸다. 당신의 상처를 모두 덮어주는 것처럼 함박눈이 내렸고, 당신은 그 길을 걸었다. 다시는 외사랑 같은 것은 하지 않겠다며.

김주영의 결혼 소식은 일 년 만에 들려 왔다. 당신은 김주영이 결혼하는 그날 결혼식장 앞을 배회하다가 되돌아섰다. 그리곤 잊고 있던 남자와의 두 번째 만남을 생각해냈다. 당신의 발걸음은 청계천 모전교를 향하고 있었다.

다이어리

오전 아홉 시부터 두 시까지 수영장은 늘 아줌마들 일색이다. 오늘도 변함없이 풀 속으로 뛰어들지만 몸이 그리 개운한 편은 아니다. 10분 동안 준비운동을 하고 그것도 모자라 사우나에서 땀을 빼고 수영을 시작했는데도 몸은 무겁기만 하다. 괜히 기운이 빠지고 어지러워 상비약을 먹었는데도 몸은 좀처럼 회복될 기미를 보이지 않는다.

아쿠아로빅에 레인 3개를 빼앗기고 나머지 3개의 레인을 초급, 중급, 상급으로 나누어 수영을 하려니 복잡하기는 이루 말할 수 없다. 게다가 몸은 계속해서 물속으로 가라앉으니 오늘은 정말로 수영할 맛이 나지 않는다. 이럴 때 근사한 아가씨가 쭉쭉빵빵한 몸매로 눈요기라도 시켜주면 좋으련만. 아쿠아로빅 강사의 현란한 몸동작도 이제는 눈에 들어오지 않는다.

후배 마누라라고 했지. 그래서 더 껄끄러운 건지도 모르겠다.

이럴 때에는 수영하는 것보다는 발차기 연습이 제격이다. 하지만 그것도 만만치가 않다. 초급 레인에서 발차기 연습이라도 할라치면 아줌마들이 달라붙어 수영을 가르쳐 달라는 통에 영 석연치가 않다. 그래도 오늘은 별수 없다. 아줌마들이 빠져나가기를 기다렸다가 한가해진 틈을 타서 수영하는 수밖에.

오늘 같은 날은 텅텅 빈 유아용 풀이 만만하다. 초급 레인은 아쿠아로빅을 따라하는 아줌마들로 발 디딜 틈조차 없이 빼곡하기 때문이다.

얼마 동안 유아용 풀에서 물장구를 쳤는지 모른다. 언제부터인지 모르지만 젊은 여자가 고개를 숙인 채 조금의 흐트러짐도 없이 앉아 있었다. 다리만 물에 담근 채.

수영장에서 보는 웬만한 아줌마들은 낯이 익은 편이다. 저 여자 또한 그리 낯설지가 않다. 몇 달 전까지만 하더라도 수영에 재미를 붙여 하루도 빠짐없이 수영장에 출퇴근을 하더니 요즘은 통 보이지 않았었다. 그 여자에게 몇 번 자세를 잡아준 적이 있었다. 그때 고맙다며 식사라도 대접하겠다는 걸 마다했던 적이 있었다.

어쨌든 여자에게 다가가기에 여자는 너무도 초췌해 보였다. 예전에는 전혀 찾아볼 수 없었던 어두운 표정으로 여자는 앉아 있었다. 무슨 생각을 하는 것일까? 여자의 모습에서 검은 그림자를 발견하며 나는 석연치 않은 한숨을 내쉬었다.

자유형 발차기를 시작으로 배영, 접영 발차기를 끝내도록 여자는 한 치의 미동도 없었다.

발차기는 하면 할수록 수영에 많은 도움이 된다. 수영을 마스터 했다는 사람들 중에는 자만심에 빠져 발차기를 소홀히 하는 경우가 있는데 그런 사람들의 영법을 보면 자세가 엉망인 경우가 많다. 선수가 아닌 이상에야 그다지 자세에 신경 쓸 필요는 없겠지만 그렇다고 수영 경력을 따지면서 우쭐하는 사람들을 보면 영 마뜩찮다.

수영은 폼이고 폼이 잘 나오면 나올수록 자세에 빈틈이 없다. 그래서 발차기 연습과 유선형 자세가 중요한 것이다. 접영이나 평영에서는 특히 더 중요하다. 하지만 대개의 사람들은 처음 발차기할 때를 잊곤 한다. 그러다 보면 자세는 당연히 흐트러지게 되고 나름의 영법을 구사하는 것이다. 그리 좋지 않은 영법임은 뻔하다. 이른바 개폼의 시작이다. 개헤엄을 치지 않는 것만도 천만다행이다.

10분간의 휴식, 그리고 다시 시작된 수영. 아줌마들이 서서히 빠져나가기 시작한다. 하지만 아쿠아로빅에 빼앗긴 3개의 레인은 여전히 되찾아 올 수 없었다.

그 여자는 여전히 변함없는 자세로 앉아 있다. 누군가를 기다리는 것도 아닐 것이다. 왜냐하면 그 여자는 붙임성이 없어서 같이 수영하는 아줌마들과 그리 친한 편이 아니다. 그렇다고 친구와 함께 수영장에 온 적도 없었다. 여자는 늘 혼자였고 늘 수영에만 열중했다. 그래서 내가 더 다가서기 쉬웠는지도 모르겠다.

물론 흑심이 있어서 그런 것은 아니다. 우연한 기회에 우연히 평영 발차기를 알려준 것이 고작이었다. 부정하지는 않겠다. 그 여자의 균형 잡힌 몸매가 나를 군침 흘리게 했는지도 모르겠다. 남자들은 다들 그러니까. 나도 역시 남자라는 걸 인정하지 않을 수 없다. 잘 빠진 여자만 보면 눈이 돌아가는 속물, 그게 바로 남자다.

말을 걸어 볼까도 했지만 여자의 어두운 그림자에 가려 나는 다가설 수가 없었다. 알 수 없는 카리스마. 카리스마는 남자에게만 있는 것이 아니다. 아무리 여자의 습성을 따지려 해도 느껴지는 카리스마는 어쩔 수가 없다. 그래서 그 여자와 나는 가까이하기에는 너무도 먼 관계인 것이다.

30분 정도 흐르자 수영장의 레인은 한가해졌다. 유아용 풀에서 나와 상급 레인 속으로 풍덩, 내가 보기에도 참 멋지다. 나는 제멋에 사는 사람이다. 누가 뭐래도 내 폼은 한 치의 흠을 잡을 곳이 없었다.

접영으로 200미터 그리고 자유형 평영 배영으로 각각 200미터씩. 이 정도면 훌륭하지 않은가.

내달릴 때는 거침없어야 한다. 그래야 아줌마들이 자리를 비켜 주기 때문이다. 얼마를 그렇게 내달렸는지 모른다. 그러다가 한 아줌마한테 가로막혀 주춤거릴 때 주위를 둘러봤다. 그 여자가 보이지 않는다. 아무리 둘러봐도 여자는 없고 휑한 그림자만 자리할 뿐이다.

제기랄. 어쩌면 나는 그 여자의 마음을 읽고 싶었는지도 모르겠다. 그래서 더 마음이 허전한 것인지도 모르겠다. 이놈의 집착. 때려치울 때도 됐는데 왜 나는 그놈의 집착을 저버릴 수 없는 걸까. 난 그 여자에 대해 알고 싶다. 그 여자보다는 그 여자의 그 어두운 그림자가 예사롭지 않아서 더 집착하는 것인지도 모르지.

수영을 끝내고 레인 거는 것을 도와준 후에 수영복을 찬물에 흔들어 걸어 놓았다. 그리고 실버 타임 노인네들이 빠져나간 사우나에 들어가 땀을 빼기 시작했다. 그 와중에도 나는 그 여자를 생각하고 있었다. 그 여자를 힘들게 하는 그 어두운 그림자는 뭘까? 하기야 내가 알아서 무엇하겠는가. 잊자. 이제 집착은 그만하자. 내가 죽였던 그 여자처럼 훌훌 털어버리면 그만이지 않은가. 인생 별거 있나? 다 그런 거지. 나 혼자 살기에도 바빠 죽겠는데 남의 일까지 신경 쓸 필요는 없지 않은가.

땀을 쭉 흘리고 찬물에 샤워를 했는데도 이마에서는 여전히 땀이 흐른다. 그렇다면 오늘 수영은 만족할 만한 성과다.

긴 때수건을 밑에 깔고 그 위에 스포츠타월을 그리고 수영복과 샴푸, 보디클렌저를, 마지막으로 수영 모자에 감싼 물안경을 집어넣는 것으로 내 가방은 홀쭉해진다. 그것을 백에 집어넣고 탈의실을 나선다.

번호표가 달린 열쇠를 데스크에서 회원 카드와 바꾼다. 갈증 때문에 자판기에서 이온음료를 뽑아 자리에 앉았다. 그때 그 여자가 자리에서 일어나 밖으로 나갔다. 평상시 같으면 눈인사라도 주고받았을 텐데. 여자는 그럴 경황 없이 자신의 발끝에 시선을 주고 계단을 걸어 올라갔다.

나는 안내 데스크가 보이는 자리에 앉아 이온음료로 갈증을 해소했다. 그리고 일어서려는데 옆에 가지런히 놓여 있던 다이어리가 손에 걸렸다. 순간 불길한 예감이 들었다. 그 여자의 다이어리가 틀림없었다. 느낌으로나 직감으로나 분명했다.

나는 다이어리를 들고 스포츠센터를 뛰어 나섰다. 계단을 올라 스포츠센터의 문을 열었지만 그녀의 모습은 보이지 않았다. 얼핏 다이어리를 스르르 넘겼을 때 그 여자와 그 여자의 딸과 남편으로 보이는 세 사람의 사진이 보였다. 행복한 가정. 하지만 느껴지는 것은 딸아이의 희미한 잔영이었다. 나는 그때야 비로소 여자의 슬픔을 짐작할 수 있었다.

벌써 봄이다. 엊그제가 루체비스타의 계절이었는데 이제 꽃이 피고 새싹이 돋아나기 시작했다. 개나리는 일찍 꽃을 피운다. 하지만 얼마 지나지 않아 꽃들은 사라지고 무성한 새싹들만 자라나, 사람들의 눈을 금세 식상하게 만든다. 그러고 보면 은행나무는 5월이 되어야 꽃을 피우지만 우리는 알아차리지 못한다. 가을이 되어야 노랗게 물든 나뭇잎을 보며 꽃 아닌 꽃을 피운다고 오해를 하곤 한다. 황금빛의 낙엽들. 나는 개나리보다는 은행나무다 더 좋다. 가을이면 은행이라는 열매를 맺지 않는가. 노랗게 익어 떨어진 열매에서 고약한 냄새를 풍기기는 해도 그 안의 은행이 수확의 즐거움과 고소한 맛을 느끼게 해준다. 고마운 일이다. 이 또한 삶의 행복이다.

땀은 아직 식지 않았다. 봄바람의 싸늘함도 침범할 수 없는 체온의 상승률. 역시 운동은 대단하다.

내일모레면 낚시를 가야 하기 때문에 나는 시장에 들러 반찬가

게에서 여섯 종류의 반찬을 샀다. 그리고 집으로 돌아오기 전에 생수 한 박스를 사서 돌아오자마자 냉동실에 처박아 두었다.

다이어리를 탁자 위에 던져두고 편한 옷으로 갈아입은 나는 같이 낚시를 가기로 한 후배 녀석에게 확인 전화를 걸었다. 그러나 불통이다. 문자메시지를 보내도 연락이 없다. 녀석의 부재를 나는 담담히 받아들인다.

썩을 놈. 올해의 첫 출조를 망치고 싶지 않았다. 몇 번의 전화를 한 후에야 녀석과 통화를 할 수 있었다. 후배는 갑자기 일이 터져서 낚시를 갈 수 없다고 했다. 그랬다면 진작 연락을 줄 것이지.

후레자식. 출조를 정한 것은 내가 아니었다. 낚싯대를 샀다며 낚시를 가르쳐 달라고 조른 것은 후배였다. 그런 녀석이 일을 핑계로 퇴짜를 놓다니. 옛날 같았으면 사다 놓은 반찬 때문이라도 달려가 죽통이를 한 대 갈겼을 테지만. 성질 많이 죽었다. 그렇다고 머리 다 큰 놈에게 주먹질을 할 수도 없는 노릇이고. 어쨌든 출조는 다음 기회로 미루어야겠다. 사실 이른 출조에 마음이 내키지 않던 쪽은 나였다. 이맘때는 파로호의 날 선 바람이 쉽게 문을 열어 주지 않을 것이기 때문이다. 죽도록 고생만 하다가 빈손으로 돌아왔을 것이 뻔하다.

요즘은 혼자 낚시 가는 것이 왠지 두렵다. 아마도 공황장애 때문일 터이다. 그렇지 않았으면 혼자라도 낚시가방 챙겨 들고 쫄래쫄래 길을 나섰을 텐데.

마음을 삭히는 데는 녹차가 제격이다. 물을 끓여 녹차를 넣은 후에 우러난 녹차를 다기에 따랐다. 그때까지 잊고 있었던 그 여자의 다이어리가 눈에 들어왔다. 순간 나도 모르게 다이어리를 손에 들었다.

어두운 그림자에 대한 집착이랄까? 다이어리에 대한 집착은 좀처럼 가시지 않았다. 그 여자의 주위를 감싼 어둠 때문일 것이다.

나는 다이어리를 훑어보기 시작했다. 그러다가 블로그 주소를 알게 되었다. 아니나 다를까 그 여자의 블로그였다. 나는 나도 모르게 그 여자의 블로그 속으로 걷잡을 수 없이 빠져들기 시작했다. 그 여자의 이야기가 서글프고 가슴 아프게 시작되고 있었다.

오늘은 아침부터 우울했습니다. 달력을 무심코 넘기다가 오늘이 바로 생일인 것을 알았기 때문입니다. 생일인지 모르고 그냥 넘어갔다면 좋았을 걸, 달력을 보지 않았으면 좋았을 텐데.

어딘가 미역이 있을 거라고 생각했습니다. 찾다 보니 수납장 한쪽 구석에 미역이 있었습니다. 미역을 불리기 위해 물에 담갔을 때, 울컥 목이 메어 왔습니다.

예지의 생일날 미역국을 끓여 주기 위해 사다 놓았던 미역이라는 것이 생각났기 때문입니다. 그런데 못난 엄마는 예지에게 미역국을 끓여 주지 못했습니다. 전 정말 아주 못된 엄마입니다.

미역국을 끓여 식탁에 올려놓고 앉았습니다. 소고기도, 조개도 들어가지 않은 맹탕인 미역국입니다. 미역국을 보고 있자니 그이가 생각납니다.

예지를 낳고 집에서 몸조리할 때 그이는 삼칠일을 꼬박 미역국을 끓여 주었습니다. 하루도 빠짐없이 말이에요. 회사 다니기에도 바빴을 텐데. 그이는 매일 미역국과 함께 여러 가지 반찬을 만들어 내놓곤 했습니다. 잘 먹어야 한다나요.

그이는 출근하기 전 아침식사를 차려 주고, 점심에, 그리고 오후 4시경에 전화해서 식사를 했는지 확인하곤 했습니다. 도우미 아줌마가 오서서 어련히 잘 차려주는데도 말이에요. 그이는 퇴근해서 다시 반찬을 만들어 저녁식사를 차려 주었습니다.

미역국이 질려서 못 먹겠다고 하면 미역무침이라든지 냉채를 만들어 주곤 했습니다. 그이의 튀각은 일품이었습니다. 생각해 보면 그이가 끓여 주었던 미역국처럼 맛있는 미역국을 근래에는 먹어 보지 못한 것 같습니다.

그때는 그것이 얼마나 고마운지 몰랐습니다. 그런데 지금은 알 것 같습니다. 저는 너무 무딘 아내였고, 매정한 엄마였던 것 같습니다.

그이는 오늘이 내 생일이라는 걸 알고 있을까요? 그이는 아마도 생일을 잊지 않고 있을 겁니다. 어쩌면 그이는 안부 전화를 걸어올지도 모릅니다. 그렇다고 너무 큰 기대를 저는 할 수 없습니다.

미역국을 먹으려는데 자꾸만 눈물이 나옵니다. 왜 이렇게 서러운 걸까요. 이렇게 외롭고 쓸쓸한 생일은 처음입니다. 미역국 한 숟가락을 뜨고서 저는 그만 돌아앉고 말았습니다. 생일이 도대체 무엇이기에. 저는 생일을 차려 먹을 자격이 없는 여자입니다. 예지의 생일날 미역국도 제대로 끓여 주지 못한 내가 무슨 미역국을 먹겠다고…….

미역국을 쏟아 버렸습니다. 전화기 앞에 앉아 전화벨이 울리기를 기다립니다. 그러나 전화벨은 좀처럼 울리지 않습니다. 아마도 그이는 전화하지 않을 겁니다. 그래요, 난 그이에게 이제 남이 되어 버린 여자이니까요. 그이의 아내이길 고집하는 것은 염치없는 일일 테지요.

앞으로도 저는 늘 혼자일 겁니다. 이제는 설날과 추석이 싫을 거고 크리스마스와 연말이 싫을 겁니다. 그때가 되면 혼자라서 외로울 테니까요. 아마도 그런 날에는 눈물이 날 겁니다. 혼자서 살아가는 것은 결코 쉬운 일은 아닐 겁니다. 벌써 이렇게 힘든데. 앞으로는 더 힘들어질 겁니다. 과연 내가 이겨내며 살아갈 수 있을지 자신이 없습니다.

오늘은 오랜만에 일기를 들여다봤습니다. 그와 연애할 때 써 두었던 글입니다.

안갯속을 걸을 때면 붉게 상기된 얼굴에 금방이라도 눈물이 쏟아져 내릴 것만 같은 눈으로 속절없이 고개를 숙이고 마는 가식 없는 사람. 한 발짝 다가서면 한 발짝 뒤로 물러서고, 한 발짝 더 가까이 다가서면 저만치 등 돌려 무안하게 만드는 사람.

그의 모습에서 나는 나를 발견하지 못한 가슴 아픈 아쉬움을 느끼곤 합니다. 그는 언제나 내 속에 자신을 간직하기를 원하지 않았습니다. 그는 작은 한 줄기 희망을 찾아 자꾸 어디론가 떠나가려 하지만 나는 정작 그런 그를 보내 줄 수가 없었습니다.

그 여자, 그의 얼굴에서 잠시도 서글픔을 거두지 못하게 하는 그 여자. 그의 일상 속에는 언제나 그 여자가 있었습니다. 그 여자로 인해 그는 속절없이 시들어 가고 있었습니다. 그런 그를 바라보는 나의 마음은 한없이 무너져 내렸습니다.

어디에서부터 어떻게 시작되었는지, 어디로 어떻게 향하고 있는 것인지 알 수 없지만 그의 기다림은 끝이 없을 것만 같았습니다.

사랑을 기다림으로 접어두고 마는 남자, 어렴풋이 잊을 수 없는 그때를 회상하며 혼자가 아닌 둘이라고 살포시 엉뚱한 미소를 짓는 남자. 현실에 적응하기를 포기한 채 추억 속에서 추억의 타래를 거슬러 올라가려고만 하는 바보 같다 못해 가여운 사람. 그는 항상 그런 모습으로 나를 당황스럽게 만들었습니다.

유난히도 봄과 가을을 많이 타는 남자, 비 맞기를 좋아하고, 스스로 자신만의 세상에 갇혀 삶을 무기력하게 이끌던 남자. 어느 순간 흘린 눈물 자국으로 측은해 보이는 그 남자. 그럴 땐 그의 옆에 있는 내가 그를 괴롭히고 있는 것은 아닐까, 하는 생각으로 또다시 슬퍼졌습니다.

사랑은 체념에서 비롯되는 것은 아닌지. 그의 가슴속에 묻어둔 사랑의 상대가 부럽기만 했습니다. 왜 새롭게 시작하기를 거부하는 것인지. 그 여자가 돌아오겠다고 약속했던 것도 아닌데, 아니 이제는 돌아올 수 없는 머나먼 곳으로 떠나버렸는데.

어쩌면 새로운 시작이 두려운 것은 아니었을까? 무수한 밤하늘의 별들도 그의 어깨에 내려앉은 이슬만큼이나 지루해하는 시간. 고독, 그 속에서 이슬을 눈물로 만들며 그는 기다림의 지루함을 소중히 달래고 있었습니다. 어쩌면 눈뜨면 새롭게 시작되는 그 아침이 싫었는지도 모릅니다.

그에게는 여림이 많아서, 그의 그림자 속에는 아픔이 많아서, 나는 불안해 그를 떠나보낼 수가 없었습니다. 다가갈수록 쉽게 외면할 수 없는, 생소하지 않은 나의 일부분이 되어버린 남자이기 때문이었습니다.

진실은 무엇일까요? 돌이킬 수 있다 한들 무엇하나, 이미 지나간 세월 속의 아쉬움일 텐데요. 진실한 사랑이면 그만일 텐데. 하지만 그렇게 자위한다 해도 그의 방황은 사랑의 시작부터 존재하고 있었습니다.

그는 알까요? 잠시라도 가까이에 없으면 허전하고 답답해서 견딜 수가 없는 나의 심정을, 돌아봐 주지 않아도 뒷모습을 보고 있는 것만으로도 행복했다는 것을, 나의 가장 소중한 존재라는 것을.

야속한 사람, 송두리째 나의 마음 가져간 사람. 나의 희망인 남자. 단 한 번도 외면할 수 없었던 소중한 나의 모든 것이었던 남자. 한번쯤 환한 얼굴로 웃어줄 법도 했는데.

내가 자기를 그 얼마나 그리워하며 다가와 주기를 기다리고 있는지 이제는 알아줄 법도 한데. 고독 속에서 깨어나, 지난 추억 속에서 깨어나 나의 사랑을 이제 받아줄 때도 된 것 같은데.

그래요. 우리의 사랑은 잘못된 만남이었는지도 모릅니다. 하지만 그를 야속하다고도 밉다고도 할 수 없습니다. 그 모든 잘못은 제게 있으니까요.

일을 해야 하는데 일이 손에 잡히지 않습니다. 온종일 무엇을 했는지 모르겠습니다.

이러다가 우울증에 걸리는 건 아닌지 모르겠어요. 차라리 기억상실증에라도 걸렸으면 좋겠어요. 기억상실증에 걸리면 아무 생각도 나지 않을 테고 내가 누군지도 알 수 없을 테니까요.

하지만 만약 그렇게 된다면 내가 누군지 알고 싶을 테고, 내가 어떻게 살아왔는지 궁금할 테고, 기타 등등 여러 가지 문제가 발생하겠지요? 그것 역시 쉬운 일은 아니네요.

살아가는데 쉬운 일이 어디에 있겠습니까. 슬픈 일이 있으면 기쁜 일이 생길 테고, 행복할 때가 있으면 불행할 때도 있겠지요. 인생이란 다 그렇다고 하던데요.

온종일 전화벨이 한 번도 울리지 않았습니다. 전화벨을 기다리는 마음은 점점 현실을 인식하게 합니다. 사실 일주일째 전화벨은 한 번도 울리지 않았습니다. 일주일째 찾아온 사람 또한 없었습니다.

이 세상은 마치 내가 살아온 세상이 아닌 다른 세상처럼 느껴집니다. 저는 도대체 어느 세상에서 살아가고 있는 걸까요.

기분 전환이라도 해야 할 것 같아서 케이크를 사기 위해 나섰습니다. 그런데 막상 케이크며 샴페인을 살 수가 없었습니다. 그래서 샴페인 대신 소주를 사 가지고 들어왔습니다.

소주는 너무나 씁니다. 써도 빨리 취할 수 있어서 좋고 취하면 잠을 잘 수 있어서 좋습니다.

오늘은 예지를 만나고 왔습니다. 예지가, 우리 예쁜 아가가 떠난 지 꼭 7주가 흘렀고, 49일이 되는 날이었습니다.

아침 일찍 집을 나섰습니다. 이른 아침부터 비가 내리기 시작했습니다. 마치 추적추적 내리는 비가 예지의 눈물처럼 느껴져서 그만 눈물을 흘리고 말았습니다.

예지에게 그런 모습을 보이고 싶지 않았는데. 자꾸만 눈물이 나왔지만 목이 메여 울 수가 없었습니다. 예지의 납골묘 앞에 예쁜 장미꽃이 한아름 놓여 있었습니다. 아마도 그이가 일찍 다녀갔던 모양입니다.

바로 그 옆에 안개꽃 한 다발을 올려놓았습니다. 예지는 오늘 너무도 행복한가 봅니다. 환하게 웃고 있는 사진 속 예지의 모습이 그렇습니다.

문득 예지의 성장한 모습을 상상했습니다. 예지가 커서 사랑하는 남자를 만나 결혼하고, 엄마가 되어 귀여운 아기를 안고 있는 모습을.

난 그만 목 놓아 울어 버리고 말았습니다. 예지의 그런 모습을 전혀 짐작할 수 없었기 때문이었습니다. 예지는 더 이상 자랄 수 없습니다. 그러나 혹시 모르는 일입니다.

철도원이라는 영화를 보았습니다. 죽은 딸아이가 철도원인 아빠에게 자신의 성장한 모습을 보여주는 영화였어요. 영화에서처럼 어쩌면 우리 예지도 그렇게 나타나서 아빠 엄마를 놀래킬지도 모른다는 생각을 했습니다.

그건 현실적이지 않다고 말하겠지요. 그렇습니다. 그것을 알면서도 부모의 마음은 그렇지 않은가 봅니다. 우리 예지, 정말로 더는 자랄 수 없는 건가요. 여섯 살배기 아이로 그렇게 남겨져 있어야 하는 건가요?

예지도 다른 아이들처럼 무럭무럭 자랄 수 있다면 얼마나 좋을까요. 예지는 그런 엄마의 마음도 모르는 채 볼 때마다 웃고 있습니다. 10년이 흐르고, 20년이 더 흐른 뒤에도 우리 예지는 변함없는 모습으로 아빠 엄마를 향해 웃어줄 겁니다.

49일을 아파했습니다. 앞으로도 더 많은 날을 아파해야 할 겁니다. 살아가는 동안 내내 아파해야 할지 모릅니다. 아픈 만큼 성숙해진다고 하지만, 아픈 만큼 가슴은 찢어질 듯이 메어집니다.

다음 생에는 저 같이 못난 엄마를 만나지 말라고 기도했습니다. 다음 생에는 좋은 부모 밑에서 훌륭하게 오래오래 살라고 기원했습니다. 하지 못했던 일, 하고 싶었던 일 얼마든지 하라고.

49제를 마치고 싸 들고 간 예지의 옷과 소지품을 태웠습니다. 하지만 그중에서 예쁜 분홍 드레스는 차마 태우지 못한 채 손에 들고 망설였습니다. 그 드레스는 예지가 가장 좋아하고 아끼던 옷이었습니다.

눈물이 저절로 흘러나왔습니다. 드레스를 태우며 저는 예지를 불렀습니다. 하지만 예지는 대답이 없었습니다. 사찰에서 하룻밤을 보내며 많은 생각을 했습니다. 예지에 대한 그리움이 간절한 밤이었습니다.

내 자신이 야속해집니다. 어쩌면 저는 예지에게 못난 엄마로 영원히 남아 있을지 모릅니다.

언제부턴가 사람들을 만나는 것이 두렵습니다. 사람들을 사랑한다는 것이 두렵습니다. 어쩌면 그것은 자기보호본능 때문인지 모릅니다.

사랑했던 사람이 한순간 떠나 버린다면……. 생각만 해도 아찔해집니다. 하지만 이제는 더 이상 떠나보내야 할 사람이 없습니다. 이제는 혼자니까요. 그런데도 왠지 사람들을 만나기가 싫습니다.

TV에서 백혈병 진단을 받은 여섯 살배기 여자아이의 투병기를 보다가 울었습니다. 골수를 이식받아야 하는데 조직적합성항원이 일치하는 공여자를 찾지 못해 이식을 받지 못하고 있다고 합니다.

아이는 우리 예지만큼이나 예뻤어요. 아이의 부모는 딸아이가 그 얼마나 예쁘고 귀여울까요. 딸아이가 아픈 것만큼이나 부모의 가슴은 찢어질 듯 아플 거예요.

항암치료를 받느라 아이는 고통스런 나날을 보내고 있다고 합니다. 골수 기증자가 없으면 아이는 살기 힘들데요. 제 골수라도 아이의 골수와 일치한다면 주고 싶었어요.

항암치료는 피를 말리는 일이라고 들었어요. 항암치료 때문에 아이의 머리카락은 모두 빠져 한 올도 남아 있지 않았어요. 그 모습을 보고 있는 부모의 마음은 하루하루가 아마도 지옥 같을 거예요.

그 아이가 조직적합성항원이 일치하는 공여자를 만나서 되도록 빨리 완쾌될 수 있었으면 해요. 골수협회에 저도 골수 기증을 하기로 했어요.

오늘은 새로운 작품을 완성했습니다. 딸아이가 아빠와 함께 부둥켜안고 자는 모습입니다. 그래요. 우리 딸 예지는 아빠와 함께 자는 것을 좋아했습니다.

그것도 아빠가 잠자는 사이 어디론가 훌쩍 떠나갈까 봐서 아빠의 목을 끌어안은 채 곤히 자곤 했습니다. 그건 예지의 버릇이었습니다. 어렸을 때부터 말입니다.

그 모습을 지켜보고 있을 때면 저는 그런 예지가 얄미웠습니다. 혼자서 아빠를 독차지하는 예지가 얄미운 것은 어쩌면 당연한 일이겠지요.

남편이 일 때문에 집에 들어오지 못할 때면 예지는 늦게까지 잠을 자지 않았습니다. 할 수 없이 남편에게 전화를 걸어 주면 아빠한테 빨리 들어오라며 투정을 부렸습니다.

예지를 달래는 건 언제나 남편 몫이었습니다. 우리 예지는 아빠 말은 잘 들었거든요. 혼자 잘 때도 예지는 아빠 대신 꼭 인형을 끌어안고 잠을 자곤 했습니다.

어느 날은 인형을 감추어 두었습니다. 인형이 없으면 엄마의 목을 끌어안고 잘지도 모른다는 기대감 때문이었습니다. 하지만 기대감은 무너지고 말았습니다. 결국에는 인형을 찾아 끌어안고 잠을 자는 예지를 보면서 내가 정말 예지의 엄마일까 하는 생각을 했습니다.

내 속으로 난, 분명한 딸인데도 예지는 엄마에게는 정을 주지 않았습니다.

"예지는 이 세상에서 누가 제일 좋아?"

"아빠!"

예지는 망설임 없이 그렇게 말하곤 했습니다.

"그럼 엄마는?"

물으면 예지는 아무런 대답도 하지 않은 채 딴청을 피우곤 했습니다. 그때는 예지가 정말로 밉고 야속하기만 했는데…….

이제 본격적으로 무더위가 찾아오겠지요. 그럼 예지는 얼마나 더울까요. 반소매 옷으로, 반바지로 갈아입어야 하는데.

우리 예지 보낼 때 춥지 말라며 옷을 두껍게 입혀 보낸 것이 요즘에는 또 마음에 걸려요. 한여름에 예지가 두꺼운 옷을 입고 있을 생각을 하니까 마음이 놓이지 않아요. 어쩌면 좋죠.

혹시 지금 우리 예지 비를 맞고 있는 것은 아닐까요. 그렇다면 더 걱정이에요. 예지는 감기에 무척 약하거든요. 감기가 한번 오면 그 감기란 녀석은 우리 예지를 지독하게 괴롭히곤 했어요. 다른 병치레는 안 하면서도 유독 감기에는 약한 예지였거든요.

그럴 리는 없겠죠. 아마 잘 있을 거예요. 그렇겠죠. 우리 예지 목욕이나 했는지 모르겠어요. 제대로 씻기나 하는지, 제대로 먹기나 하는지 모르겠어요. 요즘 같은 날에는 조심해야 하는데. 잘 먹고 잘 자고 잘 씻어야 하는데.

예지와 함께 목욕하던 때가 생각납니다. 엄마의 등을 밀어준다며 그 고사리 같은 손으로 등을 밀어 주던 예지. 그때 너무 간지러워서 그만하라고 했지만 예지는 계속해서 장난치며 등을 밀곤 했습니다. 언제 또 예지와 함께 목욕할 수 있을까요? 불가능한 걸 알면서도.

이른 새벽, 살며시 눈을 감아 봅니다. 그리고 불어오는 바람을 느껴 봅니다. 촉촉함이 느껴집니다. 너무 많은 것을 잊고 살아온 것 같습니다. 욕심이 많았던 탓도 있었겠지요. 무기력한 삶의 일상으로 나 자신을 소홀히 여겼을지도 모릅니다.

잔잔하게 스며드는 어렸을 적의 동심. 가만히 그 동심에 파묻혀 봅니다. 내 여린 감성과 순수하고 소박했던 어린 꿈들은 모두 어디로 가 버린 것일까요? 난 변한 것이 없는 것 같은데. 하지만 나 자신도 모르게 변한 것이 너무도 많은 것 같습니다.

다시금 동심으로 돌아가려 해도 너무 병들고 허약하기에 어린 동심을 불러올 수는 없을 것 같습니다.

이른 새벽, 그 동심을 찾아 촉촉한 새벽 공기를 한아름 안아 봅니다.

그땐 왜 몰랐을까요? 욕심 때문이었나 봅니다. 행복하면서도 행복한 것을 몰랐고, 사랑을 받으면서도 그것을 알지 못했던 것은 아마도 욕심 때문이었을 겁니다.

복에 겨워 그 순간들을 하찮게 생각했던 모양입니다. 행복했던 순간들은 불행이 닥쳐야만 알 수 있다고 하잖아요. 조금만 더 일찍 깨달았더라면 그 행복을 지킬 수 있었을 텐데. 희망을 품어 봅니다.

지금보다 더한 불행이 닥친다면 지금은 행복했던 순간이 될 테지요. 더는 욕심을 부리지 않으렵니다.

하루 종일 예지와 승강이를 벌이던 때가 생각납니다. 예지 아빠가 퇴근하여 돌아올 때를 손꼽아 기다리던 그때 말입니다. 예지에게 하루 종일 시달리다 보면 남편에게 위안받고 싶을 때가 한두 번이 아닙니다. 예지 아빠는 그런 내 마음 알아주지 않고 집에 돌아오면 예지만 반겼습니다.

"하루 종일 예지보느라, 집안일 하느라 고생했지."

그 말을 은근히 기대했습니다. 하지만 예지 아빠는 그 말을 건네기는커녕 눈길 한 번 주지 않았습니다. 예지와 놀다가 예지를 끌어안고 잠이 들면 그만이었습니다. 그럴 때면 내가 가정부나 보모처럼 느껴졌습니다. 그땐 예지 아빠가 얼마나 야속했는지 모릅니다. 남편들은 왜 그럴까요.

"사랑해!"라고 한마디 해 주면 지쳐 있던 어깨가, 답답했던 가슴이 한순간 녹아내렸을 텐데.

남편들은 아내가 집에서 하는 일 없이 낮잠이나 자고 게으름만 피우는 줄 아는 모양입니다. 아마도 아기보고 집안일 하라면 남편들은 두 손 두 발 다 들 걸요?

지금은 투정부리던 그때가 그립습니다. 예지를 사랑하는 것이 아내를 사랑하는 표현이었다는 것을 지금은 알기 때문입니다.

나이 들어가면서 남자들은 사랑에 대한 표현에 인색해집니다.

그만큼 남편들에게 사랑이라는 말은 쑥스러운 말인가 봅니다.

남편이 돌아봐 주지 않는다고 투정부리지 마세요. 남편들도 그만큼 밖에서 힘들 테니까요. 남자들은 어린아이 같다고 하잖아요. 언제 더 큰 투정을 부릴지 누가 알아요. 남편의 가슴은 언제나 따뜻합니다. 이젠 알 것 같습니다.

여러 가지 반찬거리를 샀습니다. 반찬거리라고 사다 놔 봐야 냉장고에서 굴러다니다가 쓰레기통에 버려질 것은 불을 보듯 뻔한데도 말입니다. 정육 코너에서 나도 모르게 안심스테이크를 샀습니다. 예지는 스테이크를 좋아했습니다.

망연히 냉장고 문을 열어 놓은 채로 한참 동안 앉아 있었습니다.

"엄마, 나 스테이크."

예지가 금방이라도 그렇게 말하며 뛰어와 보챌 것만 같았습니다. 어느새 우울해졌습니다. 정신없이 스테이크를 만들었습니다. 그리고 예지가 좋아했던 스파게티도 준비했습니다. 예지는 유독 해물스파게티를 좋아했어요.

혹시 예지가 올지도 모른다는 생각에 기다렸습니다. 아마도 예지는 오지 못할지 모릅니다. 어쩌면 예지는 지금 나의 곁에 다가와 있을지도 모릅니다. 그래요, 예지는 엄마가 만들어 준 스테이크와 스파게티를 맛있게 먹고 있을 겁니다.

영혼은 어디든 가고 싶은 곳에 갈 수 있다고 하잖아요. 아무래도 인간의 육체 속에 있을 때보다는 한결 쉬울 거예요. 그것이 사실인지 아닌지 확실하게는 모르지만 난 예지가 내 곁에 와 있다고 생각합니다.

예지를 보지 못해도 이 순간 왠지 기분이 좋습니다. 왜 그런지 그건 나도 알 수가 없습니다. 정말 예지가 와서 그런 건지도 모릅니다. 어쨌든 식탁 위에 포크와 나이프 그리고 수저를 올려놓고 바라보고 있습니다.

예지도 엄마의 마음을 알 거예요. 그래서 더 맛있게 먹고 있을 거구요. 오랜만에, 아주 오랜만에 예지를 위해 음식을 만든 것 같습니다.

우리 세 식구 다 함께 모여 단 한 번만이라도 맛있는 식사를 할 수 있다면 얼마나 좋을까요.

그리움은 어쩔 수 없는 모양입니다. 그리움은 도대체 누가 만들어 놓은 걸까요. 슬픔은 또 누가 만들어 놓은 걸까요. 괴로움, 고통, 죽음, 그런 건 누가 만들었을까요. 그런 것이 없었다면 아마 행복도, 사랑도, 즐거움도 없었을 테지요. 세상은 모두가 상대적인가 봅니다. 상대적인 것이 없다면 아마 세상은 무의미해지겠지요.

어제는 비가 내렸습니다. 창밖을 내다보고 있다가 무작정 집을 나섰습니다. 한참을 걷다 보니 예지와 함께 살았던 아파트 앞입니다. 망연히 서 있다가 그만 눈물을 흘리고 말았습니다.

그곳에는 예지에 대한 기억들이 너무도 많기 때문입니다. 예지가 다니던 어린이집, 놀이터. 곳곳에 예지의 체취와 흔적이 배어 있었습니다.

하루 종일 비를 맞고 다녔습니다. 그래선지 아침에 일어나려는데 몸이 따라주지 않았습니다. 아마도 감기 몸살이 온 모양입니다. 열이 오르고, 편도선이 붓고.

예지의 그림 일기장에는 예지가, 누워 있는 엄마의 이마에 물수건을 올려주는 그림이 있습니다.

'우리 엄마 많이 아픈가 봐요. 엄마는 누워만 있어요. 우리 엄마가 불쌍해요.'

그날 하루 예지는 보채지도 앙탈 부리지도 않았습니다. 예지는 엄마의 옆에 지키고 앉아 배고픈 줄도 모른 채 간호를 했습니다.

그때는 예지가 있어서 아파도 참을 만했는데. 지금은 왜 이렇게 서러운 걸까요. 서랍을 뒤져 사다 놓은 감기약 몇 알을 삼킨 뒤에 다시 침대에 누웠습니다. 침대라고 해봐야 군용 간이침대입니다. 불편하기는 하지만 그래도 누울 곳이 있다는 게 그나마 다행입니다.

자꾸만 눈물이 나고 혼자인 것이 너무 싫고 슬퍼집니다. 그이가 보고 싶지만 그이에게 전화를 걸 수가 없습니다. 예지에게 못된 엄마였던 것처럼 그이에게도 못된 아내였으니까요. 아마도 못된 짓을 많이 해서 이렇게 아픈가 봅니다.

예지가 처음이자 마지막으로 엄마의 목에 팔을 두르고 잠을 잤습니다. 엄마가 많이 아프니까 자기 딴에는 엄마가 안쓰러웠던 모양입니다. 그때 얼마나 행복했는지 모릅니다. 눈물까지 나올 지경이었으니까요.

지금 예지가 그때처럼 엄마의 목에 팔을 두르고 옆에서 새근새근 잠들어 있다면 얼마나 좋을까요. 그때로 돌아가고 싶지만 그럴 수 없는 현실 때문에 더더욱 사무치는 아픔을 감당할 수가 없습니다.

빨리 털고 일어나야지 하면서 결국에는 하루 종일 누워 있었습니다. 그런데도 여전히 아픕니다. 병원에 가야 할 것 같은데 꼼짝할 수가 없습니다.

예지는 얼마나 아팠을까요. 예지는 지금 내가 아픈 것보다 훨씬 더 많이, 수십, 수백 배 아팠을 겁니다. 그러나 예지는 아프다는 말도 하지 못한 채, 아빠 엄마의 얼굴도 보지 못한 채 그만 멀리 가버리고 말았습니다.

예지는 아빠 엄마가 얼마나 보고 싶었을까요. 그리고 혼자서 그 얼마나 두렵고 무서웠을까요. 내가 아픈 것은 꾀병에 불과할 겁니다. 어찌 아프다고 말할 수 있겠습니까. 며칠 누워 있으면 나을 겁니다.

조금 아픈 것 가지고 병원에 간다면, 예지는 아마 엄마는 참을성도 없는 꾀병 쟁이라며 놀렸을 겁니다. 감기에는 생강차가 좋다기에 가까스로 일어나 생강차를 끓여 마셨습니다. 그랬더니 한결 나아지는 것 같습니다.

새벽녘 비 오는 소리에 귀 기울이며 예지를 생각합니다. 그리움으로. 창문을 열고 쏟아져 내리는 빗줄기를 멍하니 바라봅니다.

이제는 그 흔했던 눈물마저도 메말라 버려 우두커니 앉아 빗소리를 듣습니다. 반가움에 달려가고도 싶지만 이제는 가까이할 수 없는 예지이기에 서러움만 가득합니다.

예지는 너무도 먼 곳에 있습니다. 간혹 꿈속에서나 만날 수 있는 예지이기에 이 비가 더더욱 서럽게 느껴집니다.

비가 옵니다. 무녀진 그리움을 탓하듯 서글프게 비가 내립니다. 만남은 존재할 수 없고 그리움만 가득할 뿐입니다. 그리운 예지. 지금 내 가슴에는 폭풍우가 몰아칩니다. 간절한 그리움으로.

문득 그이가 생각납니다. 그이는 내가 아플 때면 꼭 전복을 사다가 죽을 끓여 주곤 했습니다. 그이의 전복죽은 언제 먹어도 맛있었습니다.

그이는 지금쯤 무엇을 하고 있을까요. 아마 그이도 예지를 생각하고 있을 겁니다. 부모의 마음은 한결같으니까요.

이제 더는 슬퍼하지 않기로 했습니다. 예지가 꿈속에 나타나 엄마는 울보라며 놀려대는 거예요. 예지는 엄마가 우는 게 싫데요. 그러니까 다시는 울지 말래요. 그렇게 자꾸 울기만 하면 꿈속에서도 엄마를 찾지 않을 거래요. 우리 예지와 약속했습니다. 다시는 울지 않겠다고. 꿈속에서 한 약속이었는데, 잠에서 깨어나서도 현실처럼 생생합니다. 정말 예지가 왔다 간 모양입니다. 꿈속이기는 했지만 그래도 예지를 만날 수 있어서 행복합니다. 그래서 저는 잠꾸러기가 되었답니다.

할 수 없습니다. 예지를 만나기 위해서는 잠을 자야 하니까요. 많이 자면 잘 수록 우리 예지를 그만큼 많이 볼 수 있을 테니까요.

참, 생각났어요. 우리 예지가 꿈속에서 자꾸만 동생을 낳아 달라는 거예요. 너무도 엉뚱해서 예지의 볼을 살짝 꼬집어 주었습니다.

어디 아기가 하늘에서 뚝 떨어지는 건가요. 떠나기 전의 예지는 엄마에게 단 한 번도 동생 타령을 하지 않았습니다. 그런 예지가 자꾸만 동생을 낳아 달라고 하니 답답하기만 합니다.

왜 그때는 그런 생각을 못했던 걸까요. 예지를 만나러 가야 할 시간입니다. 자꾸만 하품이 나오네요. 아마도 예지가 엄마를 기다리고 있는 모양입니다.

이제 예지와 많이 친해졌답니다. 예지는 엄마와 노는 것을 무척이나 좋아해요. 아빠도 좋지만 엄마가 많이 놀아주니까 더 좋데요. 예지는 요즘 엄마의 목을 끌어안고 자기도 하는 걸요. 아플 때면 예지는 엄마의 가슴에 귀를 대고 심장 소리를 자장가로 들으며 잠을 청하곤 합니다. 그런 예지가 너무도 귀엽고 사랑스럽습니다.

예지가 엄마와 떨어지지 않으려고 해요. 저도 예지와 많은 시간을 보내고 싶구요. 그래서 블로그에 오고 싶은데도 올 수가 없는 거예요. 이해해 주시겠죠. 그러리라 믿어요. 이제 더는 안 되겠어요. 자꾸만 졸려서……

예지가 엄마를 부르고 있어요. 전 또 꿈을 꾸어야겠어요. 예지와 함께 말이에요.

남편을 만났습니다. 예전의 그 모습은 찾을 길이 없었지만 그래도 좋았습니다. 보고 있어도 바라만 보아도 좋은 사람이기에.

너무도 못할 짓을 했기에 두고두고 가슴에 서글픈 짐으로 묻어두어야 하는 사람입니다. 남편은 늘 나에게 먹먹한 가슴앓이를 하게 합니다. 그동안 무심했던 시간들이 우리를 좀처럼 다가서지 못하게 하는 모양입니다.

용서를 구할 수도 없는 처지가 되어 버린 지금, 한없이 나 자신을 원망하고 자책해 보지만 그런들 무슨 소용이 있을까요. 남편은 이미 과거에 연연하지 않는데.

남편을 똑바로 바라볼 수가 없었습니다. 나 자신이 너무도 부끄러웠기에. 너무 많은 죄를 지어서 지금 그 대가를 치르고 있는 중입니다.

그래요. 그 모든 것을 감수하겠습니다. 언젠가는 용서를 구해야 할 남편입니다. 늦지 않아 다행입니다.

무슨 말부터, 어떤 말부터 해야 할까요? 난 너무도 못할 짓만 하고 살아온 것 같아요. 그래서 당신에게는 늘 미안한 생각뿐이었어요.

다시 한 번 당신에게 미안하다는 말을 해야 할 것 같네요. 지금에 와서 생각해 보면 너무도 당신에게 염치없는 사람이었어요. 앞으로도 그런 여자로 당신 기억 속에 남아 있을지도 모르겠네요. 하지만 당신을 너무도 사랑했고 간절하게 원했어요. 그래서 당신 곁을 고집할 수밖에 없었어요.

사랑은 이기적일 수 없다는 것을 왜 그때는 몰랐을까요. 그때 그것을 알았다면 당신도 나도 불행하지는 않았겠죠. 당신은 내가 원망스러웠을 거예요. 당신이 사랑했던 사람은 내가 아닌 다른 사람이었으니까요.

당신의 그 기다림을 지켜 주었어야 했는데. 때론 그 여자가 부러워요. 나, 당신의 사랑을 받을 자격이 없는 여자예요. 미안해요.

당신이 예지를 아끼고 끔찍이 사랑하는 것이 너무도 고마웠어요. 당신이 예지를 미워했다면 그것은 나에 대한 불신과 미움 때문이었을 테니까요. 당신이 예지를 그만큼 사랑했던 것은 나에게도 사랑을 확인시켜 주는 것이었어요.

당신은 모를 거예요. 예지를 가졌을 때 당신이 아기를 지우라고 했다면 나 너무도 서러웠을 거예요. 하지만 그렇게 말하지 않은 당신이 정말로 고마웠어요.

당신이 그리울 거예요. 당신은 내가 처음이자 마지막으로 사랑했던 사람이니까요.

후회하지 않아요. 후회할 거였다면 당신을 택하지도 않았겠죠. 다만, 당신이 조금만, 아주 조금만이라도 나를 돌아봐 주었으면 얼마나 좋았을까, 하는 아쉬움이 남아요.

나 당신에게 상처만 주는 여자인가 봐요. 당신에게는 고개를 들 수 없는 여자가 되고 말았어요. 변명은 하지 않겠어요.

이제 혼자란 걸 실감해요. 내 곁에는 예지도 당신도, 아무도 없으니까요. 그리고 나 자신조차도 나를 인정하지 않으려 하고 있어요. 이제는 살아가는 데 자신이 없어요. 몇 번이고 용기를 내어 보지만 그럴 때마다 나 자신이 의지 없이 무너지고 마는 것을 확인하곤 해요.

한순간의 실수로 모든 것을 잃어버리고 말았어요. 다시금 되찾을 수 없는 것들을, 행복을 희망을, 사랑을…….

다시 일어설 수 있을지 모르겠어요. 오늘도 예지를 만나고 왔어요. 예지가 외롭고 쓸쓸할 것 같아서 다녀왔는데, 그런데 그곳에서 당신을 보았어요. 예지는 외롭지 않을 거라고 생각했지요. 내가 없더라도 당신이 예지를 찾아가 줄 테니까요. 고마워요, 당신. 언제까지나 당신이 예지를 잊지 않고 지켜 주었으면 해요.

사는 동안 당신이 있어서 좋았고 예지가 있어서 행복했어요. 행복했던 순간들을 손으로 꼽는다면 제일 먼저 당신과 예지와 함께했던 순간들을 꼽을 거예요.

이젠 홀가분해요. 막상 당신을 떠나려니 두려움도 있지만 그건 한순간이겠지요. 또 이렇게 당신을 힘들게 만드네요. 당신이 그리울 거예요. 이제 당신을 떠나보낼 수 있을 것 같아요.

이제 조금은 홀가분할 수 있을 것 같습니다. 이제는 먼 여행을 떠날 수 있을 것 같습니다. 우리 예지가 자꾸만 손짓을합니다. 예지를 만날 수 있어서 행복합니다. 꿈을 꿀 수 있어서 행복합니다.

굳이 그녀의 다이어리를 들고 그녀의 생각을 읽어낼 필요는 없었다. 그녀의 블로그에는 그녀의 모든 것이 거짓 없이 쓰여 있었다. 나는 잠을 이룰 수가 없었다. 비가 내리고 있었기 때문이었는지도 모르겠다.

나는 무작정 밖으로 나갔다. 그리고 비를 맞기 시작했다. 굵은 빗방울이 내 온몸을 적시고 있었지만 나는 비보다는 그녀에 대한 걱정이 앞섰다. 그녀는 이미 삶을 포기한 지 오래였다. 그리고 스스로 서서히 죽어가고 있었다. 삶의 의욕이란 찾아볼 수 없었던 그녀의 모습. 그것이 그녀의 어두운 그림자였던 것이다.

블로그의 방명록에 몇 자 적어 주고 싶었지만 나는 그럴 수 없었다. 이미 그녀에게 위로의 말 같은 것은 필요치 않은 것 같았기 때문이다.

장대 같은 빗속에 나는 쭈그리고 앉았다. 그녀의 생각을 되씹으며 그녀의 삶이 잘못되어 가고 있다는 것을 일깨워주고 싶었다.

순간 머리가 깨질 듯이 아파왔다. 빌어먹을 공황이 시작된 것이다. 그러고 보면 그녀는 내 삶의 일부분인 인연인지도 모른다.

꿈속에서 여자를 보았다. 여자는 행복을 꿈꾸고 있었다. 행복을 따라잡으려 하고 있었지만 절망이 앞을 가로 막고 있었다. 그리하여 여자는 또다시 주눅 들어 버릴 수밖에 없었다.

현실은 불행과 함께 절망을 이끌고 있었다. 그 모든 것을 나약한 가슴으로 힘겹게 떠안아야 했다. 희망은 이제 없었고 사랑 역시 이제는 없었다.

절망 앞에 놓인 여자를 위안해 줄 수 있는 것은 아무것도 없었다. 더는 감당할 수 없을 것 같았다. 그 어떤 의미도 부여할 수 없었다. 불쌍한 여자.

여자는 딸을 생각하고 있는 것 같았다. 여자는 딸을 만나고 싶다는 생각뿐이었다. 여자는 어쩌면 딸을 만날 수 있을지도 모른다고 생각하고 있을 것이다.

여자는 딸을 안는 꿈을 꾸고, 딸의 볼에 입 맞추는 꿈도 꾸었다. 여자에게는 삶의 모든 의지가 없었다. 절망은 돌이킬 수 없는 꿈을 꾸게 하였고, 절망은 더 큰 절망을 만들며 알 수 없는 곳으로 여자를 이끌었다. 그래서 여자는 한없이 날아오르는 꿈을 꾸게 되었을 것이다.

딸이 여자를 향해 손짓하고 여자가 다가가려 하면 딸은 어느새 저만치 멀어졌다. 다가설 수 없는 것일까. 물론 현실과 저승 사이에는 넘을 수 없는 선이 존재하기에. 미련임을 알면서도 여자는 딸을 보내지 않기 위해 안간힘을 쓰며 손을 뻗는다.

딸의 모습은 점점 멀어지고 더 이상 보이지 않는다. 하지만 여자는 포기할 수 없어서 몇 번이고 딸을 불렀다. 여자는 흐느끼기 시작했다. 외로움이 숨 막히게 여자의 가슴을 조여 오기 시작했다. 그 순간 여자는 힘없이 그 자리에 주저앉았다.

더 이상 무엇이 필요하단 말인가. 여자는 딸을 따라 길을 나서기로 한 모양이다. 그렇게 여자는 벼랑 아래로 한없이 떨어져 내렸다. 삶에 대한 미련은 더 이상 그녀에게는 아무런 의미가 없는 것 같았다.

여자는 차라리 잘된 일일지도 모른다는 생각을 했다. 그렇게 이끌리는 대로, 흘러가는 대로 자신의 몸을 맡기면 그만이었다. 여자가 희미하게 웃었다.

절망은 이제 끝이라고, 더 이상 돌이킬 필요는 없다고, 남은 것은 딸을 만나는 것뿐이라고, 이제는 만날 수 있을 거라고, 그래서 기쁘다고, 여자는 생각했다. 그것은 바람일 것이다. 여자에게 더 이상 선택의 여지는 없는 것 같았다. 딸을 만날 수만 있다면 그 어떤 것도 필요치 않았다.

빛도 어둠도 없는 곳, 행복도 불행도 없는, 기쁨도 슬픔도 없는, 희망도 절망도 없는 세계로의 여행을, 여자는 망설임 없이 떠나기 시작했다. 시작도 끝도 이젠 중요하지 않았다. 더 이상 그 어떤 의지도, 그 어떤 의미도 필요 없는 것 같았다. 어쩌면 그 세계로의 여행을 여자는 오래전부터 동경해 오고 있었는지도 모를 일이었다.

그렇게 편할 수 없었고, 그렇게 홀가분할 수 없었으며, 그렇게 감격스러울 수 없었다. 단지 가고 나면 그만일 것이고, 가보면 알 것이다. 그 어떤 것도 필요치 않았고 준비할 것 역시 없다. 영혼뿐이었다.

육체에서 빠져나간 영혼은 더 이상 방황하지 않는다. 이제는 연연하지 않아도 되는 것일까? 그래서 안도하고 있는 것일까? 어디쯤 왔을까? 가도 가도 끝이 없을 것만 같은 길. 아무리 먼 여정이라 할지라도 여자는 지칠 것 같지 않았다. 누구나 한 번쯤 겪어야 하는 여정이었다. 여자는 그 여정을 서두를 뿐이다.

여자를 불렀지만 여자는 뒤돌아보지 않는다. 여자는 가슴 벅차게 날개를 활짝 편다. 그리고 조금 더 용기 내어 힘차게 날개를 퍼덕이기 시작한다.

훨훨 날아오르리라, 그러면 알 것이다. 모든 익숙했던 것들을 확인하고 싶을 뿐이다. 그리하여 마지막 의미를 다시금 되새기고 싶을 뿐이다. 딸과 함께했던 순간들이 생생하게 떠오른다.

'그래, 욕심은 부리지 않을 거야. 지금 이대로 행복했으면 해.'

여자는 이제 그 어떤 것에도 욕심을 내지 않기로 한다. 살아 있

는 것만으로, 딸에게 가까이 다가갈 수 있다는 것만으로도 여자가
행복함을 지닐 수 있었으면 한다.

모든 것이 순식간에 스쳐 지나가고 말았다. 나는 여자의 다이어
리 속 사진을 들여다보았다. 느껴지는 잔상들을 지울 수가 없었다.

후, 입에서 한숨이 절로 쏟아져 나왔다. 본의 아니게 들여다본
여자의 꿈에 가슴이 울렁거렸다. 머리가 아파오기 시작했다. 약을
먹었지만 소용이 없었다. 수면제 3알을 먹고 난 후에야 나는 잠을
잘 수 있었다.

다음 날, 개운하지 않은 아침이었다. 억지로 잠들기 위해 약을
먹은 탓일 것이다. 아침부터 여자의 생각을 지울 수가 없었다. 지
난밤의 꿈을 생각하면서 나는 불길한 기운을 지울 수가 없었다.

여자의 다이어리에서 생명의 흔적은 점점 식어가고 있었다. 그
대로 모른 체한다면 여자는 스스로 벼랑 끝에 서게 될지도 모른다.

가슴에서 알 수 없는 압박감이 느껴져 오기 시작했다. 다이어리
도 돌려주어야 했다. 나는 평상시보다 이른 시간에 수영장으로 향
했다. 안내 데스크 앞에서 여자를 기다렸지만 여자는 아직 오지 않
았다. 나는 할 수 없이 남자 탈의실로 들어갔다. 수영을 하다 보면
올지도 모른다.

수영장은 평상시처럼 아줌마들로 만원이다. 그중에서 그 여자
를 찾기 위해 두리번거렸지만 여자를 찾을 수는 없었다. 오늘은 오
지 않는 것일까? 다이어리 때문에라도 여자는 수영장을 찾을 것이
뻔하다. 나는 시간을 두고 기다려 보기로 했다. 하지만 두 시간이

지나도록 여자의 모습은 전혀 보이지 않았다.

나도 기다리는 것을 포기하고 샤워를 끝낸 뒤에 탈의실에서 나왔다. 안내데스크에 열쇠를 돌려주면서 혹시 다이어리를 찾으러 온 여자 없었냐고 물어보았지만 직원은 그런 일 없었다며 짧게 대답했다.

안내데스크에 다이어리를 맡길까 하다가 나는 그냥 뒤돌아서고 말았다. 계단을 오르면서 여자에 대한 걱정에서 헤어날 수가 없었다.

혹시 지난밤에라도 여자는 자살을 했을지 모른다. 하지만 다이어리에서 느껴지는 미세한 온기가 나를 안심시키고 있었다. 그녀가 그런 몹쓸 짓을 했다면 다이어리는 생명력을 잃었을 것이다.

제법 더운 기운이 느껴진다. 올여름이 몹시 더울 거라는 것을 미리 귀띔이라도 해 주려는 듯 바람은 벌써부터 심상치가 않다.

내가 가장 싫어하는 계절이 여름이다. 땀이 많은 나로서는 여름이 여간 곤혹스러운 것이 아니다. 손수건은 필수고, 거기에 여분으로 손수건을 하나 더 챙겨 외출을 해야 안심이 될 지경이다. 게다가 사람들을 만나 악수라도 할라치면 찝찝하기 마련이다. 그래도 다가오는 여름을 내 멋대로 발로 걷어차 버릴 수도 없다. 하여튼 여름은 더워야 하고, 겨울은 추워야 한다. 더운 지방에 태어나지 않은 것만으로도 얼마나 다행인가. 여름에는 짧은 투정 몇 번 부리면 그만이다.

그나저나 여자를 어디 가서 찾나? 내일은 수영장에 나오겠지 하는 생각으로 걸어가고 있을 때 여자가 약국에서 나오는 것이 보였다. 옆모습과 뒷모습이 영락없이 그녀였다. 나는 여자가 나온 약국 안으로 들어갔다.

"지금 방금 나간 여자 혹시 무슨 약을 사 가지고 갔는지 알 수 있을까요?"

그러나 약사는 대단한 비밀이라도 감추는 듯이 시원하게 대답해 주지 않았다.

"수면제 종류나 신경 안정제 종류 아닌가요?"

약사는 어떻게 알았냐며 고개를 끄덕였다. 나는 서둘러 약국을 나섰다. 여자는 벌써 저만치 걸어가고 있었다. 나도 모르게 여자의 뒤를 밟기 시작했다.

여자가 생각해 낸 것은 고작 약이었다. 지극히 평범하면서도 가장 손쉽게 접할 수 있는 자살 방법이다. 극단적으로는 혈관을 자른다거나 목을 매는 방법도 있다. 높은 곳에서 추락사하는 방법을 택하는 사람들도 있지만 자살은 그렇게 만만한 것이 아니다. 앞으로 나가려고 해도 앞이 꽉 막혀 있을 때 사람들은 극단적으로 자살을 선택한다. 하지만 사람들은 모른다. 죽어가고 있을 때 진정으로 살고 싶은 마음이 든다는 것을. 다행이다. 여자는 아직도 세상에 미련이 남아 있는 것이 분명하다.

여자의 발걸음에는 힘이 없었다. 축 처진 어깨와 불어오는 바람에 힘없이 날아갈 것처럼 여윈 몸. 안타까웠다. 여자가 향한 곳은 근처의 아파트 단지였다.

놀이터 벤치에 앉아 한숨을 내쉬는 것 같았다. 그리곤 금방이라도 울 것 같은 얼굴이 돼서 고개를 숙이고 말았다.

무슨 생각을 하고 있는 것일까? 혹시 저렇게 넋을 놓아 버리는 것은 아닐까?

여자의 모습을 바라보며 가슴이 걱정으로 먹먹해졌다. 벌써 한 시간째 여자는 놀이터 벤치에 조금의 흔들림도 없이 앉아 있었다. 나 역시 볼품없이 시들어 버린 여자를 외면하지 못한 채 지켜보고 있었다. 알아볼 수 없을 정도로 수척해진 여자의 모습에 내 마음이 편치 않았다.

여자의 딸이 뛰어놀았을 놀이터일 것이다. 오지 않겠다던 다짐은 어느새 물거품이 되어 버렸고 여자는 가끔 그 놀이터 벤치에 앉아 딸을 생각할 것이다. 딸을 그리워하면 할수록 가슴만 아파지는 걸 알면서도 못 견디게 보고 싶어 찾아와 앉아 있는 벤치. 그 앞으로 남자아이가 나타났다.

"그런데요, 왜 요즘 예지가 보이지 않아요? 예지랑 놀고 싶은데. 예지가 보고 싶은데. 예지랑 놀면 안 돼요?"

"……."

여자는 대답 대신 남자아이를 향해 희미하게 웃어 주었다. 입가에 미소가 깃들어 있었지만 여자는 딸의 생각에 이내 가슴이 뭉클해진다.

그 모습을 지켜보고 있던 나는 그만 고개를 돌렸다. 그리고 들고 있던 다이어리를 꽉 움켜쥐었다.

여자는 멍하니 넋을 놓고, 얼굴에는 서글픈 미소가 깃든다.

"얘들아, 같이 놀자!"

여자의 옆에 앉아 있던 남자아이는 놀러 나온 한 무리의 아이들을 보고는 미끄럼틀로 달려간다. 아이는 정신없이 놀다가도 여자를 향해 잊지 않고 손을 흔들어 주곤 했다. 여자는 뛰어 노는 아이들의 모습에 넋을 잃고 바라보았다.

뛰어 놀던 아이들이 모두 돌아간 후에도 여자는 놀이터에 남아 있었다. 그 모습이 안타까워 멀리서 지켜보던 나는 차마 발길을 돌리지도, 가까이 다가갈 수도 없었다.

얼마쯤 지난 후에 여자는 벤치에서 힘겹게 일어났다. 그리곤 걷기 시작했다. 그 뒤를 내가 따라 걸었다. 여자는 내가 지켜보고 있는 것을 아직 눈치 채지 못한 것 같았다. 나도 여자에게 지켜보고 있다는 것을 들키지 않기 위해서 조심스럽게 따라붙었다. 정처 없이 걷던 여자의 발걸음은 시장 골목으로 접어들고 있었다.

재래시장의 초입부터 활기가 느껴져 왔지만 여자의 처진 어깨는 좀처럼 기운을 차리지 못했다. 여자는 옷가게의 예쁜 드레스 앞에서, 잡화점의 액세서리 앞에서 잠시 발길을 멈추었다. 그때마다 여자의 얼굴에 화색이 돌았지만 그것도 잠시 이내 시무룩해지고 말았다.

사고 싶어도 살 수 없는 엄마의 마음, 딸아이에게 사 주고 싶어도 사 줄 수 없는 모정은 가슴 아프기만 한 것 같았다.

여자는 딸에게 어울릴 것 같은 예쁜 것들을 지나치지 못했다. 지나쳤다 가도 되돌아와 딸에게 어울릴지 머릿속으로 상상하며 입혀 보기를 반복하는 것 같았다. 그러다가 그리움으로 속절없음을 탓하며 무너져 버리고 말았다.

다시금 여자가 멈춰 선 곳은 먹자골목이었다. 떡볶이, 군만두, 순대, 장을 보러 나올 때면 사 달라고 졸랐을 딸을 생각하고 있는 것 같았다. 떡볶이와 순대를 시켜 놓고 앉았지만 여자는 차마 먹지 못한 채 바라보고만 있었다. 그러다가 소주를 시켜 술잔에 따랐다.

술을 마시기에는 아직 이른 시간이지만 여자는 술에 의지하기를 망설이지 않았다. 술잔을 비웠지만 떡볶이와 순대에는 손도 대지 않은 채 다시 소주를 따르고 비우기를 반복했다.

바보 같은 사람! 멀찌감치서 여자의 모습을 바라보고 있던 나는 착잡했다. 술에 의지하는 모습이 안쓰러워 가슴이 저렸다. 자식에게 향하는 부모의 마음은 모두가 한결같을 것이다.

서로 의지하고 배려한다면 아픔도 쉽게 이겨낼 수 있으련만 그렇지 못해서 안타까울 따름이다.

너무도 볼품없이 시들어 버린 뒷모습, 한순간 야위어 버린 애잔함에 마음이 흔들렸다. 소주 한 병을 모조리 마시고도 모자라 여자의 앞에 소주 한 병이 더 추가되었다. 그렇지만 여자는 그 쓴 소주를 마시면서도 안주에는 전혀 손도 대지 않았다. 그녀 나름의 축제를 벌이고 있는지도 모른다.

여자의 손에는 손수건이 쥐어졌다. 하염없이 쏟아져 내리는 눈물에 손수건은 마를 틈 없이 젖어 들었다. 나는 차마 그 모습을 지켜보고만 있을 수가 없었다. 마음이 무거워서 내 발걸음은 저절로 그녀의 앞으로 다가섰다.

"합석해도 돼요?"

여자가 서둘러 손수건으로 눈물을 닦으며 올려다보았다. 여자를 향해 먼저 고개를 끄덕여 아는 척을 했다. 그제서 여자는 나를 알아보고는 당황하는 눈치였다.

앉으라는 말은 하지 않았지만 나는 여자 앞에 덥석 앉아버렸다. 여자가 무안해 할까 봐 먼저 아줌마에게 소주를 시켰다. 그리곤 잔에 따라 한잔 마셨다.

"안주가 많네요."

"저……. 오늘은……."

"언젠가 식사 같이 하자고 그랬죠? 오늘 이걸로 대신하면 되겠네요. 이 집 떡볶이 맛있던데."

식은 떡볶이와 순대, 여자의 마음도 이렇게 식어버렸을 것이다. 나는 안주 삼아 떡볶이를 먹었다. 그리곤 여자 앞으로 다이어리를 내밀었다.

"이거 그쪽 거 맞죠? 수영장에서 기다렸는데 오늘 나오지 않으셨더라구요. 그래서 안내데스크에 맡겨 놓으려다가 직접 전해주는 것이 좋을 것 같아서요. 마침 잘 됐네요."

"고맙습니다."

여자의 얼굴에는 여전히 어둠이 드리워져 있었다. 다이어리는 이제 여자에게 그다지 큰 의미가 없어 보였다. 여자는 이미 이 세상과의 끈을 놓으려고 하고 있다는 것을 어렵지 않게 짐작할 수 있었다.

"블로그 하시죠? 저도 블로그가 있기는 한데 잡초만 무성해요. 대신 홈페이지를 운영하려고 준비 중이에요. 블로그보다는 그편이 더 나을 것 같거든요. 일하는 데도 좀 더 효율성이 있을 것 같고. 블로그 잘 꾸며 놓으셨던데요. 그런데 요즘에는 왜 글을 올리지 않으세요?"

"그게……."

"네. 우리 이웃해요. 제 블로그에 잡초 뽑는 것도 좀 도와주시구요. 대신 수영은 제가 가르쳐 드릴게요. 그럼 서로 좋을 것 같은데. 어때요?"

"그건 좀……."

"알아요. 많이 힘들다는 것. 하지만 상처를 너무 덧나게 하지는 마세요. 그건 따님도 원하지는 않을 거예요. 저는 이만 가 봐야겠어요."

남은 소주를 마저 마시고 자리에서 일어섰다. 그리고 따끈한 어묵 국물로 속을 풀라고 듬뿍 담아 가져다주었다. 여자는 다이어리 속 가족사진을 만지작거리고 있었다.

"참! 연리지 아시죠? 연리지에 한번 다녀오세요. 상처는 혼자 치료하기 힘들지만 둘이 보듬어 주면 오히려 쉽게 치료할 수도 있다는 것 잊지 말아요. 그분도 그렇게 생각하실 거예요. 연리지에서……. 꼭이에요. 꼭 다녀오셔야 합니다. 나중에 확인할 거예요!"

"연리지를 어떻게?"

내가 마지막으로 해 주고 싶었던 말은 그 말뿐이었다. 그 순간 여자의 몸에 짜릿한 전율이 이는 것을 눈으로 느낄 수 있었다.

다이어리 속 사진을 보았을 때 강렬하게 느껴지던 감정이 연리지라는 곳을 떠올리게 만든 것이다. 아마도 그 연리지는 여자와 남자의 소중한 약속이 자라나고 있는 곳일 것이다.

나는 여자를 향해 손을 흔들어 주었다. 여자는 잊고 있던 연리지라는 말에 여전히 나를 의아하게 바라보고 있었다.

삶의 의지를 놓아버리든, 아니면 그 끈을 잡고 일어서든 그 모든 것은 온전하게 그녀의 몫이 되어버렸다. 홀가분했다. 내 뇌리를 짓누르던 중압감과 두통, 어지럼증은 사라졌다. 다시 머리가 맑아지기 시작했다.

연리지라는 곳은 어떤 곳일까? 궁금했다. 소나무 연리지와 연리지라는 작은 소류지가 있는 곳, 그리고 인적 뜸한 산장이 기다리고 있는 곳. 내 머릿속에 그려지는 연리지는 바로 그런 곳이다.

여자는 그곳을 까맣게 잊고 있던 것이 분명했다. 그리고 나는 그것을 되살려 준 것에 불과하다. 나는 나중에 여자에게 그곳이 어디에 있냐고 물어볼 참이다.

한번쯤 가 보고 싶은 곳.

제우스 이 녀석

지난밤 밤샘 작업 때문인지 몸이 무겁다. 소나기라도 한바탕 쏟아져 내리면 좋을 것 같은데. 그렇다고 마음대로 비를 불러올 수도 없는 노릇이다.

비를 부르기 위해서는 하늘에 타전을 해봐야 하고, 마지막에 제우스한테서 허락이 떨어져야 한다. 게다가 허락이 떨어진다고 해도 며칠씩 기다리는 건 예사다. 사실 제우스는 좀 변덕스럽고 게으른 데다가 소문난 바람둥이다.

일은 뒷전이고 여자 꽁무니만 쫓아다니느라 시간 지나는 줄 모른다. 헤라가 매일 도끼눈으로 감시하는데도 제우스는 잘만 빠져나간다.

내 예전 여친 헤라만 불쌍하다. 헤라도 내가 아닌 제우스를 선택한 것을 지금쯤 땅을 치며 후회하고 있겠지. 바보 같은 계집애.

제우스에게 소나기를 내려 달라고 전화를 해 보지만 오늘도 역시 제우스는 전화를 받지 않는다. 나는 하는 수 없이 문자메시지를 남긴다. 아마 제우스는 며칠 뒤에 전화해서 핸드폰이 고장 나 전화를 받을 수 없었다는 핑계를 댈 것이 뻔하다.

집 안은 쥐 죽은 듯이 조용하다. 나는 조용한 오전이 좋다. 오늘처럼 이런저런 생각을 하며 여유로울 수 있기 때문이다. 그런데 왜 자꾸 눈물이 나는 걸까? 나를 무참하게 걷어찬 헤라 때문이겠지. 하하하.

빨래가 다 됐다며 세탁기가 채근한다. 오늘은 귀찮아서 빨랫감을 세탁기에 넣고 한꺼번에 돌려 버렸다.

햇빛 쨍쨍! 빨래 하나는 잘 마르겠네. 빨래는 툭툭 털어 널어야 빨래를 갤 때 편하다. 그렇지 않고 대충 널었다가는 손이 한 번 더 가게 된다. 빨래를 널고 난 후 운동을 하기 위해 집을 나선다.

몸이 무겁고 뻐근할 때는 운동이 제일이다. 신 나게 수영 한판!

자살을 꿈꾸던 그녀가 오랜만에 수영장에 나왔다. 그리곤 먼저 아는 체를 해왔다. 여자의 얼굴에는 어둠이 서서히 걷히고 있었고 잃어버렸던 특유의 미소도 되살아나고 있었다.

"연리지에서 그이가 기다리고 있었어요. 모두가 당신 덕분이에요. 그런데 연리지는 어떻게 아셨죠?"

"음악 소리가 커서 안 들리는데 뭐라고 하셨죠?"

나는 얼버무렸다. 내가 영혼을 읽을 수 있다는 사실을 곧이곧대로 말한다면 여자는 나를 무당쯤으로 생각할 것이다. 나는 사람들이 나를 남다르게 쳐다보는 그 시선이 싫다. 그래서 나를 내세우고 싶지 않은 것이다.

그래, 다행이다. 여자에게 다시 웃음을 찾아줄 수 있어서 다행이고, 또 여자가 삶의 끈을 놓지 않아 다행이다.

여자는 이제 혼자가 아니었다. 여자의 남편이 듬직한 버팀목이 되어 옆에 자리하고 있었다. 남자는 고맙다며 악수를 청해왔다. 어쩌면 인생은 서로의 이해에서 비롯되는 것인지도 모르겠다. 그들의 슬픈 축제는 그렇게 끝났고 이제는 행복한 축제만이 기다리고 있을 것이다. 나는 그들의 앞에 놓일 행복한 축제를 진심으로 축하해 줄 것이다. 나는 비로소 마음이 따뜻해지는 것을 느낄 수 있었다.

나는 이별을 생각한다.

이별, 언제나 슬픈 일이야. 너와의 이별 역시 예외일 수는 없어. 너와의 이별을 생각하면서 한참을 걸었어. 하지만 뒤숭숭한 가슴은 좀처럼 가라앉지 않고 헤어짐의 아픔을 생각하면 먼저 겁부터 났지.

그래도 어쩔 수 없이 이별을 준비해야 했어. 만남 뒤엔 늘 이별이 있는 법이니까. 날 원망하겠지. 그래. 한없이 나를 원망해. 그래서 네가 조금이라도 편해질 수 있다면 그 모든 걸 감수하겠어.

너와의 이별은 점점 가까워져 오고, 이별의 시간을 앞두고 난 망설이고 또 망설여야 했지. 그러면서도 되도록 담담해지려 노력했어.

내가 너를 사랑했을까? 생각해 보면 사랑이라는 말보다는 지긋지긋하다는 말이 더 잘 어울릴 거야. 끊임없이 반복되는 싸움, 그 지긋지긋한 싸움 때문에 우린 잔정이 들었던 거야. 그래서 너와의 이별이 이렇게 힘이 든 것인지도 모르지. 사랑했다는 가식적인 말은 사용하지 않겠어.

울고 있니? 바보야, 울지 마! 그래도 어쩔 수 없다는 걸 네가 나보다도 더 잘 알잖아. 우리 구질구질한 미련은 훌훌 털어내고 깔끔하게 이별하는 거야.

당장은 아플지 모르지만 하루가 지나고 이틀이 지나면 이별의 상처쯤은 쉽게 아물 거야. 아픈 기억과 미련은 쉽게 잊혀질 거야. 우리의 만남은 처음부터 이별을 위한 만남이었으니까.

애써 부정하려 하지 마! 됐거든? 왜 자꾸 그러니. 제발 나를 놔줘! 네가 아무리 애원해도 소용없어. 그런데 왜 이렇게 아픈 거니? 어느 정도 아플 거라고는 생각했지만 이렇게까지 아플 거라고는 짐작 못했어. 너무 아파서 눈물이 나려 해.

너는 끝까지 나를 괴롭히는구나. 첫 만남부터 속을 썩이더니 마지막까지. 차라리 엉엉 울고 싶은 심정이지만 그 정도 고통은 감수해야겠지.

30분이 넘는 너와의 실랑이 끝에 헤어지고 나니 너무도 홀가분해! 한때는 나의 일부분이었던 너. 너에겐 미안하지만 난 매정하게 돌아설 거야. 너를 보는 것만으로도 치가 떨리거든. 그래도 마지막 인사는 해야겠지.

"잘 가, 지긋지긋한 내 사랑니야!"

치과를 나서는데 하늘이 심상치가 않다. 금방이라도 비가 쏟아져 내릴 것처럼 험상궂은 하늘을 보며 아차! 하는 생각이 든다.

빨래! 머릿속은 온통 밖에 널어놓은 빨래 생각뿐이다. 달려오는 택시를 세워 올라탄다.

"조금만 기다려, 내가 곧 달려가마! 문자메시지를 봤나?"

제우스 이 녀석! 택시 안에서 발만 동동 구른다. 이런! 차창 밖으로 쏟아져 내리기 시작한 소나기가 야속하게도 너무나 굵기만 하다.

"그래도 아직 늦지 않았어."

택시에서 내려 집으로 달려가는 길이 오늘따라 왜 이렇게 길게 느껴지는 걸까?

점점 더 굵어지는 빗줄기에 이제는 체념하고 만다. 더는 도리가 없다. 불쌍한 내 빨래들. 그 비를 다 맞으며 터벅터벅 집으로 향한다. 빨래건조대에 널어놓은 빨래도, 나도 물에 빠진 생쥐 꼴이다. 눈물이 핑그르르!

이 녀석 제우스, 만나면 가만 안 둘 거야. 내 사랑 헤라를 빼앗아가더니 이제는 내 불쌍한 빨래들까지 이 지경으로 만들어?

제우스 녀석, 옆에 있다면 실컷 두들겨 패주고 싶다. 이렇게 엿을 먹이다니. 허탈할 뿐이다. 멍하니 넋을 놓고 앉아 있다가 비에 흠뻑 젖은 빨래를 세탁기에 다시 넣는다.

나는 자운요로 되돌아왔다. 이곳으로 이사 온 뒤 내 공황장애도 어느 정도 잠잠해졌다. 하지만, 방심은 금물이다. 언제 불시에 집요하게 나를 공격해 올지 모르기 때문이다.

나는 꼼꼼하게 방어벽을 치고 녀석과 대치하는 중이다. 내게 선제공격이란 없다. 오직 방어만이 살아남는 길이다.

내가 자운요로 돌아온 것은 아버지가 돌아가시고 일 년만이다. 내가 자운요로 돌아와서 처음으로 한 일은 우체통을 다는 것이었다.

우체통은 노천 소성한 것이다. 초벌 기물에 동유로 스프레이 시유한 것을 노천에서 직접 소성한 것이다. 그다지 큰 형태는 아니지만, 적갈색의 우체통은 보는 것만으로도 푸근해 보인다.

바쁜 일상은 계절의 변화를 느끼는 것조차 무뎌지게 만든다. 하지만 어느 순간, 계절의 어귀에 서 있음에 민감해질 때도 있다.

어린 시절 비가 오기만 하면 맨발로 뛰어다니던 자운요의 넓은 마당. 그 넓은 마당을 한없이 휘젓고 다녀도 지치지 않았다. 비가 오면 물기를 흠뻑 먹은 흙의 감촉을 맨발로 느낄 수 있어서 좋았다. 그래서 일부러 더 맨발로 다녔었다.

노인이 앉아 있었다. 물레를 차며 온 신경을 소지와 손끝의 감촉에 의지한 채 정성을 기울이고 있는 노인. 예전의 그 당당하고 꼿꼿하던 뒷모습은 없었다.

세월의 무상함에 갇혀버린 젊음, 남은 것이 있다면 변치 않는 도자기에 대한 열정뿐이었다. 그 집착을 버리지 못한 채 한평생을 살아온 고집 쎈 노인의 어깨는 너무도 시들어 볼품이 없어 보였다. 하지만 아직도 그 열정만큼은 노인의 손끝에 살아 숨 쉬는 것 같았다.

아버지, 단 한 번도 아빠라고 불러 보지 못했던, 언제나 근엄했고, 언제나 무뚝뚝했던, 언제나 고지식했던 아버지. 그런 아버지의 어깨가 나는 싫었다.

아버지의 뒷모습이 안쓰러워 보였다. 오직 한 길, 외줄 인생만을 살아온 아버지, 단 한 번도 한눈을 팔거나 자신의 일에 회의를 느끼지 않았다. 아버지는 일터이자 생활 터전인 자운요에 그만큼 정직한 사람이었다.

내가 태어난 곳은 자운요다. 그리고 내가 성장한 곳 또한 역시 자운요다. 내 어린 시절의 기억이 고스란히 남아 있는 곳이다.

그때는 자운요에 작업실이 두 개 있었다. 하나는 아버지의 작업실이고 또 하나는 어머니의 작업실이었다. 조각가인 어머니는 작업실에 어린 나를 들여놓지 않았다. 조각하는 데 쓰이는 위험한 도구들 때문이었다. 그래서 나는 아버지의 작업실에서 놀 수밖에 없었다.

때문에 나는 어려서부터 흙과 자연스럽게 친해졌다. 흙이 친구였고 장난감이었다. 아버지의 어깨너머로 흙 만지는 것을 배웠고, 다듬는 것을 익혔다. 누가 가르쳐 주지 않아도 어린 나는 아버지 흉내를 내며 흙과 묘한 사랑에 빠져들었다. 그렇다고 막연한 사랑만은 아니었다. 흙을 만지는 동안은 아버지와 함께 있을 수 있어서 그것이 좋았다. 그리고 언젠가는 아버지처럼 도자기를 만들 수 있을 거라는 꿈도 꾸게 되었다.

아마도 어머니의 작업실에서 놀았다면 내 꿈도 변했을지 모른다. 어머니가 무언가를 다듬고 만들어 내는 것을 보고, 그것을 흉내 내며 놀았을 테니까.

단 한 순간도 흙을 저버리지 못한 아버지.

"아버지는 흙이 그렇게도 좋아요?"

"흙과 함께 노래 부르고 재미있게 놀아 봐. 그러다 보면 왜 아버지가 흙을 좋아하는지 알게 될 거다."

오직 전통 도자기의 재현을 위해 평생을 살아오신 아버지의 대답은 너무도 소박했다. 아버지는 흙과 함께 노래 부르고 재미있게 놀고 계신 것이다. 앞으로도 아버지의 그 모습은 변치 않을 것이다. 하지만 나는 언제부턴가 아버지의 그런 뒷모습이 싫었다.

내가 열두 살 되던 해부터 어머니는 작업을 하지 못했다. 작업을 하는 날보다는 누워 계신 날이 더 많았다.

갈수록 야위어 가는 어머니. 어머니가 아프면서부터 아버지의 작업실을 찾지 않았다. 대신 어머니의 곁을 떠나지 않았다. 아버지는 어머니의 걱정은 뒷전이었고 작업에만 매진했다.

나는 어머니에게 조금의 관심도 기울이지 않는 아버지가 야속했다. 하지만 어머니는 서운해하지 않았다. 남편의 열정을 어머니는 이해했다. 남편을 사랑했고, 겉으로 표현하지 못하는 남편의 사랑을 알고 있었기에.

어머니가 아프면서부터 자운요에서는 웃음이 사라졌다. 그리고 어머니의 병간호를 비롯한 집안 살림은 외할머니가 도맡아 하셨다. 어머니가 야위어 가는 것만큼 할머니도 하루가 다르게 늙는 것 같았다.

딸 앞에서는 강한 척했지만 돌아서면 눈시울을 붉히곤 했다. 눈물을 흘리다가도 누가 볼세라 황급히 눈물을 찍어내시는 할머니.

자운요는 슬픔으로 가득해졌다. 묵묵히 작업에만 전념하는 아버지는 점점 더 말수가 줄었다. 할머니의 얼굴에서는 웃음이 사라진 지 오래였다. 자운요의 그 어디에서도 행복의 메아리는 들려오지 않았다.

어머니의 작업실은 생명력을 잃어 갔고 문이 굳게 닫힌 채 그 누구의 출입도 허용하지 않았다. 반면 아버지의 작업실은 더 큰 성을 쌓아가고 있었다. 그 성은 아버지를 가둔 채 아버지에게서 모든 것을 갈취해 가려는 듯 놓아주지 않았다. 어쩌면 아버지는 절망하고 있었는지도 모른다. 그 절망을 지우기 위해 자신을 일에 내맡기고 있었는지도…….

그러던 어느 날이었다. 새벽같이 일어난 아버지는 가마에 기물을 재임하고 있었다.

나는 들떠 있었다. 학교에서 돌아오면 가마에서 불이 춤추고 있는 것을 볼 수 있을 것이기에 벌써부터 기대에 차 있었다. 학교에 가서도 가마에 대한 생각뿐이었다.

학교가 끝나기가 무섭게 불구경을 하기 위해 달려온 집에는 심상치 않은 기운이 흐르고 있었다. 하지만 불구경을 놓칠 내가 아니었다.

책가방을 맨 채 가마가 있는 쪽으로 달려갔다. 봉통 앞에 전에 없이 수척한 아버지가 앉아 있었다. 봉통에서는 시뻘건 불길이 살아 움직이고 있었지만 아버지의 얼굴은 수심으로 가득 차 있었다.

봉통의 불길도 예전처럼 활활 타오르지 않는 것 같았다. 조심스럽게 봉통 앞으로 다가갔지만, 아버지는 그때까지도 인기척을 느끼지 못했다. 나는 조용히 아버지의 옆에 쪼그리고 앉아 불구경을 하기 시작했다.

"아버지 나무 안 넣어요?"

봉통의 시뻘건 불길이 잦아들고 있었다.

"언제 왔니?"

넋을 놓고 있던 아버지가 그제야 눈길을 주었다.

가마에 불을 달릴 때면 아버지의 눈도 덩달아 이글거렸다. 그러나 오늘은 달랐다. 아버지의 얼굴엔 그늘이 드리워져 있었다.

"조금 전에요."

"엄마한테 학교에 다녀왔다는 인사는 했니?"

"아니요."

"그럼 어서 가서 인사해."

아버지의 목소리가 가늘게 떨렸다.

나는 아쉬웠다. 전 같았으면 봉통에서 빨갛게 달아오른 숯을 꺼내 감자와 고구마, 옥수수를 묵묵히 구워 주시곤 했는데 오늘은 달렀다.

아버지의 말을 거역할 수 없어서 나는 자리에서 일어나 집으로 향했다. 집으로 들어가려는데 자운요의 넓은 마당으로 앰불런스가 요란한 소리를 내며 들어왔다.

할머니가 울고 있었다. 할머니의 눈에서 구슬 같은 눈물이 주르륵 흘러내렸다.

"왔구나. 어서 엄마한테 인사하렴."

외삼촌이 나와 손을 잡아끌었다. 외삼촌까지 와 있는 것으로 보아 심상치 않은 일이 벌어지고 있는 게 분명했다.

어머니는 다른 때보다 더 수척해 보였다. 핏기 하나 없는 얼굴로 힘겹게 눈을 뜬 어머니는 나를 보자 입가에 희미한 미소를 지었다. 그 모습에 울컥 눈물을 쏟았다.

"엄마!"

어머니에게 안겼다. 닭똥 같은 눈물이 고스란히 어머니의 가슴으로 쏟아져 내렸다.

"울면 안 돼."

어머니의 목소리는 점점 안으로 잦아들었다.

"엄마, 아프지 마."

어머니의 손을 꼬옥 움켜잡았다. 그러나 어머니의 손은 차갑기만 했다. 그 어떤 온기도 느껴지지 않았다.

어머니는 앰불런스에 실려 병원으로 옮겨졌다. 어머니가 앰불런스에 실려 가는데도 아버지는 가마 앞에 꼿꼿하게 앉아 묵묵히 봉통 안으로 장작을 밀어 넣고 계셨다.

나는 앰뷸런스가 빠져나간 마당에 앉아 있었다. 어머니가 되돌아올 때까지 기다릴 참이었다. 하지만 해가 져도 어머니는 돌아오지 않았다.

가마 앞에 멀찍이 앉아 있는 아버지가 보였다. 아버지의 그 뒷모습이 너무도 차갑고 매정하게 느껴졌다.

"독한 사람."

할머니는 아버지를 원망했다. 나도 아버지가 미웠다. 아버지가 병원에 가서 어머니를 빨리 데리고 왔으면 좋겠다고 생각했다. 그러나 아버지는 여전히 그럴 기미를 보이지 않았다.

다음 날 병원에서 어머니가 위독하다는 전화가 왔다. 나는 할머니와 함께 병원으로 향했다. 그러나 아버지는 가마를 떠날 수 없다고 했다. 결국 그 말은 가마에 들인 불을 뺄 수 없다는 말이기도 했다.

아버지는 할머니의 원망 섞인 볼멘소리를 떠안으면서도 꼼짝하지 않았다. 아버지는 등을 보인 채 가마에 달린 불을 조정하고 있었다. 아버지의 앞에서는 불길이 치솟아 오르고 있었지만 아버지의 뒷모습은 얼음장처럼 차갑고 싸늘했다. 그런 아버지의 뒷모습이 무서웠다. 말없이 매몰차게 밀어내는 아버지의 뒷모습이 싫었다.

병원으로 향했지만 어머니를 볼 수 없었다. 대신 장례식장에는 어머니의 영정 사진이 놓여 있었다.

"엄마는 어디에 계신 거예요?"

"이제 엄마를 볼 수 없단다. 엄마는 하늘나라로 가셨어."

할머니는 영정 사진을 품에 안고 서럽게 울기 시작했다. 원망 섞인, 설움 가득한 눈물이었다.

"아니야. 그럴 리 없어요."

믿을 수 없었다. 하지만 할머니와 외삼촌이 슬퍼하는 것을 보면 어머니는 하늘나라로 가신 게 분명했다. 할머니를 끌어안은 채 서럽게 울었다. 어머니가 보고 싶었다. 하지만 더는 어머니를 볼 수 없었다.

아버지가 원망스러웠다. 어머니가 그렇게 떠나는데도 붙잡지 않고 가마 앞에 앉아 있던 아버지를 용서할 수 없을 것 같았다. 그날 밤 아버지가 왔지만 아버지는 울지 않았다. 무표정한 얼굴로 아내의 영정 앞에 앉아 있었다. 딸을 잃은 할머니가 그런 아버지를 원망하며 흔들어 댔지만 아버지는 그 어떤 변명도 하지 않았다. 아버지의 슬픈 축제였다.

나는 아버지의 그 뒷모습을 잊을 수가 없다. 어머니가 돌아가실 때 따뜻하게 손 한 번 잡아주지 않은 아버지에 대한 원망 때문이다. 아버지와의 관계는 그 이후로 그다지 순탄치만은 않았다.

아버지는 내심 자신의 뒤를 이어 전통 도자기의 재현을 이루었으면 했지만 나는 아버지의 기대를 저버리고 말았다. 아버지가 전통 도자의 재현에 한평생을 바쳤다면 나는 정반대로 생활 도자에 더 관심이 많았다. 그것은 아버지에 대한 반발심에서 비롯된 것이기도 했다.

나는 아버지의 그 곧음이 싫었기 때문에 작업을 할 때에도 자유분방함을 원한다. 그 자유분방함은 도자기에 그대로 표현되었다. 그래서 일정한 목표를 두고 흙을 만지지 않았다. 이런저런 것을 모두 접목해 시도하는 것을 좋아했다. 그러다 보니 아버지와의 관계가 소원해질 수밖에 없었다.

아버지가 모든 것을 접고 자운요로 들어오라고 했지만 그때마다 아버지와의 관계는 점점 더 멀어졌다. 아버지의 강요가 마음에 들지 않았다. 그만큼 자운요로 향하는 발걸음은 뜸해질 수밖에 없었다.

그 곧던 아버지의 어깨를 이제는 볼 수 없다. 한순간 너무도 수척해져 버린 어깨, 늙지 않으리라 생각했던 아버지는, 내가 외면하는 사이 이제는 존재하지 않게 되었다.

자운요에는 오직 나 혼자뿐이다. 이제는 흙에 대해서 어느 정도 알 수 있을 것 같은데. 그만큼 아버지의 흙에 대한 사랑도 짐작할 수 있을 것 같은데.

비록 아버지의 고집이 싫었지만 아버지의 집념에 대해서는 존경한다. 아버지가 내게 남겨준 것은 자운요뿐만이 아니었다. 전통 도자기의 재현을 위해 평생 힘을 기울였던 아버지의 노력과 결실이 담긴 낡은 작업일지. 일지에는 태토와 유약의 성분 비교, 소성의 종류에 따른 변화, 비취색과 선의 조화, 제작기법의 다양성 등이 이해하기 쉽게 정리되어 있다.

홈페이지 〈자운요〉의 문을 열었다. 인터넷상에 집을 짓기 시작한 것은 한 달 전부터였다. 그 사이 몇번의 시행착오를 거쳐 새롭게 단장한 끝에 지금의 깔끔한 집을 가질 수 있었다. 방문객 수도 늘어갔고 회원도 많이 확보했다.

일기 형식의 살아가는 이야기와 도자기에 관한 상식, 그리고 회원들의 이런저런 이야기로 꾸며진 홈페이지는 그만큼 인기도 많았다. 그리고 갤러리에는 틈틈이 사진도 찍어 올렸다. 원하는 사람들에게는 직접 도자기를 판매하기도 했다.

잠시 자리를 비운 사이, 게시판에 상업성 광고가 수없이 올라와 있었다. 개중에는 교묘하게 회원을 가장해서 음란성 광고나 도박성 광고를 올려놓은 것도 있었다. 그것들을 일일이 삭제하면서 인터넷의 또 다른 이면에 눈살을 찌푸릴 수밖에 없었다.

편지보다도 전자우편이나 문자메시지가 주를 이루는 세상이다. 솔직히 나 역시 편지를 언제 썼는지 가물가물할 정도다. 전자우편이나 일반우편이나 별다를 것은 없다. 전자우편이 인터넷을 통해 전해진다면 일반우편은 우체국과 우체부에 의해 전해진다는 것이다. 예전에는 편지를 받아 볼 때 훈훈한 정을 느꼈지만 지금은 그런 정을 느낄 수 없다. 일반우편은 전화요금, 전기요금 등의 고지서뿐이기 때문이다.

홈페이지는 나만의 집이 아니다. 누구나 들어와 이런저런 이야기를 나눌 수 있는 곳이다. 나는 회원들의 글에 꼬박꼬박 댓글을 달아주었다.

오늘은 주부 도예교실이 있는 날이다. 주부 도예교실은 자운요에서 일주일에 두 번의 강좌가 있다. 그리고 주말에는 가족 도예교실을 운영하고 있다.

오늘 주부 도예교실의 과제는 오카리나 제작이다. 오카리나 제작에 필요한 일러스트를 준비해 수강생들에게 나누어 주었다. 수강생들은 저마다 신기하다는 듯 시간 가는 줄도 모른 채 오카리나 제작에 흥미를 보였다. 어느 수강생은 언제쯤 오카리나가 소리를 낼 수 있냐며 성급하게 보채기도 했다. 개중에는 집에 가져가 직접 구워 보겠다는 수강생도 있었다.

오카리나는 고온소성이 아니기 때문에 초보자라도 집에서 쉽게 구울 수 있다. 오븐이나 번개탄을 이용해 오카리나 굽는 방법을 설명하는 것으로 오늘의 강좌를 마쳤다.

오전 10시부터 12시까지 두 시간의 강좌를 끝낸 후 식사도 거른 채 곧바로 개인 작업을 하기 시작했다.

나는 한 번 작업에 빠져들면 시간이 가는 줄도 모른 채 흙(소지)의 미세한 감촉에 매료되곤 한다. 흙을 만지면 만질수록 마음이 평온해지는 것을 느낀다. 흙에서 느껴지는 보드라운 감촉은 감미롭다 못해 모든 복잡한 생각들을 한순간 밀어내곤 한다. 흙은 늘 생명력을 지니고 있다. 흙을 대할 때면 언제나 새로움을 느낄 수 있어서 좋다. 같은 흙이라 하더라도 그 나름의 성질을 감추고 있기 때문에 언제나 새로운 마음가짐으로 흙을 대해야 한다.

나는 흙을 만지는 동안에는 절대 자만하지 않는다. 스스로 자만에 빠져 버리면 나태해진다는 것을 알고 있기 때문이다.

오랜만의 조형 작업이었다. 그래서인지 조합토의 감촉에 더 예민했다. 손이 닿을 때마다 조합토가 조형을 이루기 시작했다. 하지만 좀처럼 만족스럽지는 않았다.

나는 얼핏 수줍게 웃으며 서 있는 여자아이를 본다. 도자기인형을 바라보면서 루체비스타와 많이 닮았다는 생각을 했다. 처음에는 몰랐는데 보면 볼수록 루체비스타의 모습이 도자기인형에서 배어 나왔다.

루체비스타는 바람일 뿐이다. 그런데도 그녀를 잊을 수 없는 것은 돌아올 12월 24일, 크리스마스 이브에 대한 미련을 버리지 못하고 있다는 증거다. 나는 영원히 그녀를 잊지 못하게 될지도 모른다. 완전범죄를 좋아하는 여자. 그녀가 크리스마스 이브 그날에, 그 자리에 나오게 될지 장담은 할 수 없다. 그러나 나는 그녀에 대한 묘한 매력에 이끌려 그 자리를 다시 찾게 될 것이다. 그녀가 나오지 않더라도 상관은 없다. 나도 바람이 될 테니까. 그럼 조금이나마 그녀의 곁으로 가까이 다가갈 수 있지 않을까?

불공평한 것은 없다. 그녀가 바람이면 나도 덩달아 바람이 되면 그만인 것이다. 어차피 축제를 위해서라도 그녀는 바람이 되어 그곳에 들릴 것이다. 비록 나의 바람이기는 하지만.

라디오에서 대중가요가 흘러나온다. 나에게는 세상 소식을, 세상의 흐름을 알려주는 충복이다. 녀석이 없다면 나는 아마도 우물가에서 목말라 죽었을 것이다.

세상을 살아가는 방법은 많다. 루체비스타가 완전범죄를 꿈꾸며 살아가듯, 축제를 즐기며 축배를 들기 위해 축제의 거리를 기웃거리는 내가 있듯이. 삶은 생각하기 나름인 것 같다.

가수는 노래를 불러야 하지만 그렇다고 꼭 노래만을 부르라는 법은 없다. 드라마에 출연할 수도 있고, 뮤지컬에 출연할 수도 있다. 틈만 나면 실컷 잠을 자거나 살이 찌기를 원할 수도 있다. 하지만 세상의 눈들이 가만 놔둘리 없다. 그래서 그들은 자신의 삶이 아닌 다른 삶을 살아가면서도 그것이 자신의 삶이라고 우긴다.

소설가는 소설을 써야 한다. 그렇다고 해서 소설가이기 때문에 소설을 쓰는 것은 아니다. 소설을 쓰기 때문에 소설가인 것이다. 평론가는 잘 씹어야 한다. 그래서 항상 주머니에 껌을 준비하고 다닌다. 이가 튼튼해야 한다. 그리고 혹시 있을지 모를 테러에 대항하기 위해 맷집을 키워야 한다.

시인이 색안경을 끼고 다니는 것처럼, 소설가는 거짓말을 잘해야 하기 때문에 밥 먹을 때도 거짓말의 빌미를 생각해야 한다.

나는 흙을 상대하기 때문에 그나마 고상한 편이다. 아니다. 나는 아직도 어린애다. 부정하지 않는다. 다 큰 어른이 흙장난하는 걸 보았는가? 흙장난은 어린아이들의 몫이다. 나는 동심을 그리워하며 흙을 만진다.

거지는 동냥을 받지만 그것 역시 엄연한 직업이다. 그들 나름의 삶의 방식인 것이다. 싸움을 잘해야 정치를 할 수 있다. 툭하면 치고받는 정치판에서 얻어맞지 않으려면 폭력배가 되어야 하는 것이다. 그러고 보면 조직폭력배들만큼 정치와 법을 잘 아는 이들도 없을 것이다.

돈 없고 빽 없이도 살아가는 방법이 있다. 세금을 꼬박꼬박 상납하며 조용히 몸 사리는 것도 하나의 방법이다. 따지고 보면 세상은 불공평한 것이 없다. 잘난 사람 잘난 대로 살고, 못난 사람 못난 대로 살면 그만이다.

대통령이라고 몰매 맞지 말라는 법 또한 없다. 저번에 보니까 엄청 두들겨 맞더군. 유신 시절엔 어디 상상이나 할 수 있던 일인가? 전직 대통령의 서거에 온 나라가 울음바다를 이루었다. 울음을 삼키며 국화꽃 한 송이 놓으려는 데도 전경들이 앞을 가로막았다. 길을 열어주지 않고 호송차로 길목을 가로막았다. 소박했던 전직 대통령을 애도하는 물결이 줄을 이었고 국화꽃은 쌓여만 갔다. 마음대로 애도도 할 수 없는 세상이 다시 올 줄이야. 누가 알았겠는가? 그것이 현직과 전직의 차이점인 것을. 아는가? 세상이 거꾸로 흐를수록 국민들의 힘은 더욱 강해진다는 것을. 누가 책임지겠는가. 여하튼 제멋대로 사는 것이 인생이요, 삶인 것이다.

무슨 생각을 하고 살아가는지 내 알 바 아니지만. 각자의 방식을 나는 탓할 권한이 없다. 돼지는 10개월을 살아야 제맛이 난다. 더 불쌍한 건 닭이다. 닭도 닭 나름이겠지만. 죽자고 알만 까다가 가든, 40일을 살다가 가든 내 참견할 일 아니다.

내가 아무리 떠들어 봐야 세상은 곧이곧대로 흐른다. 참! 재벌들은 세금 떼어먹는 데 도사다. 고기도 먹어 본 놈이 먹는다고, 재벌은 비자금을 잘 챙겨야 재벌 소리를 들을 수 있는 것이다. 들키면 나중에 인심 쓰듯 몇천억 입에 발린 소리로 감칠맛 나게 내놓으면 그만이다.

방송매체에서 아무리 떠들어 봐야 세상은 올바로 흘러가지 않는다. 그때뿐이다. 그래도 나는 세상사에 관심이 많다. 라디오와 대화할 수 있어서 좋고, TV 드라마나 연예 프로를 보면서 울고 웃을 수 있어서 행복하다. 혼자였다면 무지 심심했을 것이다.

루체비스타가 그립다. 그녀가 보고 싶다. 이런 것도 사랑이라고 말할 수 있을지 모르겠다. 내게 죽임을 당한 그녀는 잘 살고 있겠지? 그녀는 죽어도 싸다. 이제는 그녀를 죽였다가 살렸다가 하면서 가지고 노는 것도 지겹다. 나는 흙장난이나 해야겠다.

라디오에서 여배우 이은지의 실종사건에 대한 뉴스가 나왔다. 실종된 지 4일 만에 여배우의 옷과 지갑이 발견되었지만 여배우는 여전히 오리무중이었다. 게다가 함께 발견된 여자 옷들의 출처도 알 수가 없었다.

긴박하게 수사본부가 설치되고 여배우의 것으로 보이는 옷과 속옷 그리고 지갑이 발견된 곳을 집중적으로 수색했지만 별다른 소득은 없었다.

경찰은 단순 실종사건을 벗어나 납치, 살인사건으로 방향을 전환했다. 벌써 여배우가 실종된 지 한 달이 다 되어 가는 데도 경찰 수사에 별다른 진전을 보이지는 않고 있었다. 그 사이에 비슷한 실종사건이 6건이나 발생했다. 6건 모두 여배우 실종사건처럼 소지품과 옷가지가 이곳저곳에서 발견되었다.

그럴 때마다 경찰은 수사 인력을 동원해 발견된 장소를 이 잡듯이 들쑤시고 다녔지만 모두 허탕이었다. 범인은 경찰들을 조롱하고 있는 것 같았다.

사람들의 따가운 눈총에 경찰들은 고개를 들지 못할 정도였다. 경찰 수뇌부에서도 안절부절못한 채 발만 동동 구르고 있었다. 상당한 액수의 보상금이 걸렸지만 마땅히 단서가 될 만한 제보는 없었다. 대개가 흉흉하게 떠도는 소문에 입각한 루머였다. 보상금의 액수는 점점 올라갔다.

어디를 가나 사람들의 관심사는 연이은 여성 실종사건이었다. 20대의 젊은 여성들을 대상으로 벌어지는 실종사건이었기 때문에 유흥가에는 여성들의 발길이 딱 끊겼다. 덩달아 남자들의 발길도 끊겼다.

새로운 소식이 들어올까 사람들은 뉴스에 귀를 기울였다. 신이 난 것은 방송매체였다. 마땅한 기삿거리가 없던 차에 매체들은 특집으로 실종사건을 다루고 있었다.

뉴스를 듣고 있던 나는 작업을 멈추었다. 머리가 깨질 듯이 아파졌기 때문이다. 이 뒤에는 분명 공황이 찾아올 것이다. 나는 손도 씻지 않은 채 서둘러 약 봉투를 찾았다. 녀석이 나를 공격해 오기 전에 먼저 방어진을 구축해 두어야 할 필요가 있었다.

전화벨이 울렸다. 그러나 나는 전화를 받는 대신 작업실 한쪽의

간이침대로 올라가 누웠다. 전화는 자동응답메시지가 친절하게 접수하기 시작했다.

　―야, 사이코 전화 받아. 있는 거 다 알아. 지금 상황이 급박하게 돌아가고 있어. 와서 좀 도와주어야겠어. 이러다가 줄줄이 모가지가 달아나게 생겼다고. 제발 전화 좀 받아라.

　희미해지는 저편의 목소리. 고등학교 동창 최다. 최는 급할 때면 으레 전화를 걸어온다. 녀석은 채권자가 되기도 했다가 채무자가 되기도 한다. 녀석에게 돈을 꾸거나 꾸어준 적도 없건만 걸핏하면 전화해서는 전화받으라고 성화다. 빌어먹을 녀석. 뭘 도와달라는 건지 듣지 않아도 훤하다. 국민의 혈세를 받아먹는 공무원이면 공무원답게 자기 할 일이나 잘할 것이지.

그림자 밟기

빨리 잠드는 것이 내게는 득이다. 녀석이 내 머릿속으로 들어와 비수를 휘두르기 전에 나 스스로 무감각해지는 수밖에 없다. 그러기 위해서는 잠들어 있어야 한다. 녀석이 제풀에 지쳐 나가떨어질 때까지.

몸이 나른해진다. 몸의 감각이 무뎌지는 것을 느낄 수 있다. 나는 이제 여행을 떠날 것이다. 그 여행이 행복했으면 좋겠다. 악몽은 싫다. 어디든 달려갈 수 있기 때문에 스토리는 아직 미정이다.

스르르 눈을 감는다. 또 다른 세상이 열리기 시작한다. 현실과 동떨어진 또 하나의 세상. 되도록 흥미진진한 여행이었으면 좋겠다.

영혼이 다가오는 것을 느낄 수 있다. 나는 영혼이 다가올 때까지 그 자리에 서서 기다릴 뿐이다. 그러면 영혼은 내 손을 잡아끌고 나를 어딘가로 데려가 줄 것이다.

다가와도 벌써 다가왔어야 할 미지의 영혼은 아직도 그 자리에 서 있다. 어찌된 일인지 알 수가 없다. 모든 것이 정지된 것만 같다.

칠흑 같은 어둠이 주위를 감싸기 시작한다. 어둠이 내 몸을 조여오기 시작한다. 발과 다리를 그리고 이제는 몸뚱이를 조이더니 급기야 목을 조르고 거대한 뱀의 주둥이로 나의 머리마저 삼켜버렸다.

나는 어딘가로 한없이 떨어져 내린다. 발버둥 쳐봐야 소용이 없다. 이제 나는 내가 아니다. 나는 없다. 울음소리만 들려올 뿐이다. 여자들의 울음소리. 지푸라기도 잡지 못한 채 죽음의 수렁으로 빠져들며 허우적거리는 소리. 살기 위해 필사적으로 대항하지만 여자들의 몸부림은 슬픈 분노로 뒤바뀌고 만다.

어둠 속에서 여자들의 손이 나를 잡아당긴다. 하지만 나는 여자들의 손을 뿌리치려 안간힘을 쓴다. 한순간 여자의 손이 내 목을 조르기 시작했다.

아악! 가위눌림이다. 온몸은 땀으로 흥건하게 젖어 있었다. 약을 먹고 잠이 든 지 한 시간도 되지 않아서 나는 잠에서 깼다. 머리가 깨질 듯이 아프다.

간이침대에서 일어나려 했지만 일어날 수 없었다. 몸이 뻣뻣하게 굳어 움직일 수가 없다. 한참 후에 자리에서 일어나 앉았지만 어지러워 걸을 수가 없었다. 꿈속의 잔영들이 남아 나를 괴롭히기 시작했다.

여자의 울음소리가 머릿속을 윙윙거리며 돌아다니고 있었다.

제기랄! 30분인가를 그렇게 앉아 있었다. 하지만 여자들의 울음소리가 뒤엉켜 내 머릿속은 쑥대밭이 되었다.

무작정 달리고 싶다는 생각 밖에는 들지 않았다. 나는 차에 올라 시동을 걸고 액셀러레이터를 정신없이 밟았다. 어디로 향하는지 나도 모른다. 그저 달려야 한다는 것밖에는.

얼마의 시간이 흘렀나. 여전히 울음소리는 그치지 않았다. 울음소리가 그칠 때까지 달려야 한다. 달리다 보면 내가 왜 달려야 하는지 알 수 있을 것도 같았다.

희한하게도 여자들의 울음소리가 점점 작아지기 시작했다. 좀 더 달리자 어느 지점에선가 여자들의 울음소리가 사라졌다. 하지만 완전히 사라진 것은 아니었다. 멈출 것 같지 않던 차를 세운 것은 그즈음이었다. 비상등을 켜고 나는 차에서 내렸다.

한 여자의 흐느낌이 미세하게 들려왔다. 나는 여자의 흐느낌을 따라 걸었다. 이번에도 무작정이었다. 넋이 나간 사람처럼 차도를 벗어나 이곳저곳을 헤매기 시작했다. 그러다가 발에 무언가 알 수 없는 푹신한 것이 밟혔다. 양말이었다. 나는 무심코 그것을 집어 들었다. 순간 여자의 흐느낌은 내 머릿속에서 깨끗하게 사라졌다.

먼지가 켜켜이 쌓인 양말. 오래된 핏자국이 검게 얼룩져 있었다. 양말 속에 무엇인가가 만져졌다. 양말을 뒤집자 발톱이 나왔다. 자그마치 10개의 발톱. 발톱의 상태로 보아 무언가 날카로운 것으로 도려내 강제로 뽑아낸 것 같았다. 그 고통이 고스란히 내게로 전해졌다. 하지만 온기가 느껴졌다.

“이봐, 거기.”

“누구……?”

“경찰입니다. 신분증 좀 확인합시다.”

주머니에 손을 넣었지만 지갑이 없었다. 작업을 하다가 무작정 달려나온 터라 지갑을 챙길 여유가 없었다.

“여기가 어디죠?”

다시 머리가 아파왔다. 나는 방향 감각을 상실한 채 주위를 둘러보았지만 어디가 어딘지 분간할 수 없었다. 내 손에는 여전히 양말이 들려 있었다.

“그 양말 당신 거요?”

“아니요.”

나는 그만 그 자리에 털썩 주저앉고 말았다. 공황이 밀려온 것이다. 일순간 불안함이 내 온몸을 휘어 감았다.

그런 내가 수상쩍어 보였는지 사복경찰이 유심히 살폈다. 손과 옷에는 흙이 묻어 있었고 신발은 검정 고무신이었으니 그럴 만도 했다.

“양말 좀 봅시다.”

경찰이 내게서 피묻은 양말을 빼앗았다. 난 별 저항 없이 양말을 건네주었다.

“그런데 여기가 어딘가요?”

“당신!”

경찰은 다짜고짜 내게 수갑을 채웠다.

"뭐야?"

"경찰서로 가서 이야기합시다."

도대체 뭐가 뭔지 알 길이 없었다. 지금 내게 필요한 것은 약이다. 나는 금방이라도 쓰러져 죽을 것만 같은 공황 증세로 고통스러웠다. 하지만 경찰은 아랑곳하지 않았다.

"약을 좀 먹어야겠는데."

"어서 걷기나 하시지."

날은 서서히 저물고 있었다. 비상등을 켜 놓은 내 차 뒤로 또 한 대의 승용차가 주차되어 있었다. 경찰은 나를 승용차에 구겨 넣듯 밀어 넣었다. 그리곤 내 차로 가서 키를 뽑아들고는 되돌아왔다.

"내 차에서 약 좀 가져다줄 수 없나요?"

"왜? 먹고 죽으려고? 웃기시네. 입 닥치고 가만히 있어."

경찰이 비꼬듯 나를 쳐다보더니 어딘가로 전화를 했다.

"죽을 것만 같다니까. 난 약을 먹어야 한다구."

"조용히 해! ……이번 실종사건의 용의자로 보이는 30대 남자를 검거했습니다. 네. 정신이상자같아 보이기도 합니다만. 네, 네. 우선은 서로 압송하겠습니다. 그리고 이곳으로 감식반 좀 보내주십시오. 용의자의 차량이 있습니다. 조사해 봐야 할 것 같습니다."

"정신병자?"

어처구니가 없었다. 게다가 실종사건의 용의자라니. 뭐야? 일이 어떻게 꼬여가고 있는 거야. 하지만 이것저것 가릴 처지가 아니었다. 당장 내가 걱정해야 하는 것은 공황 증세였다.

경찰에게 약을 먹어야겠다고 사정했지만 씨알도 먹히지 않았다. 내 몸은 그 사이 공황 증세가 극에 달해 있었다.

"조사해 보면 다 나와. 순순히 자백하는 게 서로 좋을 거야."

"미친놈! 약이나 달라니까!"

이 경찰 놈은 속으로 쾌재를 부르고 있는 것이 분명했다. 나를 용의자가 아닌 피의자로 확신하고 있는 것이다. 실적에 눈이 먼 이 녀석 때문에 죽을 맛이다. 아마도 녀석은 일 계급 특진과 함께 포상을 생각하고 있겠지. 우라질! 그래, 갈 데까지 가보자.

속이 메스껍고 울렁거린다. 어지럽고 금방이라도 토악질을 할 것 같았지만 녀석은 그런 내게 전혀 신경을 쓰지 않았다.

겪어보지 않은 사람은 모른다. 공황장애가 얼마나 심신을 상하게 하는지. 내가 지금 달려갈 곳은 경찰서가 아니다. 마음 같아서는 병원으로 달려가서 링거라도 꽂아야 할 판인데. 그래야 이 지긋지긋한 공황에서 잠시나마 벗어날 수 있을 텐데.

나는 힘겹게 공황과의 전쟁을 하고 있었다. 그러나 이미 녀석과의 싸움에서 나는 진 것이나 다름없다. 난 단 한 번도 녀석에게 이겨본 적이 없다. 녀석이 불시에 들이닥치면 나는 약에 의지해야 했고 그 이상의 노력은 하지 않았다. 녀석이 내게 찾아오기 시작한 그 순간부터 나는 패자의 멍에를 약으로 달래고 있었다.

움직이면 움직일수록 수갑이 조여졌고 녀석도 결코 나를 가만 내버려 두지 않았다. 수사본부가 차려진 경찰서에 도착했을 때 나는 녹초가 되어 버리고 말았다. 그 어떤 것에도 대항할 수 없는 나약한 존재.

기자들이 벌떼처럼 몰려들었다. 여기저기서 카메라 셔터를 눌렀다. 범죄자도 그런 범죄자가 없었다. 나는 질질 끌려가다시피 경찰서 안으로 끌려들어 갔다.

"내 딸 어디에 있어! 설마 내 딸을 죽인 건 아니겠지?"

어디에선가 주먹이 날아왔다. 그 누구도 나를 방어해 주지 않았다. 으레 당연하다는 듯 방관할 뿐이었다. 나는 누군가의 주먹에 얼굴을 맞았고 이내 정신을 잃었다.

얼마 동안 정신을 잃고 있었는지는 모른다. 눈을 뜨니 경찰서 유치장이었다. 오른쪽 눈이 욱신거렸다. 아니나 다를까 눈은 퉁퉁 부어올라 있었다.

주위는 산만하고 분주했다. 그 분위기에 절로 기가 죽었다. 그렇지만 공황이란 녀석은 언제 되돌아갔는지 눈을 씻고 찾아봐도 찾아볼 수 없었다.

"양말은 여배우 이은지의 것으로 확인됐습니다. 혈액형도 일치합니다. 국과수에 의뢰해서 이은지의 발톱이 맞는지 확인해 봐야겠습니다."

"용의자 주소지에 수사팀은 파견했나?"

"예, 지금 수색 중이라는 보고를 받았습니다."

나는 겨우 일어나 앉았다. 머리는 맑고 깨끗했다. 머릿속에서 윙윙거리던 여자들의 울음소리도 사라진 지 오래였다. 주먹 한 방에 나가떨어진 게 어쩜 도움이 되었는지도 모르겠다. 한숨 개운하게 자고 일어난 기분이 들었다.

용의자를 검거했으니 경찰들은 신바람이 난 듯했다. 나는 한심한 그 녀석들이 무엇을 하는지 유심히 지켜보고 있었다. 괘씸한 녀석들, 빌어먹을 자식들. 속에서 열불이 나서 도저히 참을 수가 없었다.

"야! 이 문 열지 못해?"

내가 소리쳤다. 그러자 그제야 경찰들의 관심이 내게로 쏠렸다.

"저 자식이!"

나는 그 소리에 더 흥분해 유치장의 철문을 발로 냅다 걷어찼다. 그러자 기다렸다는 듯이 경찰들이 달려왔다. 일대의 소란을 잠재우기 위해서라기보다는 너 오늘 잘 걸렸다는 눈초리들이었다.

내게 경찰 둘이 달라붙었다. 수갑을 차고 있던 나는 꼼짝없이 녀석들에게 제압당하고 말았다. 녀석들이 나를 한심하다는 듯이 내려다보았다.

"이거 놓지 못해. 너희 지금 실수하는 거야!"

나는 버럭버럭 소리를 질러댔다.

"야! 사이코!"

낯익은 목소리였다. 그리고 나를 사이코로 부르는 사람은 최 밖에 없었다.

"최 형사, 아는 사람이야?"

"네, 그런데 저 친구가 왜 여기에 있는 거죠?"

"용의자야."

“나 참! 어서 저 친구 수갑 풀어 주세요. 희대의 살인마 윤천진 아시죠? 저 친구가 그 연쇄살인사건의 결정적 단서를 제공한 친구 아닙니까. 내가 말했잖아요. 내 친구 중에 사이코가 있다고. 사이코메트리 말이에요.”

때마침 최가 나타났기에 망정이지 그렇지 않았다면 더 큰 봉변을 당할 뻔했다.

“이 자식아, 사이코가 뭐냐?”

“전화할 때는 받지도 않더니.”

“네 꼴 보기 싫어서 안 받았다. 맥주라도 한잔 마셔야겠다. 머저리들 때문에 갈증만 나네.”

캔맥주 한잔을 들이켜고 나서야 한숨 돌릴 수 있었다.

“우리가 그렇게 찾으려고 했던 양말 한 짝을 어떻게 그렇게 쉽게 찾았냐?”

“내가 아냐? 내가 할 일은 끝난 것 같으니까 난 그만 간다. 설마 내 작업실 엉망으로 들쑤셔 놓은 건 아니겠지? 그랬다면 각오해야 할 거야.”

“뭔가 알고 있지?”

“몰라!”

“그러지 말고 속 시원하게 털어놔 봐라.”

“양말 속에 있던 발톱의 주인은 살아 있어. 아직 따뜻한 걸로 봐서는. 하지만 다른 사람들은 모르겠어.”

“야, 사이코 좀 도와줘라. 사람들이 불안에 떨고 있잖아.”

사이코란 말이 자꾸만 귀에 거슬린다. 어디에서 주워들은 건 있어가지고 툭하면 사이코라는 말을 내뱉는 통에 나는 최를 만나는 것이 껄끄럽다.

사이코메트리(Psychometry)라는 언어는 그리스어의 'Psyche(혼)'과 'metron(측정)'의 합성된 단어로 물건의 혼을 계측하여 해석하는 능력이라는 뜻이다. 영국과 미국에서는 벌써부터 사이코메트리를 채택해 수사에 활용하고 있었다.

몇 년 전 경찰 당국에서도 비공식적으로 활동해 달라고 요청해 온 적이 있었다. 하지만 나는 일언지하에 거절했다. 최는 메트리는 쏙 빼먹고 사이코란 말로 나를 자극한다.

"잘 다니고 있던 학교는 왜 그만둔 거야? 연락처 알아내는 데 애먹었잖아. 고등학교 미술선생이 적성에 맞는다면서. 이젠 그것도 싫증난 거냐? 그리고 돈 필요하지 않아? 보상금이 만만치 않은데."

"이 자식, 내가 보상금 때문에 이러고 있는 줄 아냐. 내 몸이 하도 괴로워서 어쩔 수 없이 이곳까지 끌려오게 된 거야. 오늘 하루도 아주 죽는 줄 알았다. 병원에 가서 링거라도 꽂아야 할 판이야. 걷지도 못할 지경이라고."

"부탁한다. 실종자 가족들이……."

"이번 한 번 뿐이야."

힘을 얻은 듯 최는 상부에 보고했다. 하지만 상부에서는 시큰둥한 눈치였다. 그렇다고 마냥 손을 놓고 있을 경찰 당국도 아니었다. 지푸라기라도 잡는 심정으로 정식 요청이 들어왔다.

먼저 실종자들의 유류품이 앞에 놓여졌다. 승낙은 했지만 그렇다고 자신이 있는 것은 아니었다.

실종자들의 유류품 중에서 나는 여배우 이은지의 유류품에 관심을 가졌다. 다른 유류품에서는 기분 나쁘게 차갑고 싸늘한 기운이 느껴졌기 때문이다. 영혼을 읽어 내기엔 아직 온기가 남아 있는 이은지의 유류품에 집중하는 것이 나을 것 같았다.

"감이 오냐?"

"이은지의 발톱이 결정적인 단서가 될 수도 있을 것 같은데. 그렇다고 너무 기대는 하지 마라. 나도 나 자신을 믿지 않으니까. 그리고 사이코라는 말은 빼라. 신변보호는 확실하게 해 주고. 만일에 하나 내 얼굴이 뉴스에 나오기라도 한다면 그땐 네 제삿날인 줄 알아. 죽을 때까지 저주해 줄 테니까. 자, 가자. 대신 운전은 네가 해."

최가 바짝 긴장한 채 일어섰다. 그리고 몇몇 형사들도 반신반의한 표정으로 뒤따라 일어섰다.

최는 고등학교 친구다. 그리 친한 축에는 들지 않았지만 심령술에 관심이 많았던 걸로 기억된다. 그런 최를 다시 만난 것은 연쇄살인사건 현장에서였다. 최는 그 후로도 걸핏하면 도와달라는 전화를 걸어오곤 했다.

내 손에는 이은지의 유류품과 발톱이 쥐어졌다. 모래사장에서 바늘 찾기인 셈이다. 하지만 집중만 한다면 그다지 어려울 것 같지는 않았다. 두 대의 차에 나눠 타고 본격적으로 수사가 이루어졌다.

　한 가닥 희망을 놓치지 않으려고 최는 안간힘을 쓰고 있었다. 나를 굳게 믿고 있는 최를 실망시킬 수는 없었다. 나는 최대한 정신을 집중했다. 한 치의 흔들림도 없어야 한다. 영혼을 읽기 위해서는, 그림자를 밟아 가기 위해서는 시작 지점을 찾아야 한다.

　"이은지의 집 앞으로 가."

　"거긴 왜?"

　"우린 놀이를 할 거야. 우리 어릴 때 한 번쯤 해본 놀이 있잖아. 그림자밟기라고."

　"유류품이 발견된 지점이 더 쉽지 않을까?"

　"그건 트릭이야."

　최는 더 이상 묻지 않고 핸들을 돌렸다. 도대체 무슨 일이 벌어진 것인지 나도 궁금해지기 시작했다.

　내가 영혼을 읽을 수 있고 또 사이코메트리의 능력이 있다는 것을 알게 된 것은 중학교 때였다. 하지만 그저 우연일 뿐이라고 생각했다. 그리고 우연이 거듭되면서 겁이 났다. 남의 영혼을 읽는다는 것은 솔직히 내키지 않는 일이다. 이 행성에서는 지극히 평범해야 무난하게 살아갈 수 있다고 나는 생각한다.

　이참에 점쟁이로 나설까? 아니면 사내무당으로 내림굿을 받을까? 모두 내 적성에 맞지 않는다. 나는 흙이나 만지면서 이 행성의 평범한 일원으로 살아가고 싶다. 요란한 것은 딱 질색이다. 공황장애도 이겨내지 못하는 내가 어떻게 남을 위해 살아갈 수 있겠는가.

이은지의 집 앞에서부터 그림자밟기가 시작되었다. 이은지의 모습이 선명해지기 시작했다. 그러면서 그 모든 것이 익숙해지기 시작했다. 이제 본격적으로 그림자를 밟아 가면 되는 것이다.

"천천히."

최는 내 말을 충실히 이행했다.

이은지는 밝고 쾌활한 성격이다. 그래서 그 일이 벌어졌을 것이다. 보통의 연예인들은 매니저와 함께 움직이지만 이은지는 매니저와 움직이는 것을 싫어했고 항상 일탈을 꿈꾸고 있었다. 그래서 다른 연예인들과는 달리 돌출 행동이 많았다. 그 돌출 행동이 문제였다.

"이 길을 걸었어. 혼자서. 남자는 보이지 않는 스토커가 되어 그날이 오기만을 기다렸지."

이것 참! 소설 쓰고 있네. 내 입에서 그런 말이 거침없이 흘러나오고 있다는 것이 놀라웠다.

나는 벌써 다섯 시간째 이은지의 행적을 찾아 움직였다. 그림자밟기도 지쳐갈 즈음 우리는 다시 이은지의 집 앞으로 되돌아왔다.

"뭐야? 다시 제자리잖아."

"시작이 여기니까."

"무슨 소리야?"

"집 앞에서 일이 벌어졌단 말이야. 위장된 교통사고."

"이은지가 교통사고를 당했다고?"

"아니, 납치! 자, 달려! 멀지 않은 곳에 있어. 녀석은 제법 영리한 놈이야. 그건 이은지를 찾아낸 다음부터 네가 밝혀내야 할 일이지만. 지금은 달려야 해"

그제야 승용차가 속력을 내기 시작했다. 이은지의 집에서부터 30분 남짓 달렸을까, 승용차는 허름한 아파트 단지 앞에서 멈추었다. 폐쇄회로도, 경비원도 없는 서민층이 사는 아파트.

"여기야?"

"그래. 이은지는 여기 어딘가에 있어."

영혼이 느껴졌다. 심약해진 영혼은 길을 잃은 채 방황하고 있었다. 진득한 땀 냄새가 느껴지는 것 같기도 하고, 가쁜 숨을 내쉬고 있는 것 같기도 했다. 자아도취, 쾌락, 남자의 거친 숨소리.

"성관계는 언제가 마지막이었냐?"

"숫총각이 무슨 섹스야."

"웃기지 마, 이 자식아. 냄새가 나는데 뭘 그래. 너 이 여자다 싶을 때 빨리 결혼해라. 아니면 후회한다. 버스 떠나면 다음 버스가 언제 올지 모르는 게 우리 인생이야. 애태우지 말고. 귀신은 속여도 나는 못 속인다. 지금 만나고 있는 여자 놓치면 50 되기 전에는 장가 못 간다."

최는 대답 대신 피식 웃음을 삼켰다.

나는 다시금 이은지의 발톱에 집중했다. 이곳이 분명했다. 이곳에서의 행적이 마지막이다. 이은지가 있다는 확신이 섰다. 그제야 나는 차에서 내렸다. 뒤따라 최도 내렸다.

발톱에서 부르르 떨림이 느껴졌다. 가까이 있다는 증거다. 이젠 확실해졌다. 하지만 문제는 수십 가구가 모여 사는 이 아파트에서 이은지를 찾는 일이다.

"지원 요청할까?"

"뒷일은 누가 책임지고? 아직은 아니야. 둘 뿐이야. 마지막 축제를 벌이고 있는 것 같은데. 샴페인이라도 준비할 걸 그랬나? 모든 게 여기에서 벌어졌어. 이은지는 녀석의 희생양이었을 테고. 골라봐? 3층 아니면 4층?"

"3층? 4층?"

최는 오히려 내게 되물어왔다.

"넌 형사가 돼서 직감도 없나?"

아파트 안으로 들어서며 이은지의 윤곽이 선명해졌다. 하지만 함께 있을 남자의 모습은 여전히 희미할 뿐이다. 최가 앞질러 엘리베이터 앞으로 다가섰다.

나는 최를 멋쩍게 하듯 계단을 올랐다. 계단을 오를수록 몸이 뜨거워지는 것을 느낄 수 있었다. 나는 3층에서 발걸음을 멈추었다.

"여기야?"

최의 말에 나는 말없이 고개를 끄덕였다. 이제부터가 문제다. 남자가 이은지를 인질로 잡고 있을 가능성이 있었다. 그것은 최도 대비하고 있는 듯했다.

3층으로 오르자마자 나는 아파트의 현관문을 일일이 만지기 시작했다. 그 뒤를 최가 조심스럽게 따랐다. 307호 앞에 이르렀을 때 나는 남자와 여자의 격정적인 몸부림을 느꼈다.

“여기!”

그리고 돌아섰다. 이제 남은 것은 최의 몫이다.

올라갈 때와는 달리 내려올 때에는 엘리베이터를 이용했다. 승용차로 돌아온 나는 문을 열고 조수석에 앉았다. 두 남녀의 축제는 이제 서서히 저물 것이다. 그리고 그들은 다시는 축배를 들지 못할 것이다.

숨 막히는 시간이 흘러갔다. 작전은 쥐 죽은 듯이 조용하게 이루어졌다. 몇 대의 경찰차가 추가로 투입되었고, 그 사이 나는 아파트 초입의 상가에서 캔맥주를 사왔다. 캔맥주를 마시며 이은지와 납치범이 나오기를 기다리고 있었다.

이것도 이를테면 축제일 것이다. 그들만의 축제. 그렇다면 작전에 투입된 경찰들은 엑스트라다. 한 달간의 길고 긴 장편영화가 끝나가고 있었다. 작전은 싱겁게 끝이 났다. 알몸으로 뒹굴던 남자는 별 저항 없이 투항했다. 하지만 이은지는 실성한 사람처럼 통곡했다.

“그가 죽인 게 아니에요. 모두 내가 죽였어요. 그는 죄가 없어요. 그러니까 그를 놔 줘요. 놔 주란 말이야!”

악을 쓰며 저항하는 이은지를 앰뷸런스가 요란한 소리를 내며 태워 갔다. 뒤이어 최가 남자에게 수갑을 채워 내려왔다.

피곤한 하루였다. 나는 경찰서에 주차되어 있던 차를 몰고 집으로 돌아왔다. 돌아오자마자 약을 먹고 누웠다. 그러나 잠이 오지 않았다. 술을 마셨지만 취하지 않았다. 그렇게 심했던 공황도 찾아

오지 않았다.

며칠 동안 아무 일도 할 수 없었다. 최는 약속을 지켰다. 나를 철저하게 감추어 주었고, 사건이 종결되는 대로 절차에 따라 보상금이 지급될 것이라고 말했다.

피의자 허동만이 이은지를 협박해 6명의 여자를 죽이게 시켰다는 보도가 나오자 온 세상이 발칵 뒤집혔다.

생명의 위협을 느낀 이은지는 발톱이 뽑히는 고통과 생사의 갈림길에서 결국 여자들을 목 졸라 살해했다.

병원에 실려 간 이은지는 전형적인 스톡홀름 증후군을 보이고 있었다. 이은지는 정신병원에 감금됐다. 그리고 허동만의 자백으로 6명의 여자 시체도 찾아냈다. 지능범 허동만은 그 외에도 7명의 여자를 직접 살해한 것으로 알려졌다.

허동만은 지극히 평범한 택시기사였다. 그래서 쉽게 여자들을 납치할 수 있었고 또 사이코패스 환자이기도 했다. 그는 PCL-R 검사에서 40점 만점에 40점이 나올 정도로 중증 환자였다.

사이코패스는 정신병의 일종으로 반사회적 인격 장애 중의 하나이다. 원인은 뇌의 전두엽에 이상이 오는 것으로, 일반적인 감정이나 자각능력에는 문제가 없다. 사이코패스들은 죄의식을 느끼지 못하며 거짓말에 능하고 충동적이며 책임감이 없다. 또한 폭력적인 성향이 강하며 언어장애를 보이기도 한다. 허동만이 이은지를 죽이지 않은 것은 나름의 대리만족을 느끼기 위해서였을 것이다.

여름의 한가운데 서서

아, 짜증 나. 차까지 말썽이네.

땀은 비 오듯 쏟아져 내려 진이 빠질 지경이고, 며칠 사이 무더위는 아이스박스 속의 얼음을 맥없이 녹여 버렸다.

아이스박스에 얼음도 채워야 하고 또 부식도 준비할 겸 화천 시내에 나갔다가 들어올 생각이었는데. 몇 번이고 다시 시동을 걸어 보지만 어떻게 된 일인지 시동은 걸릴 생각을 하지 않고 카랑카랑한 헛기침만 내뱉다가 멈추기를 반복한다.

제기랄! 정비한 지 며칠이나 됐다고 또 잔고장이람. 도대체 어디가 고장 난 거야.

시동이 걸리지 않을 때에는 배터리의 이상 여부를 의심하는 것이 올바른 순서다. 클랙슨을 누르거나 오디오를 틀어도 별다른 이상을 느낄 수 없다면 문제는 복잡해진다. 시동 계통에 문제가 생겼을 가능성이 높기 때문이다. 시동을 걸 때 쇠가 부딪히는 날카로운 소리로 보아 시동 계통의 이상을 짐작할 수 있었다.

정비에 대해서 그다지 많이 아는 것은 아니지만 언젠가도 이런 경우가 있었다. 시동을 걸 때 시동 모터의 피니언 기어가 플라이휠의 링 기어에 맞물려 엔진을 돌리게 되는데, 그게 제대로 들어맞지 않고 서로 부딪치기 때문에 그런 소리가 들리는 것이다. 이 경우에는 더 이상 시동을 걸려고 해서는 안 된다. 까닥 잘못했다가는 엔진을 시커멓게 태워 먹기 십상이기 때문에 서둘러 정비공장에 연락을 하는 수밖에 없다.

나는 할 수 없이 주머니에서 핸드폰을 꺼낸다. 푹푹 쪄대는 폭염에 괜한 짜증만 섞여 내 얼굴은 오만가지 인상으로 일그러지기 시작했다.

자동차 보험회사 콜센터에 전화를 하면서도 땀은 비 오듯 쏟아져 내렸다. 콜센터 여직원의 상냥한 목소리가 그나마 위안이 되었다.

"시동이 걸리지 않아서 그러는데 긴급 견인 좀 부탁합니다. 여기가 어디냐면 화천 파로호 삼밭 낚시터입니다. 언제까지 보내줄 수 있죠? 빨리 좀 부탁합니다."

나는 핸드폰 번호를 남기고 전화를 끊었다.

두 시간은 기다려야 한다고? 나 참! 긴급출동 서비스라더니 그것도 별수 없군. 나는 투덜대며 올라왔던 길을 터덜터덜 걸어 내려가기 시작했다. 왜 하필이면 파로호의 외진 낚시터로 휴가를 왔는지 후회하기도 하면서. 그렇지만 대물과의 한판 승부를 포기하기에 폭염은 아주 작은 장애일 뿐이다. 대물과의 승부를 경험해 보지 못한 사람은 그 묘한 매력을 알지 못한다. 그 알 수 없는 힘은 해마다 나를 이곳 파로호의 더위 속으로 내몰곤 한다.

"왜 벌써 내려오는 거야?"

매점 송씨가 땀에 흠뻑 젖어 물에 빠진 생쥐 꼴로 내려온 나를 올려다보았다. 송씨는 매점의 상수리나무 그늘 아래 앉아 느긋하게 떡밥을 주무르던 중이었다.

"차가 말썽이네요. 올 때 분명히 정비를 받고 왔는데. 그나저나 물이 나와야 샤워를 하든가, 씻기를 하든가 하지. 도대체 어떻게 된 거예요? 어제도 계곡에 올라갔다가 오셨잖아요. 가제가 호스 구멍을 막고 있었다면서요."

"있다가 다시 올라가 봐야겠어."

느긋한 성격의 송씨는 그 말을 하면서도 서두르는 기색이 전혀 없었다. 떡밥을 다 뭉쳐 놓고 10대의 릴에 떡밥을 달아 던진 후에나 보트를 타고 건너갈 생각이 분명하다. 그렇다고 칠순의 송씨를 다그칠 입장도 아니다. 그러잖아도 송씨는 무용지물이 되어버린 우물가 호스 때문에 걱정이 여간 아니었다.

우물가라 해봐야 호스와 커다란 붉은색 고무 들통 두 개가 전부인 말만 우물가인 곳이다. 호수 건너편 산 중턱의 계곡에서 보일러용 호스로 물을 끌어다가 식수로 사용하고 있었다. 그 호스가 낚시오던 날부터 말썽을 부리는 것 같더니 이제는 아예 꽉 틀어 막혀 물 한 방울도 흘러나오지 않고 애를 태우고 있었다.

"생각 같아서는 저 물속에 풍덩 뛰어들고 싶은데."

"내가 얘기하지 않았던가? 5월 하순이었을 거야. 춘천 사는 김 씨라고 있는데 저 모퉁이에서 물에 빠져 죽었어."

송씨는 아무렇지도 않게 떡밥을 주무르며 말했다.

"죽어요?"

"잔치 끝내고 오니까 경찰들이 찾아왔더라구. 김씨 큰아들도 함 께 말이야. 우리 아들 잔치 치르느라 내가 이틀 동안 매점에 나오 지 못했거든. 김씨를 언제 마지막으로 봤냐구 묻는 거야. 난 왔는 지도 몰랐었거든. 위에 차가 있기에 왔는가 보다 했지. 아차 싶더 군. 그래서 말했지. 3일 후에 와 보라구. 물에 빠져 죽으면 적어도 3일은 있어야 시체가 떠오르거든."

"그래서 떠올랐어요?"

"떠올랐지. 정확히 3일 뒤에."

"왜 죽었대요?"

"살기 싫었나 보지."

송씨는 너무도 태연하게 말했다.

하필이면 이 외진 곳에까지 와서 죽을 게 뭐람. 사정이 있었겠지 만. 죽을 용기가 있었으면 살고 싶은 생각은 왜 못했을까. 하기야, 낚시를 좋아했다니 이왕 죽는 거 고기밥이나 되어 볼 심산이었을 지도 모르지. 오죽 답답하면 그랬겠어.

나는 떡밥 뭉치는 송씨를 보면서 바람 한 점 없는 날씨를 탓하기 시작했다. 푸념은 곧 송씨를 겨냥하기 시작했다.

"도대체 어디서 막힌 거지? 처음부터 스페어로 호스를 하나 더 깔았으면 이런 일은 없었을 텐데."

"그러게 말이야. 안사람이 돈 많이 든다고 하나만 깔자고 하는 통에 어쩔 수가 없었어."

"저 위에서는 아무런 이상이 없다면서요? 물속에서 이상이 생겼을 리도 없었을 테고. 그렇다면 이 근처 어딘가에서 막혔다는 얘긴데. 삽이나 줘 봐요. 중간 밸브를 확인해 보면 찾을 수 있을 것 같기도 한데."

언제까지 노인네만 바라볼 수도 없고. 아쉬운 놈이 우물 판다고 할 수 없지. 나는 삽과 호미를 들고 중간 밸브를 찾아 나섰다. 보다 못 한 송씨도 어쩔 수 없이 뒤를 따라나섰다.

한여름 뙤약볕은 결코 만만치가 않았다. 그렇다고 나 몰라라 두고 볼 수도 없는 노릇이고. 비지땀을 흘려가며 밸브를 하나씩 찾아냈다. 아래에서부터 훑어 올라오다 보니 어느새 우물가에 이르렀다. 우물가 근처의 밸브에서 물이 막혀 더 이상 올라가지 못한 채 더듬대고 있었다.

등잔 밑이 어둡다고 설마 그렇게 가까운 곳에서 문제가 생겼을 거라고는 송씨도 생각하지 못한 모양이었다. 밸브를 풀자 물이 콸콸 쏟아져 나오기 시작했고 위로 향하는 호스의 금이 간 사이로 엄지손가락만한 풀뿌리가 호스 구멍을 틀어막고 있었다. 수많은 머리카락을 땋아 놓은 형상이었다.

처음에는 풀뿌리도 자신의 힘을 과시하고 싶지는 않았을 것이

다. 하지만 물길의 유혹을 뿌리치지 못한 채 그 좁은 호스 안으로
발을 뻗치다가 결국에는 물을 독차지하겠다는 흉악한 욕심을 주
체하지 못했을 것이 뻔했다.

호스를 잘라 다시 연결하자 물이 앓던 이 빠지듯 속 시원하게 쏟
아져 나오기 시작했다. 며칠간 앓던 골머리가 순식간에 해결되는
순간이었다.

거침없던 폭염도 태양과 함께 서서히 뒷산으로 기울고 있었다.
그때까지 핸드폰은 벙어리가 된 채 울릴 생각조차 하지 않았다. 두
시간 후에 오겠다던 긴급출동 서비스는 더위에 건망증까지 먹은
모양이다.

우물가에 서 있던 나는 바가지로 물을 가득 퍼서 다짜고짜 머리
에 부었다. 그러나 어찌된 일인지 시원함이 느껴지지 않았다. 그
사이를 비집고 기분 나쁜 잔영들이 내 온몸 곳곳을 옭아매기 시작
했다.

공황이다. 공황 속이다. 이 순간 나는 공황 속에 있는 것이 분명
하다. 그리고 이 공황 때문에 머지않아 현실을 직시하지 못하게
될지도 모른다는 불길한 생각과 막연함에 나는 순간 겁을 집어먹
었다.

뭔가 잘못되어 가고 있다. 기분 나쁜 공황 혹은 데자뷔. 언젠가
도 나는 오늘처럼 이 우물가에서 머리를 감으며 같은 생각을 하고
있었을 것이다.

더위를 먹은 탓일까? 나는 시간의 사슬에 갇혀 있다는 생각을

했다. 이곳 삼밭에 갇혀 더는 어디에도 갈 수 없는 존재가 되어버린 것은 아닐까 하는 두려움이 좀처럼 가시지 않았다.

뒤를 돌아보아야만 만날 수 있는 존재. 우리는 그들을 영혼이라 부른다. 길 잃은 영혼, 익명의 나, 그래, 나를 익명의 나라고 부르자. 이 순간 나는 익명의 나일지도 모른다. 이곳 삼밭에 오는 순간부터 나는 익명의 나이기를 원했는지도 모른다.

파로호가 훤히 내려다보이는 삼밭 매점 앞에 서서 나는 텐트 앞에 펼쳐 놓은 낚싯대를 멍하니 내려다보고 있었다. 찌는 듯한, 아니 타는 목마름을 주체할 수 없는 이 여름의 한가운데에 내가 서 있다. 예사롭지 않은 내 삶의 공황과 함께. 익숙하면서도 생소한 것들이 점점 나를 주눅들게 하고 있다.

나는 쌍안경을 든다. 그 두 개의 구멍이 하나가 되어 보이는 풍경은 매우 흥미롭고 때로는 흥분을 동반하기도 한다. 어디에선가 들려오는 여자의 목소리를 따라 쌍안경의 레이더를 돌린다.

목표는 당연히 건너편 좌대. 남자와 여자 단둘이 좌대에 오른다. 둘만 남겨두고 달려왔던 보트는 엔진 소리를 은밀히 감추며 되돌아간다.

뭐가 그리 좋은지 깔깔깔 웃어 대는 남녀. 그들이 머무르는 동안 좌대는 언제나 내 시선에서 벗어나지 못할 것이다. 렌즈의 초점이 맞춰져 온갖 상상들이 내 머릿속을 자극하며 돌아다닐 것이다.

방울이 울린다. 순간 내 시선은 좌대에서 돌아와 노지에 펴 놓은 낚싯대로 향한다.

금방이라도 낚싯대를 끌어갈 것처럼 초리대 부분이 급격하게 휘기 시작했다. 입질이 온 것이다. 나는 기다렸다는 듯이 달려 내려간다. 그 순간만큼은 어떤 잡념도 생기지 않는다. 그저 입질의 장본인을 확인하고 싶은 궁금함과 흥분뿐이다.

굵직한 놈이다. 챔질과 동시에 놈의 발버둥이 느껴졌다. 접어 두었던 릴대를 펴고 릴을 감기 시작한다. 버티는 녀석과 녀석을 끌어 올리려는 나와의 싸움에는 그리 오랜 시간이 필요치 않다.

몸부림치는 녀석을 수면으로 끌어올려 공기를 먹이면 녀석은 더 이상 힘을 쓰지 못한다. 누런 배를 보이며 벌러덩 누워버린 녀석을 뜰채로 떠올리는 것으로 녀석과의 승부는 싱겁게 끝나 버리고 말았다.

아가미에 넥타이를 걸고 다시 물속에 놓아 준다. 긴 넥타이 덕에 녀석은 이제 그 어디에도 갈 수 없는 신세가 되어버린 것이다.

오후 5시, 서산 너머로 해가 기울어 그림자가 지기 시작한다. 나는 이 시간이 가장 좋다. 더위도 더 이상 진가를 발휘하지 못하는 시간이 다가오고 있기 때문이다.

송씨는 뭉쳐두었던 떡밥을 들고 내려와 릴에 달아 던지기 시작했다. 두 시간 만에 온다던 긴급출동 서비스를 넋 놓고 기다리느니 떡밥이나 갈아줄 요량으로 나도 떡밥을 개기 시작한다.

떡밥은 보통 하루에 두 번 갈아준다. 오후 5시와 새벽 5시. 떡밥을 만들고 던지는 데 보통 한 시간 반이 소요된다. 그 외의 시간은 고스란히 기다림의 시간이 된다. 기다림으로 멈추어 버린 파로호.

익명의 나는 그런 파로호에 시간을 담가 둔다.

제기랄! 또 시작이다. 떡밥을 거의 다 갈아 주었을 때 또 시작된 것이다. 나를 위협해 오는 공황의 시작은 어지럼증으로부터 비롯된다. 어지럼증은 곧 공황을 이끌기 시작한다. 이럴 때는 약을 먹고 눕는 것이 제일이다. 공황이 찾아오면 나는 시체나 다름없다. 아무 일도 할 수 없다. 살아있다는 그 자체조차 잊고 싶을 정도의 고통을 동반한다. 죽음이 찾아오는 것이다. 아니 나 스스로 죽음을 원하고 있는지도 모른다. 익명인 나에게서 또 익명인 나를 갈구하는 시간이 바로 공황 속이다.

얼핏 방울 소리가 들리는 것도 같다. 하지만 약 기운 때문에 눈을 뜰 수가 없다. 귀 또한 서서히 닫히기 시작한다. 익명의 나, 아니, 나 아닌 나로 철저하게 내팽개쳐지는 순간이다.

꿈을 꾼다. 전화를 한다. 하지만 통화가 되려고 하면 전화는 통화권을 이탈하고 만다. 그러다가 다시 전화벨이 울린다. 나는 핸드폰을 찾아 손을 뻗는다.

"여보세요?"

꿈일까? 현실일까? 저쪽에서는 아무런 대답도 없다. 한숨 소리가 들리는 것 같기도 했는데, 전화는 이내 끊어지고 말았다. 내 손에는 여전히 핸드폰이 들려 있다. 그리고 언제부터인지 알 수는 없었지만 방울이 울리고 있었다.

나는 꿈과 현실을 분간하지 못한다. 한동안 멍하니 앉아 꿈과 현실을 오가고 있다가 입질이 온 것을 알고 후다닥 텐트 밖으로 뛰어나간다. 그러나 더 이상 방울 소리는 들리지 않는다.

나는 의자에 털썩 주저앉는다. 현실로 돌아온 것이 분명하다. 날은 서서히 밝아 오고 있었다. 새벽 5시. 떡밥을 갈아줄 시간이다.

송씨는 아직 출근하지 않았다. 9시가 다 되어 가는데도 매점에 나오지 않은 것을 보면 오늘은 청과물 시장에 보낼 호박과 옥수수를 수확하느라 바쁜 모양이다.

벌써부터 더위는 온몸을 숨 막히게 조여오기 시작한다. 기회는 이때다. 송씨가 없을 때 수영이나 실컷 해볼 생각이다. 솔직히 수영 하면 자신이 있다. 수영 경력 15년에 웬만한 마스터즈 대회란 대회는 다 참가했었다. 게다가 라이프가드 자격증도 있고 물이라면 두려울 것이 없다.

더는 가릴 것이 없다. 망설일 이유도 없다. 나는 수경을 꺼내들고 파로호의 차가운 물속으로 걸어 들어갔다. 두 걸음 내디뎠을 뿐인데 수심은 벌써 내 키를 넘었다. 지난밤의 공황이 말끔히 씻겨나가는 느낌이다.

며칠 수영을 못했더니 몸이 근질거렸는데 이제야 홀가분한 기분이다. 자유형, 배영, 접영, 평영 할 것 없이 마음껏 물을 가르고 다닌다. 하지만 그것도 잠시, 매점 쪽에서 송씨가 호루라기를 불어대기 시작했다. 그리곤 그것도 모자라 쏜살같이 아래로 뛰어내려오기 시작했다.

나는 뛰어내려오는 송씨를 향해 손을 흔들며 한껏 여유를 부렸다. 그런데 알 수 없는 일이다. 낯이 익다. 아래로 뛰어내려오는 송씨가 그렇고 또 물가에 가지런히 벗어놓은 내 검은색 슬리퍼가 그렇다. 언젠가도 송씨가 그렇게 뛰어내려왔을 것이고, 슬리퍼는 그곳에 가지런히 놓여 있었을 것이다.

모든 것이 예사롭지 않다. 나는 또 공황인가 싶어서 순간 방심한 채 물속에서 허우적거렸다. 그러다가 겨우 물 밖으로 나와 긴 한숨을 내쉬었다. 데자뷔, 아무리 그래도 너무나 생생하고 익숙하다. 그 익숙함에 순간 섬뜩함을 느꼈다.

"물속에 들어가지 말라니까."

"하도 더워서 샤워나 할까 하고 들어갔어요. 지금 방금 들어갔는데 뭘 그래."

"그래도 다시는 들어가지 마. 장 선생이 수영을 하는 건 문제가 아닌데 다른 사람들이 수영을 할까 봐 그게 더 문제지. 그러면 내가 단속을 하지 못하잖아."

"알아요, 알아. 사장님 환경감시요원인 거 잘 알고 있다구요. 다음부터는 물속에 들어가지 않을 테니까 걱정하지 마세요. 그런데 오늘은 좀 늦으셨네."

솔직히 나는 환경감시요원 일을 맡아서 하고 있는 송씨를 난처하게 만들 생각은 추호도 없었다. 수영을 하다가 혹시 물에 빠져 죽게 되거나, 수영하는 것을 용인해 준다면 다른 사람들을 감시하기는커녕 딴죽을 걸어와 송씨가 감당하지 못할 것이라는 걸 알고 있었다.

콜센터의 전화를 기다리지만 전화가 오지 않는다. 말뿐인 긴급

출동 서비스에 울화통이 터질 것만 같다. 다시 보험 회사의 콜센터에 전화를 해 보지만 이제는 전화까지 불통이다.

삼밭에 갇혀 버렸다는 불길한 생각이 드는 사이 사십대 중반의 낚시꾼이 짐을 들고 삼밭으로 내려왔다. 짐도 그다지 많지 않고 차림새로 보아 당일치기로 낚시를 온 것이 분명했다. 댐 낚시에 당일치기라니, 어영부영 시간이나 때울 생각으로 낚시를 온 것이 분명했다. 대개 그런 사람들은 땡볕을 이기지 못하고 서너 시간 낚시를 하다 되돌아가거나 해가 떨어지면 들고 온 가방을 꾸려 되돌아가기 일쑤다.

남자는 춘천 김씨가 빠져 죽었다는 그 자리에 자리를 폈다. 십여 년을 삼밭으로 낚시를 오면서 그곳에서 대물을 건졌다는 소리를 단 한 번도 들은 적이 없었다. 나와 봤자 고작 잔챙이 붕어가 전부인 빈약한 자리였다.

처음 삼밭에 왔을 때 그 자리에 앉았던 기억이 난다. 그 자리에서 이주일 가량 버티다가 한 마리도 잡지 못한 채 돌아간 후 다시는 그곳에 앉지 않았다. 그곳에 자리를 펴면 나서서 한사코 말리는 편이었다. 하지만 오늘은 나름의 판단을 무시할 만큼 내게는 여유가 없었다.

입질도 뚝 끊긴 오후, 삼밭 매점 앞 상수리나무 그늘처럼 좋은 곳도 없다. 오늘은 바람도 솔솔 불어와 그나마 견딜만한 오후를 보내고 있다.

송씨는 오음리에 볼일이 있다며 6시쯤에 다시 오겠다고 했다.

남자의 파라솔이 한여름의 거침없는 더위 속에 우두커니 솟아 있었다. 남자는 꼼짝도 하지 않은 채 찌를 바라보고 있었다. 벌써 몇 시간째인지 모른다. 지금쯤이면 지칠 만도 한데 남자는 전혀 그런 기색을 보이지 않았다.

저편 좌대가 오히려 더 소란스러웠다. 낄낄대며 장난을 치던 남녀는 좌대 안으로 사라졌고 문이 닫혔다. 내 쌍안경은 그즈음에서 목표물을 잃은 채 시큰둥해졌다. 하지만 동시에 에로틱한 상상이 심장에 불을 지폈다. 그 작은 방 안에서 도대체 무슨 일이 벌어지고 있는 것일까? 설마 이 더위에 뒹굴고 있지는 않겠지.

남녀의 신음소리가 내 귓가를 어지럽게 돌아다니는 것만 같았다. 내게 있어서 좌대는 은밀한 상상의 공간이 되어버린 지 오래다.

말벗이라도 있으면 좋으련만 남자는 내가 있는 매점 쪽으로는 눈길조차 돌리지 않았다.

지독한 기다림이다. 저 기다림 끝에는 필시 붕어의 입질이 뒤따를 것이다. 그것도 아니라면 분명 잡어라도 나올 것이다. 어쨌든 남자는 나와 동떨어져 있는 사람이다. 그렇다고 그의 낚시를 방해할만한 연유도 내게는 없다. 내게 지금 필요한 것은 콜센터의 안내 전화뿐이다.

내가 섣부른 판단을 한 것일까. 남자는 해가 기울었는데도 돌아갈 생각을 하지 않았다. 조금의 흐트러짐도 없이 파라솔 안에 앉아 기다림을 더욱 애타게 만들고 있었다. 6시에 오겠다던 송씨도 오지 않았다.

삼밭에 남은 것은 익명의 남자와 그리고 익명이기를 원하는 나뿐이다. 입질이라도 있냐며 말이라도 붙여 볼까도 생각했지만 남자의 그 끈질긴 기다림을 방해하고 싶지는 않았다.

어둠이 스멀스멀 내려앉기 시작하면서 나는 캐미라이트를 꺾어 방울에 꽂아 두었다. 캐미라이트의 형광 불빛이 어둠을 뚫고 나름의 공간을 확보했다.

이제부터는 나의 기다림이 존재하는 시간이다. 기다림은 좀처럼 끝이 날 것 같지 않다. 늘 그렇듯 기다림도 대물과의 승부를 위한 과정인 셈이다.

바람에 초리대가 흔들리면서 덩달아 캐미라이트의 불빛도 희미하게 흔들렸다. 그 흔들림이 기다림을 자꾸만 채근하기 시작했다.

나는 아이스박스에서 캔맥주를 꺼내 호수와 바람을 마주하고 앉았다. 더없이 여유로운 기다림을 의미하기도 하는 한여름 밤의 정적, 바람의 흐름뿐 시간의 흐름은 느껴지지 않는다.

―공황의 원인은 스트레스 때문입니다. 술을 마신 다음 날 증세가 더 심해지는 걸로 보아서는 원인이 술일 가능성이 큽니다.

신경정신과 의사가 말했었다. 두 달 정도 약을 먹으면 나을 거라고 했지만 나는 벌써 10달째 약 없이는 하루도 견딜 수가 없다. 그러고 보면 의사는 돌팔이일지도 모른다. 신경과에도 가 보았지만 의사는 별다른 소견을 내지 못한 채 이름을 알 수 없는 약만 처방해 주었다. 그리곤 양성어지럼증이란 말로 대충 얼버무렸다. 그 사이 공황은 점점 심해졌다. 그 공황이 이제는 익숙해질 법도 하지만 익숙해지기엔 내가 너무 나약한 것이 흠이었다.

CT와 MRI를 찍어도 나타나지 않는 원인 불명의 병이라니 얼마나 대단한 녀석이 내 속에 숨어 있는 것이기에 나를 이렇게도 당혹스럽게 만드는 것일까? 그 녀석에 대해 알고 싶다. 진지하게 녀석과 이야기해 볼 참이다. 그러나 녀석은 불쑥 나타났다가도 한동안은 오리무중일 때가 많다.

솔직히 나는 녀석과의 대화가 두렵다. 죽을지도 모른다는 두려움과 대면하는 것이 무엇보다도 싫고, 또 번번이 당하고 마는 내가 싫다. 그래서 나는 차라리 익명의 나를 고집하면서 그 모든 것을 잊고 싶은 것인지도 모른다.

한지수

내 공황은 그날부터 시작되었다.

「저들이 보여? 자세히 보면 볼 수 있어. 그가 당신을 보고 있거든. 그렇다고 두려워하지는 마. 그냥 스쳐지나갈 거니까. 부탁이 있어. 문득 당신을 보는 시선과 마주쳤을 때 그 시선을 외면하지 마. 가벼운 눈인사라도 부탁해. 그 눈인사로 잠시 슬픔을 잊을 수 있을지도 모르잖아.

그들은 외면당하는 것을 싫어하거든. 우리는 그들과 자주 마주치면서도 그들을 눈여겨보지 않아. 그래서 그들이 가끔 화를 내기도 하지. 그럴 때는 조심해야 돼. 간혹 심술이 지나쳐서 해코지를 하기도 하거든.

도대체 누구를 말하는 거냐구? 알면서 뭘 그렇게 물어보는 거야. 바로 당신 옆에 있잖아. 쉿! 귀 기울여 봐. 그들이 말하는 소리가 들리지? 그래 눈여겨보면 볼 수 있고, 들을 수 있어.

그들은 우리들과 뒤섞여 있어. 그래서 분간하기가 아주 힘들지. 하지만 일상에서 그들과 마주치는 건 그리 어려운 일이 아니야. 그들은 우리 이웃일 수도 있고, 또 당신과 가장 친한 사람일 수도 있어. 무심코 길을 걸어가다가 마주칠 수도 있지. 혹은 당신 자신이 그들일 수도 있어. 그렇지만 확인할 수는 없어. 짐작만 할 뿐이지.

그들은 외로움을 많이 타는 편이야. 말수가 적은 편이고 사소한 것에도 집착이 심한 편이지. 항상 무표정해서 무슨 생각을 하고 있는지 알 수가 없어. 만나는 사람들도 없어. 기쁨, 슬픔, 행복, 고통을 그들은 느낄 수가 없어. 그들은 그런 자각증상을 느끼지 못해. 슬픈 존재들이지. 당신이 그들일 수 있어. 이미 우리의 기억 속에서 잊혀진 사람들, 우리의 기억에서 잊혀져 가고 있는 사람들 말이야. 우리는 그들을 영혼이라고 부르지.

집중해 봐. 바로 뒤에 있잖아. 두렵다면 뒤돌아보지 마! 당신과 가장 친한 사람이 영혼이라면 당신은 어떤 기분일까? 쉿! 그들에게 자신들이 영혼이라고 말해서는 안 돼. 절대!」

나는 홈페이지의 게시판을 둘러보고 있었다. 그러다가 '영혼이 영혼에게'라는 글을 흥미롭게 읽고 있었다. 나는 문학반 아이들 중에 누가 그런 글을 올렸을까? 하고 생각하는 중이었다. 그때 전화벨이 울렸다.

저편에선 여자의 목소리가 들려왔다. 여자는 대뜸 장 일병 님이라는 말로 나를 당혹스럽게 만들었다. 그 목소리를 듣는 순간 과거의 기억들이 가슴 언저리를 날카롭게 난도질하기 시작했다.

"통합병원에 같이 있었던 한 이병입니다."

그제야 나는 한 이병의 존재를 떠올리기 시작했다. 한 이병의 목소리는 나의 목을 서서히 조여오기 시작했다. 돌이키고 싶지 않던 기억 저편의 일들이 거친 풍랑을 일으키고 있었다.

군 생활의 기억들은 내게서 오래전에 외면된 과거일 뿐이었다. 하지만 떼어낼 수 없는 꼬리표이기도 했다.

나는 되살아나는 선명한 기억에서 자유로울 수 없었다. 나는 무의식적으로 수화기 저편의 한 이병을 경계하고 있었다.

연락처를 남기면 다음에 연락하겠다고 말하려던 참이었다. 하지만 미처 그 말이 입에서 새어나오기도 전에 한 이병이 먼저 선수를 쳤다. 한 이병은 학교 앞에 있다고 했다. 퇴근이 늦어진다면 근처 커피숍에서 퇴근 시간까지 기다리겠다고 했다. 말끝에 커피숍 상호를 말하고는 전화를 끊었다.

도대체 왜 만나자는 것일까? 결코 달갑지 않은 전화였다. 나는 시간이 없다고 딱 잘라 말하지 못한 것을 후회했다. 그가 찾아올 거라고는 전혀 예상하지 못했던 일이었다. 난감할 따름이었다. 손에 들려 있던 볼펜이 손가락 사이에서 거추장스럽게 빙그르르 돌았다.

그해 겨울은 몹시 추웠다. 그렇지만 동장군의 한파 때문만은 아니었다.

 자대 배치를 받은 어느 날 여자친구에게서 절연의 편지가 날아
왔다. 입영통지서의 잉크가 마르기도 전에 갈아 신은 여자친구의
고무신이 원망스러웠다.

 나는 그 사실을 믿지 않았다. 당장이라도 달려가 확인하고 싶었
으나 그럴 수 없었다. 적응장애를 가져오기 시작한 것은 그즈음이
었다.

 군 생활에 대한 염증이 일기 시작했다. 감옥 아닌 감옥에 갇혀서
젊음을 탕진한다고 생각하니 나 자신이 한심했다. 모든 것이 귀찮
아졌다. 고참들은 그런 나를 고문관이라고 부르기 시작했다. 고문
관의 일상은 고되고 힘겨웠다. 고참들의 화풀이 대상이 되어 툭하
면 이리저리 불려 다녀야 했다.

 그러던 중 그 일이 생겼다. 수색을 나간 그날 밤 결국 일이 터지
고 말았다. 억새풀 위로 격렬한 바람이 일고 있었다. 날선 비수와
도 같던 겨울 바람은 이내 심장을 도려낼 기세로 두꺼운 방한복을
뚫고 들어왔다. 그런 추위는 난생처음이었다.

 곳곳에 음산한 기운이 깃들기 시작했지만 나태한 나로서는 방
심의 틀에서 미처 벗어나지 못했다.

 나는 밀려오는 졸음을 쫓아내지 못한 채 고참의 꽁무니를 뒤따
르며 하품을 삼켰다. 주위는 온통 칠흑 같은 어둠뿐이었다. 눈을
감으면 금방이라도 잠이 밀려올 것만 같았다.

 내려앉는 눈꺼풀을 가까스로 일으켜 세우면 다시금 주저앉았

다. 그렇게 몇 번이고 눈꺼풀을 추켜세웠을까, 고참이 보이지 않았다.

주위는 온통 억새들의 아우성뿐이었다. 순간 졸음은 겨울 바람을 타고 쏜살같이 사라졌다. 하지만 뒤를 이어 음산한 공포가 혀를 날름거리며 그 자리를 파고들었다.

얼마 동안을 그렇게 어둠 속에서 떨고 있었는지 모른다. 겨울 바람에 소스라치게 놀란 억새풀들이 거친 풍랑을 일으켰다.

나는 엄습해오는 공포를 감당하기엔 너무도 나약했다. 그 어디에서도 인기척은 들리지 않았다. 낙오된 것이 분명했다. 그제야 군기 빠진 고문관의 방심이 얼마나 무모했는지를 탓해야 했다.

섣불리 움직일 수도 없었다. 이곳저곳 헤매다가 자칫 지뢰밭에 들어가기라도 한다면 큰일이었다.

눈앞이 막막했다. 아무것도 할 수가 없었다. 부스럭부스럭, 누군가 다가오고 있었다. 사람이 아닐지도 모른다. 허기진 멧돼지나 고라니일 수도 있다. 어쩌면 북한군일지도 모른다. 나는 몸을 바짝 웅크린 채 저쪽의 기미를 살폈다. 움직임이 멈춘 것은 건너편이었다.

"장 일병, 장 일병?"

고참의 목소리가 그렇게 반가울 수 없었다. 구세주를 만난 듯 반가움에 몸을 일으켜 세웠다. 그러나 짙은 어둠 속 억새풀의 풍랑 속에서 고참의 모습을 찾을 수는 없었다.

"그 자리에 가만히 있어."

마치 꿈결처럼 고참의 목소리가 가까이 다가오고 있었다. 그 어디쯤에서였을까, 순간 섬광이 번뜩였다. 마른하늘에서 날벼락이 떨어져 기다렸다는 듯이 밤의 정적을 뒤흔들었다. 그리고 더 이상 아무 소리도 들리지 않았다.

어찌된 일일까? 조금의 움직임도 감지할 수 없었다. 어둠이 다시금 억새풀 위를 무심히 감싸 안았다. 낯익은 목소리가 들렸다. 고참의 신음소리였다. 신음소리와 함께 고참의 동맥과 정맥이 갈기갈기 찢겨 억새풀을 핏빛으로 물들이고 있었다.

시뻘건 선혈이 방한복을 적셨다. 도대체 무슨 일이 벌어진 것일까? 눈을 뜨려고 안간힘을 썼다. 그러나 찝찔한 액체가 자꾸만 눈으로 흘러 들어왔다.

신음소리가 끊임없이 귓가를 잡아끌었다. 차마 들을 수가 없어서 귀를 막았다. 정신을 차릴 수가 없었다. 속이 메스꺼웠다. 속을 게워내며 현실이 아닌 어느 겨울밤의 악몽이기를 간절하게 바랐다.

나는 야전병원 정신병동에서 일주일을 보내고 곧바로 후송병원으로 이송되었다.

그때는 자대로 돌아갈 용기가 없었다. 야전병원에서의 일주일은 악몽의 나날이었다.

지뢰를 밟은 고참은 곧바로 통합병원으로 후송되었다. 고참은 다행히 목숨을 건질 수 있었지만 앞으로 불구의 몸으로 살아가야 한다고 했다. 그 말을 군의관으로부터 전해 들은 이후로 나는 단 한순간도 죄책감에서 벗어날 수가 없었다. 그래서 철저히 스스로를 고립시켰다.

그 누구와의 대화도 나눌 자신이 없었다. 하루하루가 고통의 나날이었다. 나는 자신을 내세우는 것보다 감추는 것이 더 쉽다는 것을 그때 알았다.

나는 차츰 시들기 시작했다. 꿈을 꾸는 것이 죽기보다 싫었다. 불면의 밤이면 그날의 악몽이 그림자처럼 내 뒤를 쫓아다니며 날선 비수를 들이댔다. 고참의 신음소리가 단 한순간도 내 귓가에서 떠난 적이 없었다.

한 달 뒤 후송자 명단에 올라 다시 통합병원으로 이송되었다. 진눈깨비가 처량하게 흩날리던 날이었다. 후송 열차에 올라 추적거리는 창밖을 내다보았다.

정신병동을 전전하는 내가 한심스럽다는 생각이 들었다. 논산에서 자대 배치를 받기 위해 동기들과 기차를 타고 올라오던 그날이 생각났다. 다시 그때로 돌아가고 싶었다. 그 훨씬 이전으로 되돌아가 처음부터 다시 시작하고 싶었다. 하지만 기차는 내 의지와는 상관없이 아래로 내려갔다.

한 이병을 만난 것은 통합병원에서였다. 통합병원으로 이송된 지 한 달만에 한 이병이 후송되어 왔다. 한 이병은 상태가 좋지 않아 보였다.

뼈만 앙상하게 남은 한 이병의 모습에서 삶의 의욕을 찾아내기란 쉽지 않았다. 한눈에 보기에도 중증환자였다. 후송 병원을 거쳐 오는 동안 상태가 많이 호전되었다고는 했지만 아직 병증은 심각했다.

야간 경계근무를 서던 중 그 일이 벌어졌다고 했다. 함께 근무를 나간 동성애자 고참에게 성폭행을 당했고 그 후유증으로 병동에 후송되어 온 것이다.

한 이병은 아주 곱상한 편이었다. 여자처럼 가냘프고 여려 보이기까지 했다. 가느다란 미성 또한 여성의 목소리와 흡사했다. 그 탓에 그 일이 벌어졌을 것이다.

나는 그즈음 병동에 회의를 느끼기 시작했다. 병동에 후송되는 환자들 중에는 면도칼로 자신의 손목을 긋거나 목을 매 자살하려다가 실패해 실려 오는 경우가 더러 있었다. 개중에는 중중 정신분열 환자도 있었지만 대부분의 환자들은 겉으로 보기에는 모두 정상인이었다. 잘하면 의병 전역을 할 수 있지 않을까, 하는 잘못된 생각으로 일을 저지르는 사병도 있었다.

통합병원에 후송된 이후 나는 많이 호전되었다. 불면증과 악몽이 가끔 나를 갑작스럽게 끌어당겼지만 차츰 현실을 직시하기 시작했다. 그리고 군의관에게도 자대 복귀를 요청해 놓은 상태였다.

문제는 자대 복귀 이후였다. 자대 복귀 후 부대원들을 어떻게 대할지 걱정이었다. 그들에게 받을 비난을 감당할 수 있을지 그것이 문제였다. 그렇다고 언제까지 병동에 안주하고 있을 수만은 없었다.

차라리 병동에서 전역하는 것이 좋겠다는 생각을 하기도 했지만 그것은 자신이 직면할 현실에 대한 회피에 불과할 따름이었다. 나는 회피하고 싶지 않았다. 낙오의 길을 다시는 걷고 싶지 않았다. 언젠가 돌아갈 거라면 빨리 돌아가는 것이 좋을 것 같았다. 그래야만 가슴을 한없이 짓누르던 죄책감에서 조금이나마 벗어날 수 있을 것 같았다. 하지만 일생의 오점을 지울 수는 없을 것 같았다. 지뢰밭, 고참의 불구, 정신병동. 그것들은 영원히 내 젊은 날의 한 자리를 차지하며 괴롭힐 것이 뻔했다.

후송 온 다음 날 아침 한 이병은 침대에서 일어나자마자 내 앞으로 달려와 "충성"을 외치며 거수경례를 했다. 이유는 알 수 없었다. 한 이병의 거수경례를 받을 때마다 나는 마음이 개운치 않았다.

하늘엔 낮은 잿빛 구름이 게슴츠레 걸려 있었다. 퇴근 시간이 되었지만 나는 없던 일까지 만들어 가며 하염없이 시간을 보내고 있었다. 한 이병이 기다리다 지쳐 돌아가기를 이내 기대하면서. 교무실에는 몇몇 선생들만 남아 있었다. 무작정 앉아 있을 수만은 없는 노릇이었다.

"장 선생, 오늘 삼겹살에 소주 한잔 어때?"

학생주임 선생님이 말했다. 평상시 같았으면 죽이 맞아 얼씨구나 하고 따라나섰겠지만 오늘은 마음이 내키지 않았다. 더군다나 한 이병을 만나야 할지 말아야 할지 결정도 내리지 못한 상태였다.

망설이던 나는 할 수 없이 교무실을 나섰다. 무거운 발걸음이 거추장스럽게 청각을 자극하기 시작했다. 문을 열고 승용차에 오르려다가 뒷바퀴를 툭 걷어찼다. 아침부터 도로 한복판에서 구멍 난 뒷바퀴를 교체하느라 고생한 것을 생각하면 아직도 분이 풀리지 않았다.

 승용차를 몰고 교문을 나선 나는 신호를 받아 도로로 접어들었다. 출고를 앞둔 통조림이 컨베이어 벨트 위를 지나는 것처럼 내 승용차도 공정의 일부가 되어 움직이기 시작했다.

 나는 통조림 속의 내용물일 것이다. 그런 생각이 괜한 짜증을 불러일으켰다. 나는 애써 한 이병이 기다리고 있을 커피숍을 외면했다.

 커피숍을 지나 삼거리에서 신호에 붙들렸다. 신호등은 제구실을 하지 못한 채 운전자들의 따가운 눈총을 감당하고 있었다. 도로는 좀처럼 정체에서 헤어날 기미를 보이지 않았다.

 이젠 잊을 만도 했다. 그렇지만 나는 술자리에서 군대 이야기만 나오면 지레 겁을 먹고 불편함을 꾸역꾸역 되삼켜야 했다.

 언제까지 외면할 수만은 없다는 것을 알고 있다. 굳이 피해야 할 이유도 없다. 오늘이 아니더라도 한 이병은 언제든지 다시 찾아올 것이다. 한 번은 마주쳐야 할 것이다. 그러고 나면 어쩌면 순탄치 않았던 병영의 기억들이 무뎌질지도 모른다는 생각을 했다.

 신호를 기다리던 나는 핸들을 돌렸다.

 문득 한 이병을 알아볼 수 있을까? 하는 생각을 하며 커피숍 계단을 올랐다. 발걸음은 아직 무거웠지만 만나기로 마음먹은 이상 망설임은 없었다. 나는 간단하게 커피 한잔 마시면 그만이라고 생각했다. 그 이상의 의미를 둘 필요는 없을 것 같았다.

 커피숍 문을 열고 안으로 들어갔지만 한 이병의 모습은 그 어디에서도 찾아볼 수가 없었다. 10년 전의 한 이병을 찾는 것은 무리였다. 나는 그제야 깨달았다. 그리고 10년 후의 한 이병을 짐작해내기 시작했다.

"간 걸까?"

여자 손님 몇몇이 전부였다. 커피숍을 되돌아 나가려는데 구석자리에 힘없이 앉아 있는 낯익은 어깨가 내 시선을 잡아끌었다.

"혹시?"

무슨 생각엔가 곰곰이 잠겨 있는 여자의 모습에서 나는 10년 전 세상을 다 잃은 듯했던 한 이병의 어깨를 어렴풋이 발견할 수 있었다.

여자의 어깨에는 삶의 고단함이 그렁그렁 매달려 있었다. 나는 설마 하는 생각으로 여자에게 가까이 다가갔다.

여자가 식은 커피잔을 만지작거리다가 고개를 들었다. 여자가 밝고 화사하게 웃었다. 나는 그 섬뜩하리만큼 아름다운 여자의 미소에 등골이 오싹해지는 것을 느꼈다.

"장 일병 님!"

나는 잠시 머뭇거렸다.

"그동안 어떻게 지냈어?"

너무 오랜만이라 말끝에 존칭을 써야 할지 망설였다.

돌이키고 싶지 않은 시간들을 뒤로한 채 우린 마주하고 앉았다. 한 이병은 더 이상 남자가 아니었다. 반쪽여자, 아니 겉으로는 완전한 여자였다. 한 이병은 아름다웠다.

나는 여자가 된 한 이병을 어떻게 받아들여야 할지 난감할 따름이었다. 나는 달갑지 않은 표정을 애써 밝게 일으켜 세웠다.

나는 주위를 의식하기 시작했다. 학교 앞 커피숍이기 때문이었다. 한 이병의 존재를 그 누구에게도 보여주고 싶지 않았다. 한 이병과의 만남이 병동에서 이루어졌다는 것이 나를 다시금 위축시켰다. 그리고 한 이병이 트랜스젠더라는 것도 마음에 걸렸다.

"많이 놀라셨죠?"

한 이병의 그 여성스러운 미성은 더 여성스럽게 변해 있었다. 어쩌면 10년 전 내가 보지 못했던 모습을 지금 새삼스럽게 발견하게 된 것인지도 모른다.

"그런데 내가 여기서 근무하는 건 어떻게 알았지?"

하지만 그 의문은 무심하게 무너지고 말았다. 한 이병이 대학 동문인 걸 벌써 잊어 버렸냐며 반문을 해 왔다. 한 이병이 같은 대학 일 년 후배라는 것을 나는 그제야 기억해냈다. 한 이병은 동문회 사무실에서 연락처를 알 수 있었다고 했다.

"장 일병 님, 술 한잔해요?"

"글쎄, 오늘은 좀……."

"벌써부터 장 일병 님과 술 한잔하고 싶었는걸요."

느닷없이 달려와 10년 전을 회상하게 하는 한 이병의 저의를 나는 알 수가 없었다. 나는 한 이병을 만난 것을 후회하기 시작했다. 그러나 이제는 후회해도 소용없었다.

한 이병이 앞장서서 계단을 내려가기 시작했다.

또각또각, 하이힐이 리듬을 타며 춤을 추기 시작했다. 나는 한 이병에게서 남성의 흔적을 전혀 발견해 낼 수 없었다. 계단을 내려온 한 이병이 대뜸 내 팔에 팔짱을 꼈다. 순간 내 몸은 얼음장처럼 굳었다. 동시에 진한 화장품 냄새가 코끝을 어지럽게 스치고 지나갔다. 알 수 없이 내 귓불이 발갛게 일어섰다.

아무리 생각해도 알 수 없는 일이었다. 한 이병이 왜 나를 찾아온 것인지. 얼굴 표정이 수시로 바뀌는 한 이병의 카멜레온 같은 속내가 궁금했다.

"어디로 갈까?"

"술 마실 수 있는 곳이라면 어디든지 괜찮아요."

이제는 한 이병에게서 쉽사리 빠져나갈 수 없음을 나는 알고 있었다. 다만 오늘 이후로 한 이병을 다시는 만나게 되지 않기를 바랄 뿐이었다.

새삼 뒤엉키기 시작한 실타래는 좀처럼 풀릴 기미 없이 영 달갑지 않게 나를 채근했다.

"수술한 거야?"

"네."

"결혼은?"

"아직."

아마도 성전환 수술이라는 높은 벽을 넘기 힘들었을 것이다. 현대를 살아가면서 이제 트랜스젠더라는 것은 부끄러운 일이 아니다. 누가 한 이병을 트랜스젠더라고 생각하겠는가? 누가 보아도 한 이병은 완전한 여자였다.

"장 일병 님. 고마워요. 그리고 다행이에요. 장 일병 님이 절 만나주지 않으면 어쩌나 하고 생각했었는데."

장 일병이라는 말이 자꾸만 귀에 거슬렸다. 하지만 그것에 토를 달고 싶지는 않았다. 한 이병은 병장 계급장을 단 나의 모습을 본 적이 없다. 그런 한 이병에게 나는 영원한 장 일병일 뿐이다.

"삼겹살에 소주 한잔?"

"네, 좋아요."

차는 두고 가기로 했다. 대신 우리는 택시에 올라탔다. 그리고 상업지구 쪽으로 향했다. 걸어서 갈 수도 있는 거리였지만 왠지 한 이병과 걷는 것이 낯설 것만 같았다. 유흥가는 초저녁인데도 사람들로 들끓었다.

우린 조금 한가한 집을 찾아 들어갔다.

"한 이병은 어떻게 지냈어?"

"한 이병이라는 말보다는 한지수라는 이름이 더 편한데. 몇 해 전에 한지수로 개명했어요."

한지석, 한 이병의 이름이다. 주민등록상 여자로 변경하면서 개명했다는 말도 덧붙였다.

"직장은?"

"작은 옷가게를 하고 있어요. 나름대로 재미도 있구요."

"다행이네. 그런데 이렇게 갑자기 어쩐 일이야?"

"갑자기 장 선배가 보고 싶었어요. 어떻게 지내시는지."

어느 정도 술잔을 주고받은 후였다. 더 이상 한 이병의 입에서 장 일병이라는 호칭이 나오지 않았다. 손님들로 북적이면서 우리의 관계도 자연스러워졌다.

수줍은 여자의 미소, 남자라면 한눈에 반하고도 남을 여자. 나도 한순간 한 이병에게서 여자에 대한 동경을 느끼고 있었다. 나 스스로도 그런 감정을 느끼게 되리라고는 상상도 하지 못했다.

뭐랄까? 본능? 한 이병은 충분히 남자의 본능을 이끌어내고도 남을 여자인 것이다. 그러나 얼마 지나지 않아 한 이병의 얼굴에 깊은 시름의 그림자가 깃들었다.

"잊을 수 없어요."

"뭘?"

"그날의 그 악몽을."

"악몽?"

"네. 그 일을 생각하면 지금도 그 사람을 용서할 수가 없어요."

"악몽이라니? 넌 아직까지도 그 일을 가슴에 묻고 있는 거니? 그런 거야?"

"그럼 장 선배라면 잊을 수 있겠어요?"

"글쎄."

"잊을 수 없어요. 그날의 그 악몽을, 그 악몽은 10년째 불면증으로 나를 괴롭히고 있으니까."

"뭐냐? 도대체 나한테 하고 싶은 말이 뭔데? 뭣 때문에 나를 찾아 온 거야? 이유가 대체 뭐야? 그때의 그 일들을 돌이키고 싶은 거야? 아니면 네가 여자가 됐다는 것을 자랑이라도 하고 싶었던 거니?"

"한 이병은 이미 죽었어요."

뜬금없이 한 이병이 말했다.

"그가 나를 죽였어요. 나도 그 사람을 죽여야 할까요?"

"누가 누굴 죽여? 그를 죽여? 그렇다고 네가 얻는 것이 뭘까?"

한 이병이 내 옆자리로 다가와 대뜸 내게 입을 맞추었다. 그 순간 나는 얼음장이 되어버렸다.

이 녀석 대체 뭐야? 무슨 생각으로 이러는 거야? 나를 유혹이라도 하겠다는 거야?

"내가 여잔가요? 여자로 보이나요?"

나는 아무 말도 할 수 없었다.

"잊을 수 없어요. 앞으로도 잊을 수 없겠죠. 이제는 내가 누군지 나도 모르겠어요."

"넌 아름다워. 그리고 앞으로도 잘 이겨낼 거고. 또 시간이 해결해 줄 거야."

"10년이 흘렀는데도 변한 것이 없어요. 변한 것은 내가 여자라는 것을 알게 된 것뿐이죠. 아니 여자가 되기 위해 악착같이 돈을 벌었어요. 그런데 이제는 목표가 사라졌어요. 무의미한 일상들뿐이죠. 반복되는 삶 속에서 내 정체성을 잃어버리고 말았어요. 존재의 가치도. 꿈을 꾸면 악몽뿐이에요. 현실도 물론 그렇구요."

"그래서 어쩌겠다는 건데?"

“복수죠.”

“복수?

“네!”

“복수? 그렇다고 너한테 돌아오는 게 뭘까?”

“없어요.”

“없는데도 복수를 하겠다는 거야? 꼭 그래야만 하니?”

“네. 그를 증오해요. 그래서 그를 그렇게 내버려둘 수 없어요. 그는 나를, 나일 수 없게 만든 장본인이니까 당연히.”

“그렇다고 너 자신을 포기하겠다는 거야? 설마 진심은 아니겠지?”

“이미 내게는 잃을 것도 없는걸요.”

“안 돼!”

“걱정하지 마세요. 나는 그를 증오하는 것만큼 사랑하고 있는지도 모르니까요.”

내가 아는 한 이병은 살인을 생각할 정도로 대담한 성격은 아니다.

나는 담담했다. 분명 한 이병은 아직도 그때의 피해망상에 사로잡혀 있는 것이 분명했다. 설마 하는 생각으로 나는 한 이병의 말을 되씹어 삼켰다. 하지만 나는 한 이병의 얼굴에 깃든 심상치 않은 기운을 느꼈다.

“장 선배님, 남들은 병영 이야기만 나오면 안주 없이도 술이 술술 넘어간다고 하던데.”

"과장되고 지나친 무용담일 뿐이야. 나름의 삶의 방식이지."

술잔을 부딪치면서 나는 그 흔쾌하지 않았던 한 달여의 본의 아닌 동거가 이야깃거리가 될 수 있을 거라고는 생각하지 못했다. 어쨌든 군 생활은 내게 지난날의 치부일 뿐이다. 나는 그 치부를 드러내놓고 이야기하고 싶지 않았다. 될 수 있다면 내 기억 속에서 말끔히 지워버리고 싶은 악몽의 잔재일 따름이었다. 그런 면에서는 한 이병과 나는 다를 것이 없었다.

"돌아가고 싶어요. 그 훨씬 이전으로."

한 이병이 혼잣말로 중얼거렸다.

10년만의 만남은 그것으로 끝이었다. 이렇다 할 추억도, 이렇다 할 미련도 없는 만남이라고 생각될 즈음 우리는 헤어지기 위해 거리에 서 있었다.

"장 선배님, 먼저 들어가세요."

한 이병이 택시를 잡아 세웠다. 먼저 타라고 했지만 나는 별로 내키지 않았다. 왠지 한 이병에게 뒷모습을 보이고 싶지 않았다.

술에 취한 한 이병을 먼저 태워 보냈다. 한 이병이 탄 택시가 멀리 사라졌다. 나는 택시를 잡으려다가 이내 포기한 채 술기운을 잠재울 겸 걷기 시작했다.

단지 술 한잔 마시기 위해서 찾아왔단 말인가? 이해할 수가 없었다. 왠지 씁쓸함이 밀려왔다. 그리고 한편으로는 한 이병을 외면하려 했던 것이 미안하기도 했다.

나는 순간 섬뜩함을 느끼며 뒤를 돌아보았다. 누군가 시퍼렇게 날선 비수를 들고 나를 노려보고 있는 것 같았다.

한 병사가 서 있었다.

주위는 온통 억새풀뿐이었다. 병사는 공포와 두려움에 질려 앞으로 한 발짝도 나아갈 수 없었다. 주위를 돌아볼 수도 없었다.

칠흑 같은 어둠 속에서 병사는 부들부들 떨며 누군가 다가와 손을 내밀어주기를 간절하게 바라고 있었다. 병사의 앞으로 누군가 다가왔다. 자세히 보니 한 이병이었다. 한 이병은 더 없이 포근하고 평온한 모습으로 병사를 향해 환하게 웃고 있었다.

눈부신 섬광이 번뜩였다. 동시에 한 이병이 서 있던 자리는 핏빛으로 물들기 시작했다. 병사의 얼굴과 방한복도 붉은 선혈로 물들었다.

남자의 파라솔 밑으로 캐미라이트의 형광 불빛이 수면 위를 물들이고 있었다. 남자는 지금도 변함없이 그 작은 흔들림에도 찌를 예민하게 지켜보고 있을 것이다. 하필이면 왜 그 자리에 앉아서 신경 쓰게 만드는 것일까? 사람이 빠져 죽은 자리라는 것을 남자는 알까? 알게 된다면 남자는 어떤 표정을 지을까? 어쨌든 나와는 상관없는 일이다. 자꾸만 신경 쓰인다는 것만 제외하고는.

샤워를 해야겠다. 낮에 흘린 땀 때문에 진득거려 도무지 참을 수가 없다. 달빛 아래 우물가에서 발가벗고 주위를 두리번거린다. 하지만 어둠이 내 알몸을 가려주고 있다.

걱정하지 않아도 된다. 그런데 왜 자꾸만 누군가가 나를 보고 있다는 생각이 드는 걸까? 영혼일까? 잠깐! 누군가가 나에게 말을 걸어오는 것 같다. 누굴까? 나는 가만히 귀 기울인다. 나 아닌 익명의 나일지도 모른다.

　뒤돌아보지 마. 특히 무더운 여름밤 한순간 등골이 오싹해지거나 서늘함이 느껴질 땐 절대 뒤돌아보지 마.

　왜냐구? 그들이 있거든. 바로 뒤에 그들이 당신을 노려보고 있어. 명심해.

　영혼들은 여름밤을 좋아해. 여름밤에는 예민해지면서 활동이 아주 왕성해지지. 하지만 걱정하지 마. 영혼들은 쉽게 모습을 나타내지 않아.

　만약 당신이 영혼을 만났다면, 영혼의 눈과 마주쳤다면 겁먹지 말고 차분하게 행동해. 영혼이 놀랄지도 모르거든. 놀란 영혼들이 당신에게 해코지를 할지도 몰라. 그러니까 영혼과 눈이 마주쳤다면 마주친 눈을 절대 피해서는 안 돼. 일종의 기 싸움이라고나 할까.

　영혼들은 나약한 사람들을 좋아해. 그들의 나약함을 이용해 빙의를 시도하지. 하지만 일반 사람들이 영혼을 구별하기란 매우 어려워. 그렇다고 그다지 겁먹을 것도, 걱정할 것도 없어. 단지 그들을 무시하지 말아야 한다는 것만 잊지 마.

　그들은 무시당하는 걸 싫어하거든. 특히 자신들을 보고 놀라는 걸 보면 참지 못하고 화를 내지.

영혼은 아주 가까이에 있어. 상상도 할 수 없을 만큼 가까운 곳에 그들이 있지. 그들은 자신들이 죽은 것을 알지 못해. 자신들이 보고 싶은 것만 보고, 자신들 위주로만 생각하지. 혹시, 당신! 당신이 영혼일지도 몰라.

폐가나 물가에 영혼이 많다는 말 들어 봤어? 하지만 대부분 사람들이 만들어낸 말이거나 근거 없는 헛소문이야.

우리가 영혼을 만날 확률은 로또에 당첨되는 것만큼이나 어려워. 영혼을 봤다면 로또를 사. 당첨될 확률은 장담할 수 없지만.

난 처녀귀신이 좋더라. 그것도 짧은 미니스커트를 입은 처녀 귀신 말이야. 본 적이 있냐구? 물론. 몇 년 전인가 파로호에서 본 적이 있지.

정말 그렇게 아름다운 영혼은 처음이었어. 두 명의 처녀 귀신. 내겐 행운이었지. 하지만 결정적으로 나는 그들과 대화를 나누지 못했어.

무더운 여름밤. 너무도 적막했던 탓일까? 문득 몇 년 전에 보았던 그 처녀 귀신들이 보고 싶어지는 거야. 그들을 다시 만난다면 정말 반가울 것만 같았어.

땀 냄새 때문에 견딜 수가 없었어. 샤워라도 하면 좀 나아질 것 같았거든. 우물가에서 옷을 훌훌 벗어던졌지. 말 그대로 실오라기 하나 걸치지 않은 채 우물가에 서 있었어. 자연과 조금 더 가까워진 듯한 느낌이 들더군. 알 수 없는 짜릿함! 물을 퍼붓자 한결 기분이 좋아졌지.

바로 그때였어. 한순간 등골이 오싹해지면서 냉기가 느껴지는 거야. 뒤에서 누군가가 나를 쳐다보고 있는 듯한 느낌이 들었지. 난 생각했어. 그들일지도 모른다고. 숨이 막힐 것만 같았어. 만약 그들이라면, 발가벗은 몸으로 어떻게 해야 할지 난감하더군.

뭐 어때. 그들은 영혼일 뿐인데. 내 발가벗은 육체에는 관심도 없을 걸. 몇 년 전의 그 처녀 귀신들이었으면 하는 생각으로 뒤돌아보았지. 그러나 아쉽게도 뒤에는 아무도 없었어.

어쩌면 다시는 그녀들을 볼 수 없을지도 몰라. 보고 싶은데 말이야. 그래서 때만 되면 파로호를 잊지 못하고 다시 찾게 되는지도 모르겠어.

샤워를 끝내고 그녀들에 대한 생각을 접어두지 못한 채 한동안 멍하니 서 있었어. 바람을 타고 놀던 그녀들의 모습이 생생하더군. 어쩌면 그녀들을 만난 건 한여름 밤의 꿈이었는지도 모르지.

자신 없다면 절대 뒤돌아보지 마! 그들은 결코 만만한 상대가 아니야. 지금 이 순간에도 그들은 당신 주위를 맴돌고 있어. 잊지 마!

맥주가 시원하게 목젖을 적신다. 공황은 아직 시작되지 않았다. 골치 아픈 공황을 기다리느니 차라리 약에 수면제를 털어 넣고 잠을 자는 것이 나을 것이다.

슬리퍼를 벗고 텐트 안으로 들어간다. 그리고 슬리퍼를 바깥쪽으로 향하게 가지런히 놓는다. 그래야 입질이 왔을 때 재빠르게 달려 나가 대물을 제압할 수 있기 때문이다.

　12시가 넘은 시간, 온통 캐미라이트의 형광 불빛뿐이다. 입질이 올 때가 된 것도 같은데. 나는 바람에 흔들리는 방울의 미세한 소리에 눈을 떴다가 감기를 반복한다. 그것도 모자라 방울이 울린 것 같아 자리에 일어나 앉았다가 눕기를 반복한다.

　약을 먹었는데도 잠이 오지 않는다. 아직 약 기운이 온몸으로 퍼지지 않은 탓이다. 약 기운이 나를 장악하더라도 나는 깊은 잠을 청하지는 못한다. 약 기운은 고작해야 서너 시간동안 나를 움츠려들게 만들 뿐이다.

　공황 속일까? 꿈속일까? 현실일까? 모른다.

　입질이 왔다. 나는 그 입질을 놓칠 수가 없다. 얼마나 기다려온 입질이던가. 캐미라이트의 불빛이 끌려가는 것을 확인하고서 나는 곧바로 자리에서 일어났다. 순간 몸이 휘청거렸지만 나는 뒤이어 중심을 잡고 텐트 밖으로 달려 나가 낚싯대를 움켜잡았다. 그리곤 방울을 떼어내고서 힘차게 챔질을 했다.

　틀림없는 대물의 입질이다. 나는 낚싯대를 움켜쥔 채 안간힘을 쓰기 시작했다. 무엇보다도 녀석에게 선수를 빼앗겨서는 안 된다는 것을 나는 잘 알고 있다.

　낚싯대를 힘껏 치켜들면서 녀석의 힘을 가늠하기 시작했다. 만만찮은 녀석이다. 한순간 방심했다가는 녀석에게 낚싯대를 내어주는 일이 생기고 말 것이다. 그렇게 된다면 낚싯대가 부러지거나 낚싯줄이 끊어질 것이다.

　낚싯줄이 허공을 가르며 핑핑 소리를 냈다. 이제 거의 막바지 승부가 남아 있었다. 나는 그 승부를 포기할 수 없었다. 그럴수록 녀석은 더 강하게 저항했다. 나는 20년이 넘는 낚시 경력을 총동원하고 있었다. 이쯤이다 싶어 뜰채를 끌어다가 놓고 물 위에 누런 배를 내놓고 떠 있을 녀석을 찾아 랜턴을 비추었다.

녀석은 정말 거대했다. 아니 난생 처음 보는 대물이었다. 그 큰 바다용 뜰채가 작을 정도였다. 나는 뜰채를 펴고 녀석을 떠내기 위해 물가로 내려갔다. 그리고 녀석을 떠내려는 순간 깜짝 놀라고 말았다.

낚싯바늘을 물고 있는 것은 다름 아닌 나였다. 순간 나는 하마터면 낚싯대를 놓칠 뻔했다. 다시 눈을 씻고 랜턴을 비추었다. 녀석은 분명 나였다. 한순간 눈앞이 까마득해졌다. 입에서는 비명조차 쏟아져 나오지 않았다.

누군가가 앞에 서 있었다. 남자였다. 파라솔 속의 그 남자였다. 남자가 나를 노려보고 있었다. 나는 필사적으로 도망치려 했지만 소용이 없었다. 남자가 뜰채로 나를 끌어올리기 위해 물가에 서 있었다.

"이봐요, 난 물고기가 아니란 말이야."

하지만 남자는 대답이 없었다. 남자는 악착같이 나를 노려보고 있었다. 나는 다시 한 번 남자의 얼굴을 쳐다보았다. 그러나 남자의 얼굴은 보이지 않았다. 남자의 얼굴은 시꺼먼 형체뿐이었다. 눈이며 입, 코의 윤곽을 알아볼 수가 없었다. 나는 블랙홀로 빨려들듯 남자의 얼굴 속으로 빨려 들어가기 시작했다. 겁에 질린 나는 사정없이 발버둥치기 시작했다.

아! 나는 아직도 꿈속인지 공황 속인지 분간을 하지 못했다. 한참을 앉아 있다가 그제야 현실로 돌아올 수 있었다.

달아놓은 캐미라이트는 조금의 미동도 보이지 않았다. 바람 한 점 없는 숨 막히는 정적뿐이었다.

변함없이 새벽 5시를 알리는 알람이 핸드폰에서 울렸다. 나는 텐트 밖으로 나가기 위해 일어섰다. 그러나 슬리퍼가 보이지 않았다. 지난밤 잠자기 전에 슬리퍼를 바깥쪽으로 향하게 가지런히 정리해 둔 기억은 있는데 그 슬리퍼가 감쪽같이 사라지다니 이해할 수 없는 일이다. 그렇다고 슬리퍼를 훔쳐갈 사람도 없었다.

건너편 파라솔 밑 남자는 빈틈없이 여전히 찌를 응시하고 있었다. 나는 할 수 없이 한쪽에 벗어 놓았던 샌들을 찾아 신었다. 그리곤 떡밥을 담아 물에 개기 위해 물가로 내려갔다.

"제기랄, 누가 물가에 내 슬리퍼를 가져다 놓은 거야."

슬리퍼가 한눈에 들어왔다. 슬리퍼는 가지런히 물가를 향해 놓여 있었다. 알 수 없는 일이었다. 내게 몽유병이 있다는 말을 들어본 적은 없다. 그렇다면 누가 내 슬리퍼를 이곳에 가져다 놓은 걸까? 어쨌든 슬리퍼를 찾았으니 다행이다.

떡밥을 갈아주고 간단하게 아침식사를 했다. 9시쯤 되어서 송씨가 매점으로 나왔다. 그때도록 파라솔 밑의 남자는 끈질기게 낚시에 전념했다. 몇 시간 후면 남자도 지쳐 짐을 싸들고 왔던 길을 되돌아갈 것이다.

오늘은 무슨 일이 있어도 시내에 나갔다가 올 생각이다. 차도 고쳐야 하고 부식도 다 떨어져 가기 때문에 어쩔 수가 없었다.

나는 보험회사의 콜센터로 전화를 했다. 다행히 통화가 되었다. 낯익은 여자의 목소리가 들려 나왔다.

"시동이 걸리지 않아서 그러는데 긴급 견인 좀 부탁합니다. 엊그제도 전화를 했는데 도대체 언제쯤 보내줄 겁니까?"

"네? 고객님! 그럴 리가요. 고객님 요청으로 들어온 긴급 견인은 없었는데요. 고객님께서 계신 위치가 어떻게 되시죠?

"몇 번을 말해야 합니까. 여기가 어디냐면 화천 파로호 삼밭낚시터입니다. 언제까지 보내줄 수 있죠? 빨리 좀 부탁합니다."

콜센터에서는 한 시간 내로 기사를 보내준다고 말했다. 그나마 이제라도 보내준다니 다행이었다.

나는 우물가로 내려가 가볍게 샤워를 했다. 땀 냄새 때문에 도저히 참을 수가 없었다. 한결 기분이 개운해졌지만 한 시간 내로 온다던 기사는 여전히 감감소식이었다. 괘씸한 생각이 들었다.

다시 콜센터로 전화를 걸었지만 불통이었다. 막막함과 함께 진땀이 흘러내렸다.

파라솔 속에서 꿈쩍도 하지 않던 남자는 언제부턴가 돌아가기 위해 짐을 정리하고 있었다. 다행이었다. 남자의 차를 얻어 타고 화천 시내로 직접 나가 견인차를 불러올 생각이다.

언제까지 콜센터의 변명을 받아주고 있을 수는 없었다. 남자는 파라솔을 접는 것으로 짐정리를 끝냈다. 남자가 끙끙대며 낚시 가

방을 짊어지고 매점 위로 올라왔다. 그리곤 한숨 쉬어 갈 겸 가방
을 한쪽에 내려놓았다.

"입질 좀 받았습니까? 밤새도록 낚시하시는 것 같던데."

"도통 입질이 없네요. 시간이 없어서 이만 가봐야겠어요. 마음
같아서는 며칠 더 있고 싶은데. 영감님 다음에 뵙겠습니다."

한숨 돌린 남자가 가방을 다시 짊어졌다.

"어디로 가시나요? 화천 쪽으로 나가시면 차 좀 얻어 탈 수 있을
까요? 나가서 직접 견인차를 불러와야 할 것 같은데. 보험료 받아
먹을 때는 언제고 며칠째 견인차를 보내주지 않네요. 그렇다고 언
제까지 기다리고 있을 수도 없고."

갇혀 있는 것 같아 더는 견딜 수가 없었다.

"시간도 많은데 뭘 그래. 때 되면 어련히 알아서 오겠지. 너무
서둘지 말라구. 어차피 그렇게 발버둥 쳐 봐야 견인차는 오지 않을
지도 몰라. 또 금방 내려올 거면서 그렇게 서두를 필요는 없잖아.
그리고 집에 가기는 쉽지 않을 거야. 그러니까 느긋하게 기다려 보
자구."

"금방 갔다가 올 테니까 기다리세요. 그래도 차는 고쳐 놔야 때
되면 집에 갈 수 있죠."

나는 남자를 따라 차가 주차된 곳으로 올라가기 시작했다. 남자
는 그 무거운 낚시 가방과 아이스박스를 들고도 성큼성큼 잘만 걸
어 올라갔다.

비 오듯 땀이 쏟아지는 통에 나는 조금만 걸어도 힘에 부쳤다.

아무래도 이번에 집에 돌아가면 보약이라도 한 첩 지어 먹어야 할 것 같다.

지난밤에 맥주 한잔 마셨다고 이렇게 몸이 처지나. 나는 맥주 마신 것을 후회하면서 남자의 뒤를 따라 비탈길을 걸어 올랐다. 남자는 걸어가는 내내 아무 말도 없었다. 뭐가 그리 급한지 앞만 보고 빠르게 걸어가는 통에 따라잡기가 여간 힘든 것이 아니었다.

이참에 보험회사를 바꾸든가 해야지. 고객을 도대체 뭐로 보는 거야. 다이렉트 서비스라고. 웃기고 있네. 나는 겨우 차가 있는 곳까지 걸어올라갔다. 남자는 벌써 올라와 수건으로 땀을 닦고 있었다. 나 역시 땀을 닦고 숨을 가다듬은 후에 남자가 차에 오르기를 기다렸다가 조수석에 동승했다.

불길한 기운. 또 그 데자뷔다. 난 언젠가도 이 차에 올랐던 적이 있다. 지금도 그 기억이 생생하다. 어떻게 된 일일까? 이 모든 것이 낯설지가 않다.

키기기기긱, 키기기기긱. 불길한 헛기침 소리. 아! 도대체 이게 무슨 낭패냔 말이다. 왜 시동이 걸리지 않는 거야. 귀신이 곡할 노릇이네. 나는 어이가 없었다. 내 예감이 적중한 것이다.

"시동이 안 걸리네요. 내차도 시동이 걸리지 않아서 견인차를 불렀는데 오지도 않고. 이거 큰일났는데요. 어떡한다? 혹시 화천 쪽에 아는 정비센터 없으신가요? ……제가 콜센터에 다시 한 번 전화해 볼게요."

남자는 대답이 없었다. 나는 투덜거리며 차에서 내렸다. 승용차는 여전히 힘겨운 호흡만 가다듬고 있었다. 좀처럼 시동이 걸릴 것 같지도 않고 믿을 곳이라고는 콜센터 밖에 없을 것 같았다.

차에서 내린 나는 핸드폰을 들고 안테나가 가장 많이 표시되는 곳을 찾아 섰다. 그리곤 콜센터의 전화번호를 눌렀다. 바로 그때였다. 그때까지도 시동이 걸릴 것 같지 않던 승용차에서 "부르릉" 시동 걸리는 소리가 들렸다.

천만다행이었다. 이제 비로소 화천 시내로 나가 견인차를 불러 올 수 있게 된 것이다. 그러나 문제는 다음이었다. 남자가 탄 승용 차가 출발하기 시작한 것이다.

"이봐요? 잠깐만요. 같이 가야죠? 나만 두고 가면 어떡해요. 이 봐요!"

그러나 소용이 없었다. 남자는 뒤도 돌아보지 않은 채 차를 몰 고 이내 사라지고 말았다. 남겨진 것은 내 차와 익명의 나, 둘뿐이 었다.

"같이 가면 어디가 덧나! 하여간 세상에 믿을 놈 없다니까. 태워 주기 싫으면 싫다고 말하든가. 괜히 여기까지 올라왔잖아."

정말 이곳 삼밭낚시터에 갇혀 버린 것일까? 이 파로호에서 한 발짝도 나갈 수 없는 것일까?

'시간도 많은데 뭘 그래. 때 되면 어련히 알아서 오겠지. 너무 서 둘지 말라구. 어차피 그렇게 발버둥 쳐 봐야 견인차는 오지 않을 지도 몰라. 또 금방 내려올 거면서 그렇게 서두를 필요는 없잖아. 그리고 집에 가기는 쉽지 않을 거야. 그러니까 느긋하게 기다려 보

자구.'

송씨의 말이 자꾸만 귓가에 맴돌았다.

이럴 줄 알았으면 매점 앞 상수리나무 그늘 아래에 앉아서 견인차가 오기를 기다리는 건데. 나는 후회하기 시작했다. 하지만 송씨의 말이 자꾸만 마음에 걸렸다.

집에 가기는 쉽지 않을 거라는 송씨의 말을 곱씹으면서 말이 씨가 되어버렸다는 생각에 기분이 언짢았다. 내려가서 한마디 쏘아주어야 직성이 풀릴 것 같았다.

딱딱딱딱, 머리 위를 올려다보았다. 딱따구리 한 마리가 먹이 사냥 중이었다. 이곳저곳으로 옮겨 다니며 지켜보고 있는 것조차 알아차리지 못한 채 열심이다. 한가로운 오후 너무도 적막해 보였다.

나는 다시 삼밭 매점을 향해 발길을 재촉했다. 매점 앞에 이르렀을 때 매점 아래쪽에서 소란이 일고 있었다.

"이제야 떠올랐네. 도대체 며칠만에 떠오른 거야."

송씨의 목소리가 들려왔다.

떠오르다니, 그 사이 누가 물에 빠져 죽었나? 요 며칠 물에 빠져 죽었다는 사람이 있다는 소리는 듣지 못했는데. 어떻게 된 거지?

나는 서둘러 매점 앞에서 아래쪽을 내려다보았다. 아래쪽에는 사람들과 경찰, 그리고 119 구급대원들이 모여 있었다. 매점 쪽에서는 자세히 보이지 않았기 때문에 나는 물가를 향해 빠른 걸음으로 내려갔다.

"사람들이 언제 이렇게 모여든 거지?"

삼밭으로 내려오는 길은 한 곳뿐이다. 그 길에 조금 전까지만 해도 내가 있었다. 사람들이 오고가는 것을 전혀 보지 못했다. 그리고 내가 남자의 차를 얻어 타기 위해 올라갔을 때도 사람들은 보이지 않았다. 더더욱 경찰이나 119 구급대원이었다면 쉽게 알아 볼 수 있었을 텐데도 나는 전혀 그들을 볼 수가 없었다. 또 공황인가? 꿈인가? 도통 알 수 없는 일이었다.

물가의 소란스런 풍경. 낯이 익다. 언젠가도 오늘처럼 물에 빠져 죽은 사람을 본 적이 있는 것 같다. 두려움과 불안함을 나는 떨쳐버릴 수 없었다.

나는 더 이상 그곳으로 가까이 갈 수가 없었다. 아니 가고 싶지가 않았다. 그저 데자뷰일 뿐이라는 생각으로 나 스스로를 보호하고 싶었다. 경찰과 구조대원들이 사체를 수습하고 있었다. 그렇지만 나는 물에서 건져낸 사체를 똑바로 바라볼 수가 없었다. 그 와중에 얼핏 송씨가 보였다. 송씨가 안쓰럽게 고개를 저었다.

나는 돌아섰다. 그러나 뭔가 석연치가 않았다. 다시 돌아섰을 때 나는 보았다. 그곳에는 내 슬리퍼가 가지런히 놓여 있었다. 그럴 리가 없는데 틀림없는 내 슬리퍼가 그곳에 놓여 있었다. 분명 나는 슬리퍼를 신고 남자를 따라 차가 있는 곳으로 올라갔었다.

혹시나 하는 생각에 나는 발을 내려다보았다. 맨발이다. 슬리퍼를 신지 않고 있다. 그렇다면 그 슬리퍼는 내 슬리퍼가 맞다.

나는 사람들이 모여 있는 곳을 바라보았다. 그리고 그중에서 매점 송씨의 눈과 마주쳤다. 송씨가 의미심장한 웃음을 입가에 지으며 나를 바라보고 있었다. 나는 그만 그 자리에 주저앉고 말았다.

그렇다면 혹시? 일대의 소란을 피해 도망치듯 나는 텐트 안으로 들어갔다. 그리곤 약을 입에 털어 넣었다. 온몸에서 진땀이 흐르기 시작했다.

"그럴 리가 없어."

하지만 수습된 시체가 어쩌면 나일지도 모른다는 생각에 나는 겁을 잔뜩 집어먹었다.

귀를 막고 누웠다. 아무 소리도 들리지 않기를 바라면서. 사람들의 분주한 발걸음이 하나둘씩 물가를 떠나기 시작했다.

이글거리던 태양이 서서히 기울었다. 나는 잠깐 꿈속을 걸었다. 무슨 꿈을 꾸었는지 기억나지도 않는다. 텐트 밖으로 나왔을 때 밖은 이미 어둠으로 짙게 내려앉았다.

아무도 없었다. 송씨도 집으로 돌아간 모양이다. 나는 사체를 수습하던 곳을 바라보았다. 아무 일 없었다는 듯 주위는 칠흑 같은 어둠뿐이다.

건너편 좌대들도 입을 꼭 다물고 눈을 감은 채 좀처럼 깨어날 생각을 하지 않았다. 주중이어서 낚시꾼들이 들지 않은 모양이다. 하지만 지금은 휴가철이 아닌가? 휴가철에는 어디든 북적거린다. 오늘처럼 낚시꾼들의 발길이 뚝 끊기는 일은 없었다.

나는 삼밭에 갇혀버렸다.

떡밥을 갈아줄 시간이 훨씬 지났지만 나는 갈아줄 엄두를 내지 못했다. 오도가도 할 수 없는 존재에 지나지 않는다는 생각을 하니

더더욱 절망적이었다.

나는 다시 텐트 안으로 들어가 두려움에 떨며 밤을 지새웠다. 어둠을 잡아먹듯 태양이 떠올랐다. 나는 멍하니 태양을 바라보았다. 식욕도, 의욕도 생기지 않았다. 내가 할 수 있는 것은 우두커니 앉아서 파로호를 바라보는 것 밖에는 없었다.

인적을 찾아보려 해도 찾을 길이 없었다. 그렇다. 나는 철저하게 이곳에 갇혀 버린 것이다. 매점에는 송씨도 보이지 않았다. 매점 문을 열 시간이 훨씬 지났는데도. 나는 나에게서 살아 있음의 증거를 찾을 수 없었다. 어쩌면 난 육체를 잃은 영혼에 불과할지도 모른다.

휴대폰이 울어대기 시작했다. 반가웠다. 그것은 살아 있음의 결정적인 증거가 될 수 있는 것이다.

"지금 어디에 계세요?"

한 이병이었다.

"파로호."

"멀리 계시네요. 제가 그리로 갈까요?"

"글쎄."

"이젠 어디든 갈 수 있을 것 같은데. 오늘처럼 홀가분한 날은 처음이에요."

"아니야. 내가 갈게. 가서 전화할게. 기다려. 꼭 기다려."

한 이병의 전화가 그렇게 반가울 줄은 몰랐다. 한 이병은 내가 이곳을 벗어날 빌미를 제공해 준 것이다. 동시에 오늘이 아니면 다시는 이곳을 빠져나갈 수 없다는 불길한 생각이 들었다.

결심한 이상 망설일 여지는 없었다. 나는 샌들을 신고 핸드폰과 지갑을 챙겨들었다. 그리고 삼밭 매점을 향해 올라갔다.

매점은 굳게 닫혀 있었다. 바람소리와 우물가에서 졸졸졸 흘러 내리고 있는 물소리뿐 사람의 흔적은 없었다.

그렇다. 이번이 마지막이다. 나는 거침없이 비탈길을 올라 승용차 앞에 섰다. 시동이 걸리기를 바라면서 운전석에 올라탔다.

시동을 걸었다. 어찌된 일일까? 좀처럼 움직일 것 같지 않던 차에 스무드하게 시동이 걸렸다. 아! 나는 감격했다. 이제야 비로소 이곳을 탈출할 수 있는 것이다. 하지만 이상한 일이다. 어제까지만 하더라도 시동이 걸리지 않았는데. 나는 귀신에 홀린 기분이었다. 어쩌면 그 귀신이 바로 나일지도 모른다는 아찔한 생각이 들었다.

액셀을 밟자 차가 움직이기 시작한다. 백미러로 보이는 삼밭의 이정표를 뒤로 하고 나는 집을 향해 달렸다.

차창을 열자 더위를 가득 품은 바람이 밀려들어 왔지만 이내 속력이 붙으면서 더위 먹은 바람이 조금 상쾌하게 느껴졌다. 차창을 올리고 에어컨을 켜자 정말 살 것 같았다.

자동차 전용도로를 달리면서 그동안의 불안들이 말끔하게 가셨다. 하지만 춘천을 지나 가평쯤에 도달했을 때 더는 속력을 내지 못했다. 도로의 체증으로 내 머릿속은 짜증만 가득했다. 하지만 그 지긋지긋했던 삼밭을 떠나왔다는 것에 위안이 되었다.

오후 5시가 되어서야 나는 자운요로 돌아올 수 있었다. 먼저 냉장고에서 물을 꺼내 마셨다. 덕지덕지 붙어 있던 갈증의 군더더기가 한꺼번에 물밀듯 사라졌다.

"휴!"

저절로 입에서 한숨이 쏟아졌다. 그런데 문득 궁금증이 생겼다. 도대체 어제 물 위로 떠오른 사람은 누굴까? 내가 삼밭에서 일주일을 있는 동안 물에 빠져 죽은 사람은 없었다. 만약 파로호에서 물에 빠져 죽은 사람이 발생했다면 송씨가 말해주었을 것이다. 그렇다면 그 사체는 누굴까? 나는 아닐까? 혹시 내가 부유령이 되어 삼밭을 빠져나올 수 있었던 것은 아닐까? 머리가 또다시 복잡해졌다. 그것도 아니라면 더위와 공황 속에서 환영을 본 것은 아닐까?

나는 집에 돌아왔다는 것에 안도했다. 전화벨이 두어 번 울리다가 끊겼다. 나는 그제야 전화기 앞으로 다가갔다. 전화기에는 8개의 메시지가 담겨져 있었다.

—뚜우 뚜우 뚜우.

메시지 재생 버튼을 누르고 나는 간이침대로 가서 누웠다. 메시지에는 별다른 내용이 없었다.

—백화점에서 158만 원을 사용하셨습니다. 다시 듣고 싶으면 1번을, 상담을 원하시면 9번을 누르십시오.

전형적인 보이스피싱이다. 아직도 저런 사기에 넘어가는 사람들이 있나? 하지만 갈수록 보이스피싱도 지능화 되어 가고 있다.

죽일 놈들. 그런 놈들은 서울 시청 앞에 모아 놓고 단체로 두들겨 패주어야 하는데. 아니면 태평양 한가운데에 모조리 쓸어 넣거나.

—뚜우 뚜우 뚜우

—여긴 중부경찰섭니다. 장하진 씨 댁이죠. 한지수 씨 일로 전화 드렸습니다. 중부서 이서하 형사라고 합니다. 전화 주십시오.

한지수? 아, 한 이병! 그런데 경찰서에서 무슨 일로 나에게 전화를 걸어온 것일까? 그러고 보니 오늘 핸드폰으로 한 이병에게서 전화가 왔었다. 하지만 나는 한 이병에게 핸드폰 번호를 알려준 기억이 없다. 한 이병은 어떻게 내 번호를 알게 되었을까? 핸드폰 전화번호를 바꾼 지도 얼마 되지 않았고 누구에게도 핸드폰 번호를 가르쳐 주지도 않았는데.

나는 중부경찰서로 전화를 할까 하다가 직접 찾아가 보기로 했다. 한 이병이 일을 벌인 것일까? 아니면 한 이병에게 무슨 일이 생긴 것일까? 파로호에서 한 이병의 전화를 받았을 때 그의 목소리는 매우 밝았다. 설마 몇 시간 사이에 무슨 일이 생겼으려고.

중부경찰서에 도착해 이서하 형사를 찾았다. 그는 내게 편지 한 통을 내밀었다.

"이게 뭐죠?"

"한지수 씨는 어제 동반자살 하셨습니다. 겉봉투에 장하진 씨의 이름과 전화번호가 적혀 있더군요."

"그럴 리가요. 오늘 한지수와 통화를 했는데요. 아마 내가 아는 한지수가 아닐 겁니다."

그러나 형사의 말대로 겉봉투에 분명 내 이름과 전화번호가 적혀 있었다. 나는 편지를 꺼내 읽었다.

　　저 지수예요. 놀라셨죠? 아마 그러실 겁니다. 결국 나는 그를 증오
한 것이 아니라 사랑하게 되었습니다. 그래서 그를 놓아줄 수가 없
었죠.
　　내 선택을 후회하지는 않을 겁니다. 이미 10년 전에 예견된 나의 운
명이었으니까요. 아시죠? 내가 장 선배님을 무지 좋아한다는 거.
　　우린 만나지 말아야 할 곳에서 만났어요. 너무 아프게 말이에요.
그래도 그곳에서의 일들을 후회하지는 않아요. 이젠 잊을 수 있을
겁니다.

　　갑자기 코끝이 찡했다. 한 이병이 죽었다는 말이 믿겨지지 않았
다. 그럼 나와 통화한 사람은 누구란 말인가?
　　"어떻게 된 일이죠?"
　　"동반자살을 시도했습니다. 한지수 씨는 사체로 발견됐고, 남자
는 아직 의식불명입니다만 생명에는 지장이 없다고 합니다. 조금
더 조사를 해 봐야 알겠지만."
　　정체성을 상실해 버린 한지수. 그녀는 세상의 중심에 설 수 없었
던 자신을 결국 용납하지 못했던 것이다. 증오와 복수, 사랑과 자
살, 자살보다는 삶이 그녀에게 더 힘들었을지도 모른다.
　　이미 선택한 그녀의 길은 돌이킬 수 없다. 이제 그녀는 편하게
쉴 수 있을까? 그녀가 보고 싶다. 도대체 어디에서부터 잘못된 것

일까?

집으로 돌아왔을 때 송씨에게서 전화가 걸려왔다. 송씨는 어떻게 된 일이냐며 물었고 낚싯대를 보관해 둘 터이니 시간 있을 때 다시 내려오라고 말했다.

"참, 어제 물속에서 건져낸 사람은 누굽니까?"

"누가 물에 빠져 죽었어? 그런 일 없었는데."

휴! 입에서 저절로 안도의 한숨이 쏟아져 나왔다. 그리고 나는 덤덤한 표정으로 수화기를 내려놓았다. 그럼 그렇지, 헛것을 본 것이 맞아. 그런데 오늘 내가 받은 한지수의 전화는 뭐야? 나는 점점 혼란스러웠다.

한지수, 그녀는 결국 자신의 속에 자신을 가두고 말았다. 나 역시 내 속에 나를 가두고 만 것은 아닐까? 나는 부정할 수 없었다. 어쨌든 한 이병, 아니, 한지수의 축제는 끝이 났다.

부담스럽기만 한 나의 너. 자신을 꾸짖을 때면, 힘겹고 어려운 일이 생길 때면 무책임하고 무심하게 나를 애써 부정하는 나.

아! 언제였더라? 그 언제쯤을 회상하는 나는 이 순간 또한 나를 외면하며 어느 길가의 모퉁이에 서 있다. 어디로 가야 하는 것인가? 길 없는 길. 나 아닌 나를 들추어 보며 반성해 보는 오후, 여름 무더위의 중턱에서 나는 잠시 휴식을 취하고 싶다.

내가 죽인 그 여자

여자를 처음으로 보기 시작한 것은 초봄이었다. 언제부터 여자가 그곳에 서 있었는지는 모른다. 언제부턴가 여자는 공방 안을 들여다보았고, 도자기인형에 많은 관심을 보였다. 하지만 여자는 공방 안으로는 들어오지 않았다.

사는 것을 즐기는 사람도 있겠지만 보는 것을 좋아하는 이도 있는 법이다. 나는 보는 것을 즐겨하는 부류의 사람이려니 생각했다.

여자는 도자기인형을 보면서 웃기도 하고, 때론 씁쓸한 미소로 돌아서기도 했다. 그리고 어느 날은 눈물을 하염없이 흘리다가 돌아가기도 했다.

싸늘한 바람이 불 때면 여자의 모습이 안쓰러워 보일 때도 있었다. 물건을 사 가지는 않았지만 어쨌든 도자기를 보아주는 것만으로도 나는 여자가 고마웠다.

맑은 날이든 궂은 날이든 여자는 공방 밖에 서 있었다. 꽃샘추위에 몸을 움츠리고 서 있는 여자, 들어와 몸이라도 녹이라고 말하고 싶었지만 문을 열려고 하면 여자는 뒤돌아 빠른 걸음으로 사라지 곤 했다. 그러던 어느 날이었다. 공방으로 그 여자가 들어왔다.

하루는 딸아이에게 준다며 도자기인형을 사 가지고 갔고, 하루는 남편과 함께 차를 마실 거라며 다기를 사 가지고 갔다. 그리고 하루 는 공방 안의 도자기들을 보면서 한참을 망설이다가 돌아갔다.

도자기를 사러 와서도 여자는 많은 말을 하지 않았다. 여자의 창 백한 얼굴에 깃들어 있는 수심을 발견할 즈음 여자가 용기 내어 입 을 열었다.

"저도 도자기를 만들 수 있을까요?"

여자가 용기를 내기까지는 꼬박 한 달이 걸렸다. 여자의 얼굴에 는 희망이란 전혀 찾아볼 수 없었다. 그 어떤 꿈도 꾸어 보지 못한 여자 같았다. 여자에게는 오로지 슬픔만, 서글픔만 남아 있는 것 같았다. 그래도 삶의 끈을 놓을 수 없다는 듯 악착 같이 버티고 있 었다.

"그런데 제가 시간이 별로 없거든요."

그때까지도 여자가 한 말의 의미를 나는 알지 못했다.

"다기를 만들고 싶어요. 그리고 도자기인형과 접시도 만들고 싶 어요."

여자는 다기를 직접 만들어 남편에게 선물하고 싶다고 했고, 도 자기인형을 만들어 딸에게 주고 싶다고 했다. 그리고 접시는 딸아 이가 커서 시집 갈 때를 생각해서 만들어 두고 싶다고 말했다. 여자는 그 모든 것을 한 달 안에 만들고 싶어 했다. 그리고 여자는 시간이 없다는 것을 전제로 달았다.

나는 여자의 부탁을 거절할 수가 없었다. 용기를 내기까지 망설였을 여자를 한 달이나 보아왔기 때문이었다. 무엇이 그녀를 그토록 간절하게 하는지 알 수는 없었으나 그 부탁을 거절한다면 여자는 남아 있는 한 가닥 희망마저도 송두리째 잃어버리고 말 것 같았다.

일주일에 두 번의 강좌를 하고 있었지만 그것만으로 여자가 원하는 작품을 만들기란 힘들었다.

다음 날부터 여자는 하루에 한 번씩 공방을 찾아왔다. 그 하루하루가 여자에겐 희망의 나날인 듯했다. 처음 여자를 보았을 때의 그 핏기 없던 얼굴에 서서히 미소가 깃들었다.

여자는 자신의 온 힘을 다해 도자기를 빚기 시작했다. 여자는 놀라울 정도로 진지했고 갈수록 실력도 늘어갔다. 하지만 그녀의 실력이 향상되는 것과는 반대로 그녀의 몸은 점점 야위어 갔다. 걱정되어 쉬어가면서 하라고 했지만 여자는 시간이 없다며 바짝 재촉하곤 했다. 여자의 열의를 나는 꺾을 수가 없었다.

다기를 만들고, 도자기인형을 만들고, 접시를 만들면서 여자는 그동안 느껴보지 못했던, 그동안 잊고 지냈던 행복을 찾아가는 것 같았다. 여자의 작품에는 혼이 실려 있는 것 같았다.

마치 자신의 영혼을 작품에 담기 위해 정성을 기울이고 있는 것 같았다. 한 달 동안 여자는 자신의 모든 열정을 도자기에 불태웠다. 어디에서 그런 힘이 나오는지 몰랐지만 여자가 소지를 만질 때면 여자는 그 누구보다도 강해 보였다.

금방이라도 지쳐 쓰러질 것 같이 병약해 보이던 여자는 악착같이 한 달을 버텨냈다. 그리고 여자는 많은 실패를 거듭한 후에 작품을 완성시킬 수 있었다.

"남편은 이 다기로 차를 마시겠죠. 딸아이는 이 도자기인형을 보면서 엄마를 생각할 거예요. 그리고 시집 갈 나이가 되면……."

여자는 그 말을 하면서 눈시울을 적셨다. 감격스러움의 눈물은 한동안 계속되었다.

그날 이후 여자는 보이지 않았다. 여자에 대한 기억은 그렇게 사라지는 듯했다. 그렇게 몇 달이 지난 후 한 남자가 딸아이를 데리고 찾아왔다. 남자는 공방 안으로 들어오자마자 고맙다는 인사를 했다. 내가 영문을 알 수 없어 어쩔 줄 몰라 하자 남자가 아내에 대한 얘기를 했다. 남자의 아내는 악성종양이었다고 했다.

처음 도자기 만들기를 배운다고 할 때 아픈 몸으로 그 힘든 일을 어떻게 하냐며 반대했지만, 하루가 다르게 밝게 변하는 아내를 보면서 잠시이기는 했지만 희망을 가질 수 있었다고 했다. 비록 아내가 죽기는 했지만 아내는 죽기 직전까지도 밝은 모습을 잃지 않았다고 했다.

남자는, 아내가 직접 만들어 선물한 다기와 딸아이를 위해 만든 도자기인형은 그 어느 선물보다도 소중한 것이라고 말하며 눈시울을 붉혔다.

남자는 사례를 할 수 있는 방법이 없겠냐고 물었다. 하지만 나는 정중히 거절했다. 그날 이후 여자가 떠나간 자리는 여자의 남편과 딸아이가 대신했다. 여자의 익숙한 흔적을 확인하면서.

때론 사람의 영혼을 쉽게 읽을 수도 있지만 그렇지 않을 때가 더 많다. 이 세상 모든 사람의 영혼을 읽는다면 난 아마도 이 세상을 온전하게 살아가지 못할 것이다. 그리고 그들의 삶을 내가 모두 해결해 줄 수 있는 것도 아니다.

그녀가 그랬다. 그래서 좀처럼 그녀의 아픔을 느낄 수 없었는지도 모르겠다.

작업실 옆에 전통가마를 만들기 시작한 지도 벌써 7개월째다. 하지만 그것이 그렇게 만만한 일은 아니다. 몇 년 전부터 여러 문헌을 보고 연구를 했지만 막상 전통가마를 만들기에는 부족한 점이 많았다.

수집한 자료와 자운요의 전통가마를 접목시켜 가마를 만들고 싶었다. 오래전부터 계획해 온 일이라 일은 어려움 없이 진행되었다. 설계에서부터 터 닦기, 기초공사, 가마 제작 과정을 빠뜨리지 않고 정리하고 사진도 찍어 두었다.

가마의 형태는 자운요의 전통가마와 닮은꼴이다. 자운요에는 아빠 가마와 아직은 미완성인 아들 가마가 사이좋게 자리를 잡고 있다.

가마는 각 칸마다 입구가 따로 있어서 가마재임과 온도조절이

편리하게 만들었다. 또 앞 칸의 열이 뒤 칸으로 전해지기 때문에 열 효율성도 높은 편으로 설계되었다.

이제 가마 주위에 황토를 바르고 마르기만을 기다리면 가마의 틀은 그런대로 갖추어지는 셈이다. 그리고 황토가 마르고 봉통에 불을 들여 가마의 습기를 제거하면 가마가 완성되는 것이다.

그 다음부터는 본격적으로 기물을 재임하고 소성을 시작할 수 있을 것이다. 아직도 두어 달은 더 있어야 가마가 완성되는데도 나는 벌써부터 설렘을 주체하지 못했다.

이제는 익숙해질 법도 한데 걸음걸이가 더 무거운 건 어찌된 일일까? 계절은 여름과 가을 사이에 어중간하게 끼어 있었다. 흐르는 땀방울에 짜증만 뒤섞이는 하루가 될지도 모를 오늘, 그래도 오늘을 어영부영 보낼 수야 없지.

이상한 일이다. 오늘따라 누군가가 나를 쳐다보고 있는 듯한 기분이 들었다. 왠지 등골이 오싹하기도 하고, 뒤통수가 따갑기도 한 것이 찜찜하다. 누군가 자꾸 내 뒤를 밟고 있다. 누굴까? 힐끔 뒤돌아본다. 아마도 운동하러 온 사람이겠지.

센터 안내데스크에서 건네받은 77번 사물함 열쇠. 그런데 오늘따라 그 번호가 달갑지 않다. 변덕이 심한 건 안내데스크의 여직원이 아니라 어쩌면 나일지도 모른다.

이럴 때에는 파로호로 훌쩍 떠나야 몸도 마음도 자유로울 수 있는데. 문제는 같이 갈 친구가 없다는 것이고, 또 혼자서는 진짜 재미없다는 것이다. 또 지난여름처럼 시간의 사슬에 갇힌다거나 공황으로 버텨내지 못할까 봐 그것이 걱정돼서 혼자서는 겁이 난다. 파로호에서의 그때 그 악몽을 생각하면 지금도 사지가 떨릴 지경이다. 아마도 그때 호되게 당한 모양이다.

샤워를 하고 수영장 풀 안으로 풍덩!

오늘의 컨디션도 그리 좋지만은 않다. 이럴 땐 대략난감! 물장구나 실컷 치든가. 새로 온 아쿠아로빅 강사의 현란한 몸동작을 뚫어지게 바라보는 일 밖에는 별다른 도리가 없다. 음흉한 놈!

한 시간을 어영부영 보내고 또다시 시작된 한 시간. 그렇다고 시간을 낭비하고 있을 수만은 없다.

난 한 사람만 찍는다. 일명 파트너인 셈이다. 오늘은 컨디션이 좋지 않으니 가장 느린 선수의 뒤를 따른다. 그런데 느려도 이렇게 느릴 수 있단 말인가? 25미터 레인을 30번의 스트로크로 달려가는 저 여유. 질렸다. 어떻게 두 배의 스트로크로 내달릴 수 있다는 말인가? 그건 시간 낭비이며 의미 없는 체력 소모에 불과하다.

에라, 달리고 보자. 달려도 30번이 넘는 스트로크에 막혀서 레인 위의 체증이 심해지고, 그런 와중에도 그 아저씨는 레인을 비켜줄 생각을 하지 않는다.

안 되겠다. 이럴 때는 접영이다. 접영이 시작되자 은근슬쩍 중급레인으로 내려가는 아저씨. 이제야 꽉 막혔던 체증이 풀린다. 그런데 수영장 전망대에서 바라보는 저 여자, 유리벽에 막혀 자세하게 볼 수는 없었지만 낯이 익다.

수영을 끝내고 사우나에 들어가 몸 구석구석 쌓여 있던 삶의 찌

꺼기들을 땀으로 비 오듯 흘려낸 뒤에 샤워로 마무리.

나의 근육질의 몸매를 빨래판 삼아 거품을 낸다. 갑자기 거울에 비친 내 복근을 보며 빨래를 하고 싶다는 생각을 한다.

안내데스크에서 회원증을 돌려받고 계단을 오른다. 발걸음이 멈추어 선 곳은 수영장 전망대 앞.

다소곳이 앉아 있는 여자의 움직임은 한 치의 흐트러짐도 없다. 나는 여자의 그 낯익은 뒷모습에 왠지 알 수 없이 가슴이 두근거리기 시작한다. 여자가 뒤돌아보는 순간. 그녀가 맞다. 내 속에서 이미 죽어버린 그녀가 지금 내 앞에 앉아 있는 것이다.

환하게 웃고 있는 저 모습. 예전이나 지금이나 변함이 없다. 틀림없이 그녀고, 그녀는 하나도 변한 것이 없다. 오히려 내가 초라해 보일 뿐!

무슨 말을 할 수 있겠는가? 그녀의 옆으로 다가가자 그녀가 차가운 이온음료를 내민다. 수영장에서는 다시 음악소리가 들리고 실버반의 강습이 시작되는 중이다.

"지은아, 어떻게 된 거니?"

"자기가 있을 것 같아서 혹시나 하고 들어왔어."

자기란 말. 그녀에게서 흘러나온 그 말이 나의 심장을 향해 비수를 꽂았다.

침묵이 흘렀다. 무슨 말을 해야 할지, 어떤 말부터 꺼내야 할지 망설이다 시간만 낭비한 채.

그녀가 이렇게 찾아오리라고는 생각해 본 적이 없었다. 또한 그녀를 보며 내 심장이 쿵쾅쿵쾅 달음박질칠지 몰랐다. 하지만 내 앞의 그녀는 이미 내게서 죽은 여자다. 스스로 죽임을 당하길 원했던 여자.

"점심은 먹었어?"

"이제 먹어야지. 먹었어?"

"아니."

"그럼, 우리 오랜만에 보리밥집으로 갈까?"

그녀에게 수영을 가르쳐 준 건 나다. 그녀의 몸매는 수영복을 입었을 때 비로소 빛이 난다. 하지만 그녀는 이제 나와 함께 수영을 하지 않는다.

나를 버린 여자. 그녀를 어떻게 받아들여야 할지 나는 걱정이 되었다. 우리는 보리밥집으로 가는 동안 단 한 마디도 주고받지 않았다. 예전 같았으면 팔짱을 낀 채 바짝 달라붙어서 수다를 떨며 걸었을 테지만 지금은 그녀와 거리를 두고 걷는다.

시장통은 북적거린다. 사람들의 살아가는 냄새를 맡을 수 있어서 나는 이곳이 좋다. 특히 보리밥집은 혼자 와서 밥을 먹어도 그리 어색하지 않은 곳이다. 그래서 나는 수영이 끝나면 가끔씩 이곳에 와서 보리밥과 막걸리를 마신다. 그녀도 한때는 나와 함께 이곳에서 보리밥을 먹으며 행복해했었다.

보리밥을 맛있게 비벼 먹는 그녀를 보면서 나는 막걸리를 따랐다. 그녀도 사발을 내밀었다. 그녀는 막걸리를 좋아하지 않았다. 그래서 수영이 끝나면 보리밥을 먹으며 맥주를 마셨다.

막걸리 한 사발을 단숨에 마시고서 그녀는 다시 보리밥을 우걱우걱 먹기 시작했다. 먹는다기보다는 입으로 쓸어 담는다는 표현이 옳을 것이다. 그런 그녀의 눈가가 알 수 없이 젖어들었다.

"한 그릇 더 먹어야겠어."

그녀는 보온밥통 쪽으로 쪼르르 달려갔다. 그리곤 16가지의 반찬을 골고루 큰 대접에 담아 왔다. 나는 비벼놓은 보리밥을 반도 먹지 못한 상태였다.

그녀의 식성은 대단했다. 보리밥을 열심히 비비다가 다시 사발을 내밀었다. 1년여 동안 보지 못한 그녀에겐 많은 변화가 있었다.

"그러다가 얹히겠다. 천천히 먹어."

그 말에도 그녀는 연신 숟가락을 입으로 가져갔다. 이제는 아예 대접에 얼굴을 파묻었다. 양 볼에 가득한 보리밥을 우적우적 씹어 삼키는 모습이 그다지 보기 좋지는 않았다. 처녀 때는 그러지 않았는데. 결혼과 동시에 아가씨에서 아줌마로 변하는 것은 당연한 일이지만 그래도 너무했다.

그 녀석, 밥값 꽤나 들어가게 생겼다. 뚱보가 되지 않은 게 천만다행이다. 한참 보리밥 먹기에 열중하던 그녀가 갑자기 수저를 내려놓았다. 그리고는 나를 멀끔히 바라보았다. 그녀의 눈이 슬퍼 보인다. 무슨 말인가를 하려는 듯 망설이다가 그녀가 막걸리를 마셨다.

"비밀 하나 말해 줄까?"

"무슨?"

"나, 이혼했어."

그 말을 듣는 순간 나는 멍해졌다. '결혼을 한 지 얼마나 됐다고 벌써 이혼이야?' 라고 말하고 싶었지만 그녀는 틈을 주지 않았다.

"남편이 바람을 폈어. 아니 나를 만나기 이전부터 그에게는 여자가 있었어. 그는 처음부터 나를 사랑하지 않았는지도 몰라. 그에게는 아이가 있어. 그의 여자를 만났어. 아주 행복해 보이더군. 아기도 귀엽고. 그 여자는 내가 자기 남자의 아내였다는 것을 모르고 있어. 언젠가는 알게 되겠지. 아마 곧 알게 될 거야."

나는 그녀를 무덤덤하게 바라보았다. 오히려 더 무덤덤한 것은 그녀였다.

나를 차버리고 간 죗값을 치르고 있는 것은 아닐까? 바보 같은 계집애. 고작 그 말을 하려고 여기까지 찾아온 거야? 하지만 그녀가 안쓰럽다.

내가 핸드폰에서 그녀의 전화번호를 지웠을 때 그녀를 다시 만나리라고는 생각하지 못했다.

돌아온 싱글. 이제 그녀의 그라운드는 비어 있다. 그렇다고 그녀의 그라운드에서 골키퍼로 재등장하고 싶지는 않다. 골키퍼를 스카우트해야 할지 말아야 할지는 온전히 그녀의 몫이다. 부디 다음번에는 제대로 된 선수를 등용시키길.

"우리 오랜만에 건배할까?"

그녀가 먼저 제안했다.

"뭘 위해서?"

"그냥. 참! 내 이혼을 축하해 주었으면 좋겠어."

그녀가 잔을 부딪쳐 왔다. 순간 알 수 없는 전율이 그녀의 몸에서 술잔으로 그리고 내 술잔에서 내 몸으로 짜릿하게 전해져 왔다.

이상했다. 뭔가 잘못되어가고 있는 것이 분명한데 나는 그것이 뭔지 알 수 없었다.

나는 그녀의 이혼을 축하할 수 없었다. 그녀의 이혼을 위해서 축배를 들 수도 없었다. 찜찜했다. 도대체 무엇이 잘못된 것일까?

몹시도 평범했던 그녀, 하지만 그녀는 더 이상 평범한 여자가 아니었다. 평범함보다는 대범해졌다는 표현이 더 옳을지도 모른다.

무슨 일인가를 꾸미고 있는 것 같은데 그것이 무엇인지 감을 잡을 수가 없다. 나는 미치도록 그것이 궁금했다. 예전이었다면 그녀의 영혼쯤은 쉽게 읽을 수 있었을 것이다. 그리고 보니 지금의 나는 그녀와 너무도 먼 거리를 두고 있다. 다가갈 수 없는 거리만큼 그녀의 영혼을 읽어내는 데는 무리가 있는 것이다.

"너무 성급한 판단 아니었을까?"

"아니."

대답은 단호하고 짤막했다. 그녀는 자신의 결정을 번복하는 부류의 사람이 아니다. 자신이 틀렸다고 하더라도 끝까지 밀어붙이는 성격의 소유자였다. 우리가 헤어질 때도 그랬다. 남자가 생겼어. 그 한 마디로 나를 꼼짝 못하게 만들어 버렸던 여자.

내가 그녀를 잡았더라도 그녀는 기필코 그 남자에게로 가고 말았을 것이다. 그래서 나는 그녀가 왔던 것처럼 되돌아 갈 수 있도

록 길을 열어주었는지도 모른다. 그렇게 퇴장당한 골키퍼가 이제
는 그녀를 걱정하고 있으니 참으로 어처구니없는 일이다.

나는 그녀를 설득하는 것을 포기하고 말았다.

사랑은 혼자만의 것이 아니다. 사랑은 서로가 공유해야 하는 것
이고 그것이 갈등으로 깨지고 만다면 사랑은 더 이상 존재할 수 없
는 것이다. 그녀에게 사랑은 이제 돌이킬 수 없는 일이 되어버리고
말았다.

스스로 막걸리를 따라 마시며 잘된 일이라고 위안하는 그녀의
모습을 보면서 내가 할 수 있는 일이 없다는 것을 알았다. 그녀의
결정을 존중해 주어야 하고 그녀가 원하는 축배를 들어주는 것이
내가 할 수 있는 일의 전부다.

그녀도 나에게 위로를 받기 위해 찾아온 것 같지 않았다. 그녀의
말처럼 지나가다가 내가 수영장에 있을 것 같아서 들렸다는 말을
믿기로 했다. 내가 관여해야 할 단계는 지나가고 말았다. 세상은
넓지만 그렇다고 내가 감당할 수 있는 일은 그리 많지 않다는 것을
새삼 깨달았다.

남자의 외도, 그리고 여자와 아이. 그 사이에서 빠져나오기 위해
그녀는 무던히 발버둥 쳤을 것이다. 스스로를 책망하면서 때론 나
를 떠난 것을 후회하기도 했을 테지. 그리고 나에게 다시 되돌아오
고 싶다는 생각을 한 번쯤 했을 것이다. 뒤늦은 후회라는 것을 알
면서 삶에 회의를 느끼기도 했을 것이다.

한때는 행복했을 그녀와 그녀의 남자. 나는 그들을 위해 축배를

들었다. 하지만 축배는 달기보다는 쓰기만 했다.

"갈게."

"그래."

그렇게 그녀는 되돌아갔다.

바보 같은 놈! 어쩌면 이혼했다는 말에 나 스스로 비겁해졌는지도 모른다. 내 모든 것을 포기한 채 그녀에게 달려갈 자신이 없었다. 그녀 또한 내게 돌아올 수 없음을 알고 있었을 것이다. 퇴장당한 골키퍼는 고개를 숙인 채 시장통을 넋 놓고 걷는다.

사랑은 때가 있는 법이다. 지나간 사랑은 지나간 운명에 지나지 않는다. 이제 내가 그녀에게 해줄 것은 아무것도 없다. 나 또한 그녀에게 받을 것이 아무것도 없다. 우린 비긴 셈이다.

나는 다시 그녀를 살려낼 수 없다. 나 아니더라도 그녀를 살려낼 사람은 많다. 나는 그 많은 사람들 중에 이미 지나쳐 간 흔적일 뿐이다.

나는 오늘 그녀를 영원히 죽이기로 결심했다. 언젠가 오늘처럼 또다시 그녀를 스쳐 지나가게 될지도 모른다. 하지만 이제는 서먹해진 관계로 그녀를 다시는 만나고 싶지 않다.

한때는 자기였던 그녀! 그래, 잘 가라. 다시는 남자들에게서 죽임을 당하지 않기를, 다시는 스스로 자신을 죽이는 일이 없기를 나는 간절히 바란다. 그대여, 한때는 나의 소중함으로 자리했던 아름다운 꽃이여, 그대는 결코 시들지 말기를. 영원히 그 아름다움을 간직하기를.

실 종

“한연아 씨?”

김주영이었다.

당신은 회사를 그만둔 후에 자그마한 꽃집을 하고 있었다. 김주영을 만난 것은 회사를 그만두고 처음이었다. 어떻게 알았는지 김주영은 꽃집 문을 열고 들어서며 당신이 있다는 것을 직감하고 있는 듯했다. 당신은 한연아라는 말에 무의식적으로 뒤를 돌아보았다. 멀쑥한 차림의 그가 서 있었다. 당신은 잠시 당황했지만 이내 침착함을 유지했다.

“어떻게 된 거야, 선배.”

선배라는 말이 자꾸만 귀에 거슬렸다. 당신은 태연한 척 꽃을 다듬고 있었다.

“결혼했다며 축하해.”

무의식적으로 뱉은 말이었다. 하지만 김주영은 그리 달가운 표정이 아니었다. 당신은 여전히 꽃을 다듬고 있었다. 배달에 늦지 않으려면 시간이 조급했다.

"얼마나 걱정했는지 알아요, 선배."

"잠시만, 지금 일이 바빠서. 배달해야 할 꽃이 있거든. 잠시만 기다릴래. 커피는 알아서 끓여 마시고."

당신은 매정했다. 아마도 일이 바빠서였겠지만. 일을 끝내고 배달을 보낸 후에 당신은 김주영과 마주 앉았다.

"선배 같지 않아요."

"내가 뭘?"

"그동안 선배도 많이 변했구나."

"변한 거 없어. 단지 바쁠 뿐이지."

첫사랑? 외사랑? 하지만 이젠 남이 되어 버린 사람이었다. 제 아무리 돌아오려 해도 돌아올 수 없는 사람이기에 당신은 김주영을 내몰고 있었다. 이제는 받아들일 수도, 가까이 다가갈 수도 없는 사람이기에 당신은 김주영과의 만남이 달갑지만은 않았다.

왜 저 사람을 내 남자로 만들지 못했던 것일까? 바보 같으니. 누군가의 남자가 될 거였다면 차라리 내 남자가 되었으면 얼마나 좋았을까. 당신은 다시금 흔들리기 시작했다. 사람의 마음은 아무도 모르는 일이다. 당신은 되찾을 수만 있다면 되찾고 싶다는 어림없는 생각을 했다.

"어떻게 그렇게 꼭꼭 숨어 버릴 수가 있었어요. 찾는 사람은 어쩌라고."

나를 찾았다고? 그 말이 당신은 반갑기도 했으며 또 불안하기도 했다. 사랑을 찾아 떠나갔던 남자. 그 사람이 자신을 찾았다니 당신은 그 말뜻을 이해할 수가 없었다. 이제 와서 어쩌라고, 찾을 것이면 진즉에 찾던가. 여자는 호락호락하지 않아. 적어도 네가 생각하는 사람은 그럴지도 모르지만 그 사람이 내가 아니었으면 좋겠어.

"잘 지내?"

"아니, 선배가 사표를 내고서 내 마음이 편치 않았어. 그건 선배도 잘 알 거야."

도대체 무엇 때문에 나를 찾은 것이고 뭐가 더 잘 알거란 말인가. 말도 안 되는 소리. 당신은 단호해져 있었다. 김주영이 사랑을 찾아간 날부터 당신은 단호했고 다시는 김주영을 떠올리지 않겠노라고 생각했다. 그런데 이렇게 막상 와서는 많이 찾았다니 이해가 되지 않았다.

"내가 선배를 좋아했었다는 것 알아?"

"……."

"사랑했었단 말이야."

사랑했었다면 그럴 수 없는 거였다. 사랑했었다면 바라보는 시선을 깨달았어야 했다. 그런데 김주영은 그렇지 않았다. 뒤도 돌아보지 않았었다.

"난 그런 기억 없는데."

"내 마음을 왜 이렇게 몰라주는 거야, 선배."

사랑은 누가 알아주는 것이 아니다. 사랑은 가까이 느끼는 것이다. 그러고 보면 김주영은 사랑을 알아주니 몰라주니 해야 하는 입장이 아니었다. 그건 당신이 김주영에게 물어야 할 말이었다. 당신은 그의 모든 것을 받아들이고 싶은 생각이 없었다.

"돌아가 줘."

김주영은 한숨을 내쉬다가 돌아갔다. 그리고 그 이후에도 당신을 찾아오는 날이 많아졌다. 당신은 그것이 싫었다. 이제 와서 사랑을 고백하는 김주영이 싫었고 또 그 사랑을 무기로 김주영이 내세울 그 무언가가 무서웠다. 김주영은 이틀에 한 번씩 꼭 찾아왔다. 때론 점심식사를 하기 위해 당신을 찾아오는 일도 있었다. 당신은 썩 마음에 내키지 않았다. 그러던 어느 날이었다.

"나 이혼했어."

그것은 큰 충격이었다. 하지만 당신은 내색하지 않았다. 그가 이혼했다고 쳐도 그것은 당신 자신의 문제가 아니기 때문이었다. 당신은 그가 올 때마다 차분하게 돌려 세우곤 했다.

결혼한 지 얼마나 됐다고 벌써 이혼을 한 것일까? 그 사랑이 거짓이었단 말인가? 어찌 보면 한심한 사람 같았다. 만약 그와 결혼했다면 역시 같은 소리를 하며 여자들을 찾아다녔을 것이 뻔했다. 당신은 그런 김주영이 괘씸하다는 생각을 했다. 잠시이기는 했지만 그런 김주영에게 마음이 이끌렸다는 것을 당신은 후회하고 있었다. 당신은 추호도 그런 김주영을 받아들이고 싶은 생각이 없었다. 지난 시간 동안 김주영을 사랑했었다는 것까지 후회했다.

텅 빈 집. 누운 채로 눈만 멀뚱거린다. 일어나야 하는데 무기력한 일상이 자꾸만 어깨를 짓눌렀다. 겨우 자리에서 일어나 앉았지만 일상의 단조로움에 활력이 생기지 않는다. 불규칙한 생활의 연속이다 보니 그럴 수밖에 없다.

아침을 먹기에는 늦은 시간이고, 점심을 먹기에는 조금 이른 시간. 그렇다고 식욕이 넘치는 것도 아닌데.

혼자 밥 먹는 것이 익숙할 때도 됐는데. 아직도 상대할 사람 없는 식탁을 마주할 때면 입맛이 돌지 않는다.

외로움은 나이를 먹게 한다. 나는 하루에도 몇 번씩 외로움의 열매를 씹어 먹는다. 사랑이라는 열매가 그립다.

루체비스타, 그녀는 지금쯤 무엇을 하고 있을까? 그리움은 갈수록 커져만 간다. 그리움은 나를 더더욱 간절하게 만든다. 이러다가 이 행성에 마냥 홀로 살아가야 하는 것은 아닐까?

식탁에 반찬 몇 가지를 올려놓는다. 돌지 않는 식욕을 억지로 일으켜 세우지만 좀처럼 입맛을 찾을 수 없다. 그때 생각난 것이 청양고추였다.

내가 죽인 그녀가 찾아왔을 때 시장통에서 사온 청양고추. 실하게 살이 오른 고추가 먹음직스러워 보인다. 찬물에 밥을 말아 놓고 고추를 고추장에 찍어 한입 베어 문다.

아! 눈물이 핑그르르 돈다. 매운 고추에 한방 얻어맞아 현기증이 일 정도다. 예사로 볼 녀석이 아니다. 겨우 혀를 진정시킨 후에 다시 한 번 베어 문다. 아! 그 녀석, 갈수록 더 매워진다. 루체비스타,

너를 보고 싶어 눈물이 난다.

―고추가 매워!

멍하니 식탁을 바라본다.

―혼자 밥 먹는 기분 알아?

루체비스타와 마주하고 있었다면 그 말을 했을 것이다. 이 외로운 밥상이 지겨워 이제는 마주보기만 해도 배부를 것 같은 사랑을 실컷 먹어 보고 싶다.

―고추가 맵지?

―정말 그러네. 자기 그만 먹어라. 그러다가 속 아프면 어쩌려고 그러냐.

―속에서는 불이 나는데 왜 입에서는 자꾸 당기는지 모르겠어.

―하긴 나도 그래.

―고추 더 가져올까?

―우유를 마셔야겠어. 자기도 한잔 따라 줄까?

등등, 할 얘기도 많을 텐데. 오후에 혼자 마주하고 앉은 식탁 앞의 고추는 더 이상 화젯거리가 되지 않는다. 이제부터라도 생활의 리듬을 찾아야 할 것 같은데. 혼자 밥 먹는 기분, 그것 참 서글프다. 눈물로 밥을 말아 먹는 기분이랄까.

식사를 끝내고 컴퓨터의 전원을 누른다. 그러나 녀석은 나보다도 더 게으름뱅이다. 한참을 기다려야 겨우겨우 하품을 하며 눈을 치켜뜬다. 아무래도 안 되겠다 싶어서 녀석을 채근해 보지만 소용이 없다.

녀석은 내 말에는 콧방귀도 뀌지 않는다. 협박을 해도 먹혀들지 않는다. 건방진 자식. 도저히 안 되겠다. 한마디 해야겠어.

안타까운 일이야. 이제 너를 보내야 한다니. 결코 있을 수 없는 일이라고 생각했지.

언제까지나 영원할 수 있다고 생각했어. 그런데 현실은 그렇지 않아. 너를 처음 만났을 때 얼마나 반가웠는지 몰라. 그리고 약속했지. 영원히 헤어지지 않을 거라고. 그런데 이게 뭐니?

미안해. 나도 내가 이렇게 잔인한 줄 몰랐어. 어떡하면 좋을까? 내 마음 네가 이해해 줄 수 없다는 것 알아. 갑자기 이별이라니. 내가 원망스럽겠지? 알아! 네 마음. 알면서도 나는 매정하게 돌아설 수밖에 없어.

나를 욕해도 좋아. 원망해도 좋아. 하지만 네가 한을 품어 오뉴월에 서리가 내린다 해도 이제는 어쩔 수 없어. 이젠 감당할 수 없어.

어찌해야 좋을까? 어떻게 해야 네가 덜 아플 수 있을까?

돌아서면 다시는 보지 말자. 그러는 것이 서로에게 상처를 덜 주는 것일 테니까.

뭐라구? 내가 좋아서 떠날 수가 없다구? 나의 어디가 그렇게 좋으니? 매일 폭력을 행사하고, 또 걸핏하면 욕지거리를 서슴없이 뱉어내는 내가 그렇게 좋으니? 그렇다면 넌 변태야.

차라리 잘 됐어. 이참에 우리의 만남을 없었던 것으로 하자! 어차피 돌아서면 남이 되는 거야. 그러니까 미련은 갖지 마! 제발 부탁이야. 이젠 지긋지긋해.

사랑했어. 그 누구보다도 너를 사랑했어. 그래서 이러는 내가 더 원망스러워. 차라리 너를 사랑하지 않았더라면 얼마나 좋았을까? 너를 보내는 내 마음은 더 괴로워. 이제 너 없이 어떻게 하루하루를 보낼까? 너를 보내야겠다고 마음 굳게 먹었지만 그래도 자꾸만 눈물이 흘러. 오래도록 영원히 너와 함께 있고 싶었는데. 그럴 수 없는 현실이 내 가슴을 도려내고 있어.

미안해! 나는 너에게 이 말 밖에 할 수가 없어. 이제 너를 보내면 다시는 볼 수 없겠지. 너는 이제 존재하지 않을 테니까. 왜 이렇게 자꾸만 눈물이 흐르지. 슬퍼. 때로는 내 슬픔을 네 슬픔처럼 감싸줬고, 때로는 둘도 없는 친구처럼 내 아픔과 기쁨을 함께 했고, 때로는 외로울 때 친구처럼, 연인처럼, 내 옆에 있었지. 다 기억해. 그런 너를 나는 왜 매정하게 자꾸만 몰아세우는 걸까?

때로는 술친구가 되어 주었고, 때로는 하루라도 너를 보지 못하면 불안하고 힘이 들었는데. 그래도 어쩔 수가 없어. 나는 너를 결코 잡지 않을 거야. 다시 태어나면 나 같은 사람은 절대 만나지 마.

다음 생에서는 행복해야 돼! 알았지? 사랑해! 고마워! 날 원망하지 말아줘. 잘 가! 내 오랜 지기이며 연인이었던 내 컴퓨터야.

넌 좋겠다. 이제 구박 받지 않아도 되니까.

오늘이 바로 그날이네. 이별은 예고 없이 찾아온다고 하잖아. 이미 예견하고 있던 일이잖아. 억지 부리지 마. 난 담담하게 받아들일 거야.

너를 만나는 순간부터 나는 이별을 생각했는지도 몰라. 아마도 너처럼 나에게 익숙한 친구는 없을 거야. 너무 익숙해서 너를 떠나보내는 것이 자꾸만 망설여져.

어느 날 문득 너와의 이별을 생각했지. 그런데 마음이 약해서 차마 너에게 이별을 고하지 못했어. 나 자신이 빈약하고 또 마음이 약하다는 것을 그때 알았지. 그때 떠나보냈었다면 좋았을 걸. 이별 후, 과연 우린 그토록 원하던 이별에 행복할 수 있을까?

몰라! 아무렴 어때. 내 기억 속에서 넌 망각의 저편으로 아스라이 사라지겠지. 안녕! 8년 동안의 동거가 이렇게 아플 줄이야. 잘 가! 컴퓨터야. 나, 새 컴퓨터 사러 간다.

녀석은 너무나도 재빠르다. 그동안 사귀었던, 내 분신과도 같았던 늘보 녀석과는 전혀 딴판이다. 조금의 틈도 녀석은 허락하지 않는다.

대단한 녀석이다. 나는 녀석을 만나는 그 순간부터 마음을 송두리째 빼앗기고 말았다. 방심한 탓은 아니다. 방심하기도 전에 녀석은 재빠르게 골을 넣었다.

젊고 쌩쌩한 놈이다. 그러기에 그리도 달리기를 잘하지. 헛기침을 해대며 그렁그렁 맺혀 있던 가래침을 쏟아내던 녀석과는 아주 딴판이다.

지난번 녀석이 동네 노인정 장기나 바둑을 두었다면 지금 이 녀석은 총을 쏘기도 전에 벌써 상대의 심장을 관통하는 속도를 지니고 있다.

너 참 마음에 든다. 이제부터 너는 내 둘도 없는 친구다. 기념으로 이참에 친구에게 편지를 써야겠다.

전화 좀 해라. 그러고 보니 벌써 10년째다. 어쩌면 10년 동안 전화 한 통도 없냐?

연상을 좋아해서 항상 나이 많은 언니들과 다니던 동희 녀석. 어떻게 된 거냐? 너 혹시 간통으로 들어갔거나 가정파괴범으로 학교에 간 건 아니겠지?

부디 무소식이 희소식이라고 그런 일 없길 바란다. 만약 그래서 연락이 두절된 거라면 앞으로도 연락하지 마라. 사식 넣어줄 돈 없다. 그러니까 혹여 나오더라도 연락하지 마라. 두부 사줄 돈도 아까우니까.

그것도 아니라면 너무 오래 잠수타지 마라. 그러다가 잠수병 걸린다.

내 리니지 아이템 팔아달라고 했더니 팔아서 홀랑 한입에 삼킨 석이 녀석. 배부르냐? 뭐, 사기를 당했다니 믿어주기는 하겠지만. 그래서 연락을 끊은 거라면 어딘가 구린 구석이 있는 거겠지. 벌써 오래전 일인데 이젠 연락 좀 해라. 잘 지내고 있기를 바란다.

오늘 수영장 가는 길에 담배 연기가 짜증 지대로 걸더라. 담배 연기의 출처는 앞서서 걸어가고 있는 남자. 그런데 뒷모습이 낮이 익는 거야. 봉창이 녀석하고 뒷모습이 똑같은 거야. 뒷머리가 까진 것

하며.

반가움에 달려갔지. 그리곤 냅다 녀석의 뒤통수를 후려쳤어. 제대로 명중시켜서 그런지 소리 한 번 지대로더라.

"길거리에서 담배 피지 말라고 했지. 그런데 이 시간에 여긴 어쩐 일이냐?"

채 말이 끝나기도 전에 눈이 마주쳤어. 이런 젠장. 봉창이가 아닌 생판 모르는 사람이잖아.

"죄송합니다. 친구인 줄 알고 그만. 죄송합니다."

몇 번이고 미안하다고 말하고는 그 상황을 모면하기 위해 빠른 걸음으로 걸었어. 다행히 그 사람은 쫓아오지 않더라. 휴!

스포츠센터에 도착해서 안내데스크에 회원증을 내밀었는데 오늘도 변함없이 77번 사물함 열쇠를 주더라. 그 아가씨 변덕이 심해서 어쩔 때는 4번 열쇠를 주기도 해.

여하튼 찜찜한 기분을 뒤로 하고 탈의실 안으로 들어가서 옷을 벗고 샤워장으로 들어갔는데 또 웬 담배 연기가 시비를 거는 거야. 어떤 놈이 화장실에서 볼일을 보면서 담배를 피우고 있는 거야. 순간 내 입가에 흐르는 미소를 발견했지.

수영복으로 후닥닥 갈아입고 화장실로 향했어. 그리곤 세숫대야에 물을 받아서 담배 연기가 무럭무럭 자라나고 있는 곳으로 물을 뿌리고는 냅다 도망쳤지.

"누구야!?!"

누구긴 누구야. 담배 연기 잡아먹는 저승사자다.

재빠르게 수영장 풀 안으로 퐁당! 아줌마들은 줄지어 서서 접영을 시작하고 아쿠아로빅도 평상시대로 분주하게 진행되고 있었지. 완전범죄를 위해서는 선두에 서서 접영을 끌어주는 방법 밖에는 없더군. 정신없이 접영을 끝내고 파이팅!

쉬는 시간, 사우나에 들어가서 시치미를 뗐지. 씩씩거리며 사우나 안으로 들어오는 남자. 화장실에서 담배 피우던 남자라는 걸 직감했어. 웃음이 쏟아져 나오는 걸 애써 참으면서 스트레칭을 하는데 남자가 말하더군.

"볼일 보고 있는데 어떤 놈이 물을 뿌리고 도망치는 거야."

인간아, 왜 담배는 쏙 빼먹냐.

"잡히기만 해 봐라."

누가 잡히기나 한데냐. 하하하. 아, 속 시원해!

오늘 별일 많은 날이었어. 담배의 유혹을 그렇게도 뿌리치기 힘든 걸까? 담배 피우는 사람들 옆에 가면 여자건 남자건 간에 담배 찌든 냄새가 장난 아니더라. 역겨운 그 냄새, 내가 생각해도 참기 힘든 냄새야.

"여보야. 자기는 연애할 때 나한테서 나던 담배 찌든 냄새 어떻게 참았냐?"

"그때는 내 눈에 콩깍지가 끼었었지."

"콩깍지가 낀 것이 아니라 내가 여보야를 홀린 거야."

닭살! 갑자기 친구 부부가 주고받던 대화가 생각나네. 여하튼 너무 길어졌다.

친구들아, 담배 끊어라. 그리고 잠수함 탄 놈들, 그 안에서 담배 피면 더 빨리 죽는다. 웬만하면 창문 열고 담배 피워라! 창문 열고 담배 피우면 익사하려나?

가마 문을 열었다.

계속해서 산화불만 때다가 오랜만에 환원불을 때서 그런지 기물들의 색깔이 마음에 쏙 들었다. 산화소성이 산소 공급을 원활히 하여 연료를 완전 연소시키는 방법이라면, 환원소성은 그 반대로 산소의 공급을 막아 연료를 불완전 연소시키는 방법이다. 나는 산화불보다는 환원불 때는 것을 더 좋아한다. 그만큼 포근하고 친근하게 느껴지기 때문이다.

유약은 진사유와 투명유를 사용했다. 그래서 그런지 진사가 날아다니면서 투명유를 입힌 기물에 달라붙어 예상 못했던 색이 나왔다. 의도한 것은 아니었지만 사발이며 수반 그리고 접시 등 모든 기물이 골고루 색을 잘 먹고 나와서 만족스러웠다.

백토를 이용하여 만든 수반에 진사유를 시유한 기물은 진사가 많이 날아가면서 푸른빛과 우윳빛, 그리고 붉은빛이 골고루 어우러져 보면 볼수록 아름다웠다.

그 모든 과정을 디지털카메라로 촬영해 홈페이지에 올렸다. 주문은 갈수록 늘어 가는데 게을러서 작품은 쉽사리 나오지 않고 그러다보니 회원들의 성화가 여간 아니다. 그렇다고 기계로 찍듯 무작위로 만들어낼 수는 없다. 내 자존심이 용납하지 않는다.

일을 서둘러 끝내고 TV 앞에 앉아 리모컨을 누른다. 요즘 즐겨 보는 드라마가 있다. 일일드라만데 처음에는 시큰둥했다. 하지만 회를 거듭할수록 재미있다. TV에서는 마약도 파는 모양이다. 중독 되면 끊을 수 없게 하는 뭔가가 있다. 나는 그 무언가에 홀딱 사로 잡혔다.

아! 속 터져 죽겠다. 나 같으면 달려가서 녀석의 **빰**을 갈겼을 텐데. 도대체 주인공인 저 여자는 무엇을 먹고 살기에 그리도 착하기만 한 걸까? 아무래도 저 여자 청양고추와 고추장을 많이 먹어야할 것 같다. 그래야 독해지지. 저렇게 당하고 살다가는 결국엔 우울중에 걸려 자살을 하게 될지도 모른다.

불쌍한 여자. 그런데 저놈은 왜 저렇게 독한 걸까? 모질기도 하지. 나 같으면 달려가서 잘못했다고 두 손 모아 싹싹 빌 텐데. 저렇게 예쁘고 아름다운 여자를 왜 그렇게도 모질게 대하는 걸까? 제기랄! 드라마는 꼭 중요한 부분에서 끝이 난다. 그래서 웬만하면 드라마를 보지 않으려고 노력하는데도 어쩔 수 없이 또 드라마 작가와 연출자, 배우들에게 번번이 사기를 당하고 만다.

아쉬움이 술 생각을 나게 만든다. 그래 오늘은 〈라스베이거스를 떠나며〉를 봐야겠다. 그러자면 손수건이 필요하고 또 소주가 필요하다. 나는 왜 그 영화를 보면 눈물을 흘리는 걸까? 술 없이는 볼 수 없는 영화. 외로울 때 보면 더 제격인 영화. 지금까지 수십 번을 봤지만 정말이지 질리지 않는 영화다.

DVD를 찾기 시작했다. 드라마가 끝나고 TV에서는 뉴스가 시작되었다.

　냉장고에서 간단하게 먹을 수 있는 안주와 소주를 꺼내는데 유아실종사건이 보도되고 있었다. 이제 겨우 두 살배기 유아의 실종 사건이었다.

　몇 달 전에도 어린이가 실종된 사건이 있었다. 결국 계모가 아이를 살해한 뒤에 불에 태워 암매장한 사건이었다.

　두 살배기 유아의 얼굴이 화면에 떴다. 너무도 귀엽고 어여쁜 여자 아기였다. 그런데 낯설지가 않았다. 어디에서 많이 본 것 같은데 어디였더라? 하지만 아기가 사는 동네는 내가 사는 곳과는 동떨어진 곳이다. 그곳에 연고가 있다거나 한 번도 그 앞을 지나쳤던 기억이 없다.

　나는 뉴스에서 눈을 뗄 수 없었다. 편의점 앞에 유모차를 세워놓고 잠시 물건을 사러 들어간 사이에 아기가 없어졌다고 했다. 유모차는 편의점에서 그리 멀지 않은 골목에서 발견되었다고 했다.

　벌써 5일째 경찰들이 대대적인 수색작업을 벌였지만 단서조차 찾지 못하고 있었다. 싱글맘인 엄마가 얼굴에 모자이크 처리되어 TV화면에 나왔다. 아기를 데리고 있거나 본 사람이 있다면 아기가 되돌아 올 수 있도록 도와달라며 애절하게 호소하고 있었다. 아기의 엄마는 끝내 혼절했다.

　뉴스를 보는데 왜 바보처럼 눈물이 흐르는 걸까? 가슴이 꽉 막힌 것만 같다. 도대체 어떤 사람이 저 여자의 가슴에 대못을 박은 걸까? 왠지 남의 일 같지 않았다.

〈라스베이거스를 떠나며〉는 다음 기회로 미루고 나는 소주와 안주를 냉장고에 집어넣었다. 그리곤 옷을 주섬주섬 걸쳐 입고 작업실을 나섰다. 꼭 그 아기를 찾아주고 싶었다.

술렁이는 거리. 아기를 잃어버렸다는 그 편의점 앞이다. 전단지가 급조되어 뿌려지고 있었다. 나도 전단지를 한 장 받아 들고 무작정 편의점 안으로 들어갔다. 편의점 문에도 전단지가 붙어 있었다.

여자는 편의점에서 무엇을 사려고 했던 것일까? 편의점에서 살 수 있는 것은 여러 가지다.

나는 편의점을 천천히 돌아보았다. 그러다가 생리대가 진열되어 있는 곳 앞에 섰다. 여자는 급하게 생리대가 필요했을 것이다.

생리대를 집어 들고 계산대로 향하려다가 캔맥주 한 병을 사 가지고 계산대 앞에 선다. 계산을 하려다가 밖을 내다본다. 유모차가 어렴풋이 보인다. 희미하게 또 다른 여자의 모습도 보인다.

오늘처럼 그날 여자도 계산을 하기 위해 줄을 서서 기다렸을 것이다. 계산을 하고 문을 여는데 여자의 당황해 하는 잔영이 순간 선명해진다.

나는 한참 동안 문고리를 잡고 서 있었다. 그러나 더 이상의 실마리를 풀 만한 것을 건질 수 없었다.

유모차가 발견되었다는 골목을 향해 걷는다. 날씨가 제법 쌀쌀해졌다. 옷깃을 여미는데 왜 갑자기 최지은이 생각난 것일까? 한때 나를 골키퍼로 내세웠던 그녀.

익숙함이 느껴진다. 포근함이 느껴진다. 불안함도 느껴진다. 그러다가 머리가 텅 빈 것처럼 멍해졌다. 그뿐이다. 도통 감을 잡을 수가 없었다.

유모차가 버려졌다는 골목에 섰지만 아무것도 떠오르지 않았다. 벌써 깊은 밤이다. 골목은 으쓱했고 행인들의 발길도 뚝 끊겼다.

나는 벽에 기댄 채 쪼그리고 앉아 캔맥주를 땄다. 그리곤 한 모금 길게 마셨다. 캔맥주를 반쯤 마셨을 때 골목으로 승용차가 들어오고 있었다. 눈이 부셔 제대로 눈을 뜰 수가 없었다.

또다시 섬광처럼 스쳐지나가는 최지은. 왜 자꾸만 나를 걷어찬 그녀가 떠오르는 걸까? 남은 맥주를 마저 마시고 자리에서 일어났다. 더 이상 아무것도 느껴지지 않았다. 아무래도 버려졌다는 유모차를 봐야 할 것 같았다. 나는 최에게 도움을 청하기 위해 전화를 걸었다.

"네가 어쩐 일이냐, 나한테 전화를 다하고?"

"아기 이름이 진이라고 했던가? 그 아기의 버려진 유모차를 볼 수 있을까 해서. 네가 도와주었으면 좋겠는데. 경찰서에 가 있을게."

"그래 알았어. 금방 달려갈게."

나는 터벅터벅 걷기 시작했다.

복잡한 건 딱 질색이다. 실마리는 온전히 유모차에 남아 있을 것이다. 유아를 상대로 한 납치 사건. 몸값을 요구해 온 것도 아니고. 그렇다면 귀여워서 키우기 위해 데려간 것은 아닐까? 그것도 아니라면?

경찰서로 향하는 길에 이런저런 생각들이 머릿속을 뒤흔들었다. 경찰서에 도착했을 때 최가 기다리고 있었다.

"뭔가 감을 잡은 거야?"

"감은 감나무에서 찾아야지. 유모차는?"

나는 최의 뒤를 따라 유모차가 있는 곳으로 향했다. 유모차에서 느껴지는 온기를 감지했다. 그건 아직 살아 있다는 증거다. 그리고 살의는 전혀 느껴지지 않았다.

"어때?"

"몰라."

나는 팔짱을 낀 채 의자에 앉아 유모차를 유심히 쳐다보았다. 유모차를 쳐다볼수록 점점 미궁 속이다. 좀처럼 갈피를 잡을 수가 없다.

도대체 왜 자꾸만 최지은이 느껴지는 걸까? 내가 읽어내려는 것은 그녀가 아닌데. 그렇다면 그년가? 아니다, 그럴 리는 없다. 나는 그녀를 잘 안다.

"제기랄! 물 좀."

오라고 하지도 않았는데 또 그 녀석이 오려고 한다. 약을 먹었지만 자꾸만 불안해진다. 나도 공황 앞에서는 별 수 없다. 공황이라는 녀석을 벗 삼을 수는 없는 걸까?

유아의 실종이나 납치 사건은 시간이 흐르면 흐를수록 미제 사건으로 남을 가능성이 크다. 그래서 시간이 더 촉박한 것이다. 녀석이 나를 농락하기 전에 아이를 찾아야 한다는 강박관념에서 헤어날 수가 없었다. 집중해야 한다. 내 능력을 믿어야 한다.

"오늘은 그림자밟기도 할 수 없는 거야?"

"아니 뭔가가 있어. 아주 쉬울 수도 있고 그렇지 않을 수도 있지. 유모차가 깨어나기만 하면 되는데 좀처럼 실마리를 주지 않네."

일어서서 유모차로 다가갔다. 유모차를 이리저리 밀고 다녔다. 그러다가 유모차를 접었다 펴기를 반복했다.

다행히 공황이란 녀석은 나를 향해 비수를 꽂아 오지 않았다. 최지은과 연관되어 있는 것이 분명하다. 확신할 수는 없지만 무덤덤한 표정을 짓던 그녀의 잔영을 지울 수가 없다. 만약 그녀의 범행이라면 일이 더 커지기 전에 그녀를 막아야 한다. 나는 내 핸드폰에서 지웠던 그녀의 핸드폰 번호를 다시 기억해냈다. 그리고 번호를 눌렀다.

"여보세요?"

"그냥! 생각나서, 그래서, 그래서 전화했어. 너무 늦은 시간인가?"

그녀는 다행스럽게도 전화번호를 바꾸지 않았다.

"아니."

"만날 수 있을까?"

"아니, 지금은 곤란해. 피곤해서 자야겠어."

"그래."

그녀의 목소리는 무엇엔가 쫓기는 듯 불안했다. 전화를 끊은 뒤 나는 한참 동안 침묵했다.

"남편이 바람을 폈어. 아니, 나를 만나기 이전부터 그에게는 여자가 있었어. 그는 처음부터 나를 사랑하지 않았는지도 몰라. 그에게는 아기가 있어. 그의 여자를 만났어. 아주 행복해 보이더군. 아기도 귀엽고. 그 여자는 내가 자기 남자의 아내였다는 것을 모르고 있어."

보리밥집에서, 그때 그녀의 영혼을 읽었어야 했는데. 이젠 돌이킬 수 없는 일이 되어 버리고 말았다.

그녀는 나에 의해서 되살아나길 바라고 있었는지도 모른다. 하지만 나는 그녀를 보듬어 주기보다는 멀찍이 밀어 놓고 남의 일처럼 바라보기만 했다. 죗값을 치른 거라며 속으로 비아냥거리기까지 했던 내가 원망스러울 뿐이다.

"최지은. 010—2353—○○○○. 주소지에 가 봐. 아기는 아마도 거기에 있을 거야. 너무 소란은 떨지 말아줘. 그녀가 놀라지 않게, 아기가 놀라지 않게. 아마도 악의는 없었을 거야. 그리고 이건 아기 엄마한테 전해주고. 지금은 필요 없겠지만. 난 이만 가 볼게."

최가 같이 가지 않겠냐고 말했지만 나는 고개를 저었다. 그녀를 마주할 수 없을 것 같았다. 그녀의 영혼을, 슬픔을 읽고 싶지 않았다. 내가 할 수 있는 것은 조용히 사라지는 것뿐이다.

그녀에게 나는 이미 밀고자가 되어버린 셈이다. 어찌 그녀의 얼굴을 대면할 수 있단 말인가.

다음 날 피의자가 된 그녀가 뉴스에 나왔다. 하지만 나는 뉴스를 듣지 않았다. 그날 이후 뉴스에서 더 이상 그녀의 얼굴은 보이지 않았다. 그녀는 사람들의 이목에서 서서히 잊혀져 가고 있었다. 물론 나에게서도 그녀는 잊혀졌다.

그녀가 저지른 일에 대해서는 당연한 죗값을 받을 것이다. 그녀를 변호해 줄 마음도 없다. 단지 그녀는 스쳐 지나간 일부분의 시간에 지나지 않는다. 나는 그녀가 왜 그런 짓을 저질렀는지 알고 싶지도 않았다. 어쩌면 그녀에겐 당연한 일이었는지도 모른다.

당돌한 그녀, 그래, 또다시 잘 가라. 이젠 내게 그 어떤 의미도 없는 여자. 부디 반성하기를, 부디 스스로의 결정이 잘못되었다는 것을 깨닫길 바랄 뿐이다.

내겐 한 송이 꽃이었던 여자. 결국 꽃은 시들어 버리고 말았구나. 바보 같다 못해 멍청한 그녀. 너는 이미 나에게서 죽었다. 모든 사람들에게서 너는 죽었다. 넌 변명하고 싶겠지. 하지만 세상은 너의 변명을 들어주지 않을 것이다. 넌 바보다!

아버지, 당신의 영혼을 느끼기 위해 지금도 노력합니다. 하지만 당신의 영혼은 좀처럼 느껴지지 않습니다. 왜 그때는 당신의 영혼을 스스럼없이 느낄 수 있었던 걸까요. 알 수 없습니다.

당신의 영혼을 알 수 있어서 행복했습니다. 나의 영혼을 보여줄 수 있어서 행복했습니다. 시간을 유영하다 보면 무심결에 서로의 어깨를 스치고 지나갈지도 모릅니다. 그 스쳐 지나감을 감사히 여기겠습니다.

아버지. 그 시절, 그 시간 속에서 우리의 영혼의 만남은 영원할 테지요. 그것으로 만족할 수 있을 것 같습니다.

더 무엇을 바랄 수 있겠습니까. 하지만 당신의 영혼이 그리운 것은 어쩔 수 없습니다. 당신과 함께 했던 그 순간들이 그립습니다. 당신의 영혼을 기억해 냅니다.

꼬막 밀기를 끝내고 나서 흙을 작업실 바닥에 일정한 두께로 펴 놓았다. 의뢰 받은 도자기벽화를 제작할 생각이다.

흙 위에 구상해 두었던 그림을 그리기 시작했다. 그리고 코일기를 이용해 가래떡처럼 흙을 길게 뽑아 놓은 코일을 밑그림 위에 붙이면서 형태를 만들어 나갔다.

손이 닿으면 닿을수록 도자기벽화의 형태가 나타나기 시작했다. 신경을 곤두세우며 작업에 열중하느라 눈썹에 신중함이 깃들었다.

천진난만한 아이들이 연을 날리며 즐거워하는 모습이 흙 위에 담겨지기 시작했다. 세로 90센티미터에 가로 240센티미터의 크기였다. 도자기 벽화가 완성되자마자 벽화를 18조각으로 분할했다. 그렇지 않으면 흙의 수축력에 의해 모양이 뒤틀릴 수도 있기 때문이다. 작업은 순조로웠다. 이대로라면 도자기벽화를 제작 기일 안에 만들 수 있을 것 같았다.

문제는 새로 만들어 놓은 가마였다. 아직 첫 불도 들이지 않은 상황이었기 때문에 애써 제작한 작품들이 엉망으로 나올까 봐 걱정이다.

벌써부터 새로 제작한 가마에 불 들이는 것을 기다리는 수강생들도 많았다. 그들을 실망시키지 않기 위해 나는 가마의 마무리 작업에 열중했다.

가마 안의 습기를 없애기 위해 몇 번의 불을 들이기도 했지만 아직 안심하기에는 이른 편이다. 새 가마에 도자기를 굽는 것은 일종의 모험이다.

기존에 쓰던 가마에 불을 들일 수도 있었지만 언제까지 아버지의 그늘에 가려져 있고 싶지 않았다. 비록 실패하더라도 최선을 다해 볼 생각이다. 그것은 아버지에 대한 도리이기도 했다.

바쁘게 한 달이 흘러갔다. 수강생들도 그 어느 때보다 작품 만들기에 열을 올리고 있었다. 자운요를 새로 연 이후 가장 큰 행사가 될 것이다.

이제 남은 것은 가마에 도자기를 재임하는 것뿐이었다. 상판(도자기를 올려놓는 내화판)을 준비하고 그 위에 알루미나를 개어 놓은 물을 이용해서 고운 붓으로 곱게 칠하기 시작했다. 다 칠한 상판은 햇볕에 말려 두었다가 다시 한 번 스프레이를 이용해 물에 희석시킨 알루미나를 골고루 뿌려 주었다.

상판이 마르기를 기다리는 동안 작업실의 기물들을 가마 옆으로 옮겨 놓기 시작했다. 그리고 상판이 마르는 대로 시유해 놓은 기물을 차곡차곡 가마에 재임했다.

첫 칸과 두 번째 칸에는 수강생들의 큰 기물을 재임했고 불이 가장 잘 드는 세 번째 칸부터는 마음에 드는 기물들을 재임했다.

큰 기물을 재임할 때에는 좁은 가마 입구에 긁히지 않게 하기 위해 신경을 곤두세웠다. 온종일 재임을 끝내고 이제 봉통에 불을 달리는 일만 남았다. 내일 아침 일찍 수강생들과 조촐하게 고사를 지내고 본격적으로 불을 넣을 생각이다.

작업실로 돌아와 녹차를 마시려는데 라디오에서 캐럴이 흘러나

오기 시작했다. 문득 달력을 보았다. 그러고 보니 오늘이 크리스마스이브다. 그렇게 기다리던 날이었는데 그걸 잊고 있었다니. 며칠째 가마에 불 넣을 생각을 하며 일에 열중하느라 미처 오늘이 그날이라는 것을 잊은 것이다.

"아! 루체비스타."

시계를 보았다. 다행히 아직 늦지는 않았다. 나는 서둘러 작업실을 나섰다.

루체비스타의 계절만 되면 나는 설레기 시작한다. 그녀를 만날 수 있다는 기대감에, 그녀를 사랑하기 때문에 나는 그곳에 있어야 한다.

그녀, 루체비스타에 대한 기억은 이제 나의 존재 가치다. 사랑은 기다림의 의무를 지닌다. 단 두 번의 만남이었지만 그녀는 내 가슴 한쪽을 떼어갔다. 그것을 찾아올 참이다. 그리고 이제는 그녀의 손을 놓지 않을 것이다.

나올까? 모전교로 향하면서 내내 그 생각뿐이었다. 하지만 확신은 없었다. 작년 크리스마스이브 루체비스타는 오늘을 기약하지 않았다. 그러나 난 오늘 그녀를 기다릴 것이다. 그녀가 올 때까지. 설령 오지 않더라도 나는 그 자리에 앉아 있어야 한다. 그렇지 않고서는 영영 그녀를 보지 못할지도 모른다. 그 기다림이 아무리 길더라도, 한 해가 지나가고 또 다른 한 해가 다가와도 나는 크리스마스이브에 그 자리에서 루체비스타를 기다릴 것이다. 그러다 보면 언젠가는 만날 수 있겠지.

빛의 거리를 걷는다. 올해는 유난히도 빛의 조각들이 아름답다. 아름답다 못해 눈이 부시다.

저 앞으로 모전교가 보인다. 나는 기대에 부풀어 발걸음을 재촉했다. 루체비스타보다도 먼저 그 자리에서 기다리고 있어야 하기 때문이다. 그래야 나의 루체비스타는 내가 일 년 동안 오늘을 기다리고 있었다는 사실을 알 수 있을 테니까.

모전교 위에서 그 자리를 내려다보았다. 그녀가 있었다. 반가움에 그녀에게 달려가려다가 멈추었다. 그녀의 옆에서 아장아장 걷고 있는 아기 때문이었다.

유부녀였단 말인가? 실망이다. 나의 사랑은 정처 없어졌다. 나는 불륜의 씨앗에 물을 주고 싶지 않다. 그렇지만 그대로 돌아갈 수는 없었다.

기다림이 길었던 만큼 그녀와 오늘의 축제를 만끽하고 싶다는 미련을 저버릴 수가 없었다. 아기와 함께 나왔다면 주위에 분명 남편이 있을 것이다. 나는 잠시 그녀를 지켜보기로 했다.

조카인가? 하지만 아무리 조카라 하더라도 누가 크리스마스이브에 자신의 아기를 맡기겠는가? 조카는 분명 아니다. 그렇다면 그녀의 아기가 분명하다.

30분이 지나도록 그녀는 아기를 안은 채 꼼짝도 하지 않았다. 누군가를 기다리고 있는 것만은 확실해졌다. 그는 나일 수도 있다. 그리고 내가 아닐 수도 있다.

나는 용기 내어 조심스럽게 그녀의 옆으로 다가가 앉았다. 그녀를 바라볼 수는 없었다. 말없이 건너편의, 빛의 거리의 엑스트라들을 쳐다보았다. 그녀가 어깨로 내 어깨를 툭 쳤다. 나는 아무런 반응도 보이지 않았다.

"맥주는?"

"늦어서……."

"오늘은 내가 준비했어."

그녀가 캔맥주를 따서 내게 내밀었다. 캔맥주를 받아들었지만 그녀의 얼굴을 바라보지는 않았다.

아기까지 데리고 나온 걸 보면 영영 이별을 고하러 나온 것인지도 모른다. 그것보다도 그녀가 어느새 유부녀가 되었다는 것을 나는 용납할 수 없었다. 어쩌면 그녀는 처음부터 유부녀였는지도 모른다.

아기는 엄마의 외투 속에서 곤한 잠을 자고 있었다. 새근거리는 소리가 잔잔하게 들려왔다.

맥주는 맛이 없었다. 축제 또한 흥이 나지 않았다. 그녀가 서먹하게 느껴졌다. 나는 그 자리에서 일어나고 싶었지만 꾹꾹 참고 있었다.

"오늘, 이 맥주가 우리의 마지막 축배인가?"

"그럴지도 모르지."

더없이 서먹해진 나의 루체비스타.

우리는 한동안 말없이 맥주만 마셨다. 그녀의 말대로 그녀는 바람이다. 이제 곧 내 곁을 떠나갈 바람이다. 그리고 그 바람은 다시는 나를 향해 불어오지 않을 것이다.

남은 맥주를 마저 마시고 자리에서 일어났다. 만남이 있으면 헤어짐도 예상했어야 했다. 고작해야 세 번만의 이별이다. 내가 기다렸던 시간보다 헤어짐은 너무나 빨랐다.

빛의 거리, 빛의 조각들은 이제 의미가 없어졌다. 내 그리움을 빈 캔맥주에 담아 쓰레기통에 버렸다. 그렇지만 루체비스타를 외면할 수는 없었다.

나는 루체비스타와 나란히 걷기 시작했다. 마지막으로 폴라로이드사진을 찍어야 하는데 보이지 않았다. 굳이 폴라로이드사진까지 찍어야 하는 걸까?

"내가 안을까?"

"그래주면 우리 진이가 좋아할 거야."

그녀가 안고 있던 아기를 기다렸다는 듯이 내게 덥석 안겼다. 그리곤 캐리어를 벗어서 내게 주고는 다시 아기를 받아 안았다. 나도 캐리어의 길이를 조절해 어깨에 메고 외투를 입었다. 그녀가 캐리어 안으로 아기를 안겨 주었다. 그 와중에도 아기는 잠에서 깨지 않았다.

아기를 안아보는 것은 처음이다. 아기의 곤한 숨소리가 내 가슴에서 새근거렸다. 우린 다시 빛의 거리를 걷기 시작했다. 루체비스타와 마지막 축제의 거리를.

"아기 이름이 진이야? 그 녀석 참 잠꾸러기네."

아기의 얼굴을 들여다보았다. 순간 나는 당황했고 깜짝 놀랐다.

아기는 다름 아닌 유아납치사건의 바로 그 아기 진이였다. 어떻게 이런 우연이 있을 수 있단 말인가?

"진이! 지은이의 전남편이 루체비스타의 짝사랑이었어? 그리고 이 아인 그의 아기고?"

순간 희미했던 잔영들이 되살아나기 시작했다. 그리고 가슴이 알 수 없이 뛰기 시작했다. 알 수 없는 것이 사람의 마음이다. 그러나 나는 루체비스타의 마음을 읽을 수가 없었다.

"진이는 오늘 아빠를 만나러 나온 거야. 그리고 지금 아빠의 품에서 새근새근 자고 있잖아."

"그게 무슨 소리야? 내 아기라니?"

"최지은, 그 여자가 오해를 한 거야. 진이는 우리 딸이야. 모든 걸 느낄 수 있다며? 영혼을 읽을 수 있다면서. 누가 그러던데 사이코라고. 당신이 우리를 찾은 거야. 당신이 우리의 소중한 딸을 찾은 거야."

"최 형사, 이 녀석."

뻔하다. 사이코라고 말했다면 최가 맞다. 다음에 만나면 가만 뇌두지 않을 테다.

"설마 우리 진이 모텔에서 재울 건 아니지?"

서먹하게 걷던 루체비스타가 내 외투 주머니에 손을 찔러 넣었다.

루체비스타와의 만남은 우연이 아닌 필연이었다. 작년 그날 지은과 그 녀석이 함께 결혼 축배를 들고 있을 때 우린 우리 나름의 축배를 들었고, 그들보다도 더 먼저 축복의 샴페인을 터뜨린 것이다.

그들의 축제는 그저 머물지 않는 바람이었지만 바람이라던 루체비스타는 내 가슴에 머물게 된 바람이었던 것이다.

자운요로 돌아온 나는 먼저 침대 위에 진이를 눕혔다. 그리고 양 옆으로 루체비스타와 내가 누웠다.

"루체비스타, 아직도 완전범죄를 꿈꾸는 거야?"

"아니. 세상에 완전범죄란 없어. 그리고 이젠 바람이고 싶지도 않고. 한곳에 머물고 싶어. 바로 당신 옆에, 영원히. 그러면 안 될까?"

"나의 루체비스타! 사랑해! 영원히!"

자운요는 더 이상 외롭지 않다. 자운요에는 벌써부터 새 생명이 자라나고 있었던 것이다.

축제를 준비해야 한다. 그리고 우린 축배를 들어야 한다. 축제는 끝나지 않을 것이며 계속될 것이다. 우린 크리스마스이브가 되면 모전교 그 자리에서 엑스트라가 아닌 주인공이 되어 빛의 축제를 즐기게 될 것이다. 나를 지긋지긋하게 괴롭히던 공황도 더는 나를 탐하지 못할 것이다.

공황은 외로움에서 비롯되었다. 내 속의 또 다른 나에 의해서. 가끔은 호시탐탐 나를 노리겠지만 루체비스타가 있는 한 녀석은 쉽게 나를 차지할 수는 없을 것이다. 나는 온전히 루체비스타의 것이다.

공황이라는 가방을 열고 그곳에 남은 약들을 모조리 쓸어 담아 쓰레기통에 버렸다. 이 아름다운 행성 지구에서 우린 내일 아침에 시작될 축제를 기다리는 중이다. 더없이 순결한 우리의 축제를 만끽하고 싶다.

내게 이 행성은 감옥이 아니다. 오히려 최지은과 나 사이를 이간질한 제우스 녀석에게 감사해야 할지도 모르겠다. 나는 행복하다. 그리고 얼마든지 축배를 들고 싶다. 그래도 지칠 것 같지 않다.

지구라는 행성의 축제를 위하여 건배!

많이 아팠다.

글쓰기는 기나긴 투병이다. 더 이상 앓고 싶지는 않다. 그래서 한 생명이 탄생했다.

마음 같아서는 이 한 생명의 탄생으로 모든 것을 끝내고 싶었다. 탈고를 하고 나는 파로호로 숨어들었다. 낚싯대를 드리우고 멍하니 넓은 파로호를 바라다보면서 삶에 대해 생각했다. 그러나 곧 공황이 밀려왔다. 얼마 동안을 공황에 휩싸여 있었을까? 나를 깨운 것은 파로호의 또 다른 강태공이었다. 짐을 보아하니 이틀은 있을 듯해 보였다. 이제 파로호는 나만의 소유가 아니라 그와의 공존이 되었다. 나에게는 그의 등장이 그리 반가운 일은 아니었다.

강태공은 건너편에 자리를 잡았다. 나는 매점 사장과 담소를 즐기고, 그는 낚시를 하고, 나는 낚싯대를 드리운 채 시간과의 싸움을 하고 있었다. 파로호의 저녁은 간소하지만 밤의 하늘은 수많은

별을 품고 있었다. 나는 건너편의 남자를 주시한다. 그러나 그는 나에게 관심이 없는 듯 담담히 미끼를 갈아준다. 그의 움직임이 재빠르게 빛으로 감지가 되었다. 한동안 호들갑을 떨던 그에게 입질이 왔을 터이고 월척은 아니더라도 준척은 잡았을 것이다.

나는 준척이든 월척이든 관심이 없었다. 관심이 있다면 그것은 대물뿐이었다. 하지만 녀석은 입질조차 없이 나를 조롱하고 있었다.

삶을 생각했다. 그러다가 잠이 들었다. 꿈, 지독한 악몽에서 나는 발버둥 칠 수밖에 없었다. 파로호에 빠져 허우적거리는 꿈. 아무리 애를 써도 나는 그 꿈에서 헤어날 수가 없었다. 그렇게 얼마를 헤맸는지 핸드폰의 알람으로 겨우 잠에서 깰 수 있었다.

이른 아침 나는 깊은 파로호에 몸을 담갔다. 밤이었으면 밤하늘의 별을 감상하면서, 누구의 훼방도 없이 반짝이는 별의 흐느낌을 온전히 감상할 수 있었을 텐데.

파로호는 평화로운 곳이다. 누구든 들렀다가 떠나가는 그런 곳이다. 그런 자리를 마련해준 파로호는 속도 깊다. 파로호는 정작 우리에게 많은 것을 베풀고 있지만 우리가 다녀간 흔적은 고스란히 남는다. 그 남김의 흔적이 점차 파로호를 파괴시킨다는 것을 우리는 왜 모르는 것일까?

나 역시 파로호의 베풂을 받아들일 뿐 파로호에 해준 것이 아무것도 없다. 단지 쓰레기를 주워 가는 것 밖에는.

너무 이기적인 생각을 가지고 있는 것일지도 모른다. 파로호의 넓은 가슴을 나는 소유할 수 없다는 것을 그제야 알았다.

나는 파로호에 다시는 오지 않을지도 모른다. 어쩌면 이번 출조가 마지막이 될 수도 있을 것이지만 변덕스런 마음에 되돌아갔다가도 다시 오고 싶어서 안달하게 될지도 모른다. 대물의 유혹을 잊을 수 없기 때문이다.

매점 사장님도 많이 늙었다. 예전에는 팔팔 날라 다니시던 사장님도 이제는 지팡이 없이는 지탱하기 힘든 정도다. 하지만 서로 소통할 때면 사장님은 파로호를 바라보며 살아오신 이런저런 이야기를 쉼 없이 쏟아낸다. 나는 그것이 좋다. 파로호를 찾는 또 다른 묘미일지도 모른다.

쉬어 갈 수 있다는 것, 얼마나 다행인가? 여태까지 그래왔듯이 나는 파로호를 휴식의 장소로 생각한다. 그래서 떠나면 운전대는 여지없이 파로호로 향한다. 이번에도 그랬다.

건너편의 남자가 떠나려는 모양이다. 한 마리의 준척으로 만족하며. 그가 물 빠진 파로호의 비탈 중간에 도착했을 때는 오전이었지만 해가 몹시도 따가웠다. 남자는 그대로 누워 아무것도 할 수 없는 상태에 이른 것 같았다. 나는 그에게 손을 뻗었다. 그는 내 예상대로 파로호에 지쳐 있었다. 옴짝달싹하지 못하는 그의 낚시 가방을 들고 대신 가파른 길을 오르기 시작했다. 다시 내가 매점으로 되돌아 왔을 때 그는 그곳에 없었다. 아마도 파로호가 그를 삼켰는지도 모를 일이다.

파로호는 생각을 누릴 수 있게 만드는 곳이다. 대물을 기다리다

보면 파로호는 영락없이 대물급의 잉어로 잠시 생각을 잊게 해 준다. 그리곤 다시 생각할 수 있는 공간을 만들어 준다. 참 고마운 곳이다.

그곳에서 나는 다음 작품을 구상할 수 있었다. 당장 쓰고 싶을 정도로 매우 흥미로운 이야기였다. 하지만 그대로 되돌아 올 수는 없었다. 앞으로 일주일은 더 있어야 피로가 풀릴 것 같았다.

인적이 드문 파로호 매점의 사장님도 내가 서둘러 가는 것을 원하지 않았다. 말동무가 사라지고 나면 외로움이 찾아올 것을 알고 있기 때문이다.

파로호의 매점 사장님이 밤이 되어 돌아가고 나면 외로움은 온전히 내 것이 되고 만다. 그 외로움 속에서 내가 즐길 수 있는 것이라고는 대물과의 한판 승부다. 그러나 5일이 지나도록 입질은 구경을 하지 못했다. 그래도 나는 자리를 옮기지 않았다. 그것은 밑밥이 아까운 것이 아니라 기다림이 부족하다는 것을 알고 있기 때문이다.

인생은 기다림일지도 모른다. 사랑도, 기쁨도, 외로움도 모두가 다 기다림에서 시작되는 것은 아닐까라는 생각을 해 본다. 기다림 끝에는 늘 대가가 있다. 그래서 나는 모든 것을 기다림으로부터 시작한다. 그러다 보면 끝이 기다리고 있고 또 새로운 기다림을 꿈꾸게 된다.

그 기다림의 끝이 언제가 될지는 나도 모른다. 그 기다림의 끝에서 난 파로호를 찾는 것으로 기쁨을 대신한다.

　대물과의 한판 승부를 기다리며 파로호에 앉아 있지만 시간이 지나면 나는 기다림을 접고 또 다른 기다림을 위해 다시 여정을 떠날 것이다. 그 여정에서 만나는 이들은 나에게 추억을 안겨줄 것이며 그들을 그리워하게 될 것이다.

　인생은 다 그런 것이다. 하지만 확답이 없을 때도 있을 것이다. 그래도 나는 기다림으로 이 길을 걸어가고 있을 것이다.

　어쨌든 새 생명을 맞이할 수 있어서 좋다.

파로호에서…

지은이_장순

시집 『네가 없는 이 세상은 안개무덤』, 『봄 여름 가을 겨울 모두 바쁘면 환절기에 만나자』,
『사랑은 기다림으로부터의 시작입니다』, 『수화기를 들면 당신은 아무 말도 하지 못합니다』 출간.
수필집 『느낌 하나 사랑 둘』, 『사랑』 외에 장편소설 『프리섹스』, 『칠공주1,2,3』, 『하늘의 아들 1,2』,
『슬픈고백 1,2』 등을 씀.

트위터 : @plusnovel
블로그 : http://blog.daum.net/legendsun

축제는 끝나지 않았다

초판 1쇄 발행일 2011년 5월 30일

지은이 장순
펴낸이 박영희
편집 이은혜·김미선
책임편집 강지영
펴낸곳 도서출판 어문학사

인 지 는
저 자 와 의
합 의 하 에
생 략 함

132-891 서울특별시 도봉구 쌍문동 525-13
전화: 02-998-0094/편집부: 02-998-2267
홈페이지: www.amhbook.com
e-mail: am@amhbook.com
등록: 2004년 4월 6일 제7-276호

ISBN 978-89-6184-249-5 13810
정가 12,000원

※잘못 만들어진 책은 교환해 드립니다.

이 도서의 국립중앙도서관 출판시도서목록(CIP)은 e-CIP홈페이지(http://www.nl.go.kr/ecip)와
국가자료공동목록시스템(http://www.nl.go.kr/kolisnet)에서 이용하실 수 있습니다.
(CIP제어번호: CIP2011002059)